MINGUO TONGSU XIAOSHUO
DIANCANG WENKU

满地风光

民国通俗小说典藏文库·刘云若卷

刘云若◎著

（燕子人家第二部）

中国文史出版社

图书在版编目（CIP）数据

满地风光 / 刘云若著. — 北京：中国文史出版社，
2017.1

（民国通俗小说典藏文库·刘云若卷）

ISBN 978 - 7 - 5034 - 8452 - 0

Ⅰ. ①满… Ⅱ. ①刘… Ⅲ. ①长篇小说 - 中国 - 现代
Ⅳ. ①I246.5

中国版本图书馆 CIP 数据核字（2016）第 264820 号

责任编辑：马合省　　卢祥秋

点　　校：袁　元

出版发行：**中国文史出版社**

网　　址：http://www.chinawenshi.net

社　　址：北京市西城区太平桥大街 23 号　邮编：100811

电　　话：010 - 66173572　66168268　66192736（发行部）

传　　真：010 - 66192703

印　　装：北京盛彩捷印刷有限公司

经　　销：全国新华书店

开　　本：720 × 1020　1/16

印　　张：18.5　　　字数：209 千字

版　　次：2017 年 1 月第 1 版

印　　次：2018 年 6 月第 2 次印刷

定　　价：45.00 元

直面人性的"小说大宗师"——刘云若

（代序）

张元卿

1950 年刘云若去世后，作家招司发文悼念，竟招来一些非议，认为不必为刘云若这样一位旧文人树碑立传。半个多世纪后，刘云若已"走进"中国现代文学馆，成了经典作家。现在中国文史出版社即将规模推出《民国通俗小说典藏文库·刘云若卷》，这说明刘云若这个"旧文人"的小说还是有价值的，至少可以提供更多的原始文本，读者可以从量到质做出自己的评价。

关于刘云若的生平资料，百度上已有一些，关注刘云若的读者多已熟悉，此处不再赘述。本文着重写我为什么认为刘云若是直面人性的"小说大宗师"。

20 世纪 40 年代，上官筝在《小说的内容形式问题》中写道："我虽然是不大赞成写章回小说的人，可是对于刘云若先生的天才和修养也着实敬佩。"郑振铎认为刘云若的造诣之深远出张恨水之上。这里所说的"天才"和"造诣"，指的应是作为"小说大宗师"的"天才"与"造诣"。

刘云若的小说虽在上世纪三十年代就风行沽上了，但那也只是"风行沽上"，影响还有限。1937 年平津沦陷后，张恨水南下，刘云若困守天津，京津一带出现"水流云在"的局面，北京的一些报刊便盯住了刘云若，后来东北的报刊也向他"招手"，于是刘云若便成了北方沦陷区炙手可热的小说家，影响开始扩展到平津以外的地区，盗用其名的伪作也随之出现，而他竟在这种混乱的局面中从通俗小说家变成了"小说大宗师"。

1937年9月，《歌舞江山》开始在天津《民鸣》月刊（后改名《民治》月刊）连载，至1939年5月连载至第十七回，同月由天津书局出版了单行本，这是天津沦陷后刘云若创作的第一部小说。此后，因沦陷而停载的小说《旧巷斜阳》《情海归帆》开始在《新天津画报》连载，卖文为生的生活得以继续。沦陷期间，他在天津连载的小说还有《画梁归燕记》（连载于《妇女新都会画报》）、《酒眼灯唇录》《燕子人家》（连载于《庸报》）、《海誓山盟》（连载于《天津商报画刊》）、《粉黛江湖》（连载于《新天津画报》）等。在天津连载小说的同时，北京的报刊也在连载刘云若的小说，先后连载的小说有《金缕残歌》（连载于《戏剧周刊》）、《江湖红豆记》（连载于《戏剧报》）、《冰弦弹月记》（连载于《新民报半月刊》）、《湖海香盟》（连载于《新北京报》）、《云霞出海记》《紫陌红尘》（连载于《369画报》）、《翠袖黄衫》《鼙鼓霓裳》（连载于《新民报》）、《银汉红墙》（连载于《立言画刊》）、《娬媚英雄》（连载于《新光》）等。从数量上看，在北京连载的小说超过了天津。张恨水离开北京后的空白是被刘云若补上了，因此读者才有"水流云在"之感。在沦陷时期，刘云若在东北的影响逐渐扩大，沈阳、长春的出版社开始大量出版刘云若的小说，东北的报刊也开始集中刊载刘云若的小说，《麒麟》杂志就先后连载了刘云若的《回风舞柳记》和《落花门巷》。与此同时，随着1941年刘汇臣在上海成立励力出版社分社，刘云若的小说开始成系列地进入上海市场，在抗战结束前先后出版了《换巢鸾凤》《红杏出墙记》《碧海青天》《春风回梦记》《云霞出海记》《海誓山盟》等小说。由此可见，沦陷时期刘云若小说的影响范围远超从前，几乎覆盖了整个东部沦陷区。这说明当时的读者是非常认可他的小说的。

那么，当时的读者为何认可他的小说呢？刘云若的小说素以人物生动、情节诡奇著称，沦陷之后的小说也延续了这种特色，但刘云若令读者佩服之处实在于每部小说程式类似，情节人物却不雷同，因而能一直吊着读者的胃口。情节人物的歧异处理虽然可增加这种类型化小说的阅读趣味，但立意毕竟难有突破，因而多数小说也还是停留在供人消遣的层面。如《歌舞江山》主要写督军"吕启龙"和他的姨太太们的种种事迹，书中写道：帅府"简直是一座专演喜剧和武剧的双层舞台，前面是一群政客官僚、武夫嬖幸，在钩心斗角争夺权利，后面是一班娇妾宠姬，各自妒宠负恃，争妍乞怜。外面赳赳桓桓之士，时常仿效内庭姜妇之道，在宦海中固位保身；里面莺莺燕燕之俦，也时常学着外间的政治手腕，来在房帷间纵横捭阖"。此书之奇在于写出了"帅府"的黑幕空间，讽刺意味自然亦有，但除此之外，读者欣赏的还是情节人物之新颖。再如《娧婳英雄》，小说写汪剑平从南京回天津，从公司分部调回总部，并准备与未婚妻举行婚礼。回到天津后，未访到未婚妻棠君，却意外地在舞场看到她同一贵公子在一起。回到旅馆后，才看到未婚妻留言，说要解除婚约。后汪结识暗娼姚有华，适公司要开宴会，汪便请姚扮作他的太太参加宴会。汪这样做是因为公司老板不喜欢未婚男士，这样一来就可以使老板认为自己结婚，不会因未婚而丢了工作。此后，汪经朋友张慰苍介绍同苑女士结婚。姚有华自参加宴会后，力图上进，恰见汪陷入命案，便思营救。她住到接近歹人的地方，想办法救汪，慢慢发现汪的朋友张慰苍夫妇竟是匪党，而与其一伙的文则予就是陷害汪的人。就在此时，张氏夫妇设计灌醉有华，文则予趁机将有华侮辱。后有华被卖作暗娼，又利用文则予对自己的感情逃出。在路过警察局时，有华大喊捉贼，文被捉进警局，供出自己就是谋害汪的罪犯。至此，真相大白，汪出狱，有华却不再准备嫁人。苑女士在汪入狱后生活贫苦，继续做起舞女，却被一客人侮辱，受其摆弄，不得与汪重圆旧梦。有华看到汪和苑女士这种景况，又请人撮合，欲挽回他们的夫妻情缘。小说结尾写有华"宛如一个'杀身成仁'的英雄，情场中有这样伟大的心胸，而且出于一个风尘中的弱女子，称她为'娲嬛英雄'，谁曰不宜？至于剑平出狱后，理宜对有华感恩入骨，能否善处知己，报答深情，以及苑娟能否摆脱季尔康的羁绊，和剑平重偕白首，只可让读者们细细咀嚼，作为本书未尽的余波了"。小说命意如此，读者亦甘愿在此多角情爱中享受"过山车"般之沉醉。不可否认沦陷时期的读者需要这种"过山车"般的沉醉，而刘云若的小说最能满足他们的这种阅读需求，因此风行一时，也毫不奇怪。然而，令人奇怪的是刘云若在写作这类小说时竟能写出《旧巷斜阳》这样引起社会轰动的小说。

《旧巷斜阳》主要写下层贫苦妇女谢璞玉人海浮沉的故事。璞玉的丈夫是个瞎眼残废，有两个未成年的孩子。为了生活，她只好去餐馆做女招待。其间，偶遇王小二，一见倾情，几欲以身相许，但她苦于已为人妇、人母，痛苦地徘徊在丈夫和情人间，"几把芳心碾碎，柔肠转断"。此后，丈夫发现她的隐情，为成全她和王小二，独自出走。王小二为此深怀自责，忍痛南下。璞玉此时贫苦无依，只好移往贫民窟。在失身地痞过铁后，被卖作暗娼，又为张月坡侮辱，几番沉沦。后经搭救才跳出火坑。其时，王小二回津做官，两人再度相逢，经柳塘说项，遂成眷属。可惜不久督军下台，王小二身受牵连，亡命天涯。璞玉只好依附老名士柳塘过活。柳塘晚年因发现妻子与人私通，而更加厌恶尘世生活，遂南下寻见王小二，相携出家。柳塘老宅日渐荒芜，璞玉和柳塘夫人相依为命、孤苦度日。在刘云若的小说中，《旧巷斜阳》的情节并不算太繁复，论奇诡还比不上《娲嬛英雄》，但在刻画

4

人物上，特别是对璞玉的刻画却极为成功，在连载期间《新天津画报》头版头条就常刊发评说璞玉命运的文章，最后竟转化为探讨妇女命运的大讨论，以至于1940年8月天津文华出版社出版单行本时，在"作者自序"和正文之间加印了"《旧巷斜阳》引起的批评讨论文字选录"，这在现代通俗小说出版史上是不多见的。加印的讨论文章共九篇，分别是榕孙的《谈谢璞玉》、彝曾的《再谈谢璞玉》、榕孙的《答彝曾先生——代王小二呼冤　替谢璞玉叫屈》、趾的《与云若表同情——璞玉所遭愈苦　愈足以警惕人心》、葛暗的《关于璞玉问题的平议》、摩公的《云若的公敌　为璞玉请命》、丁太玄的《响应宗兄丁二羊》、聊止的《关于璞玉获救的感想》、一迷的《关心妇女生活者应大批营救璞玉》。

　　这九篇文章大都发表于连载《旧巷斜阳》的《新天津画报》，大致能反映当时读者的看法。榕孙《谈谢璞玉》写道："谢出身微贱，居然出污泥而不染，能不为利欲所动，洵不失为女侍中典型人物。……深盼刘君能兜转笔锋，俾谢氏母子得早日出诸水火，则璞玉固未必知感，而一般替他人担忧之读者实感盛情也。"这说明璞玉在小说中的处境引起了读者的怜悯，他们不忍见"出污泥而不染"之人继续遭罪。而彝曾《再谈谢璞玉》表达的是另一派读者的意见："日前榕孙君《谈谢璞玉》一文，请作者鉴佳人之惨劫，怜稚子之无辜，早转笔锋，登之衽席，实为蔼然仁者之言，先获我心，倾慕曷已。不佞所不敢请者，因璞玉以一念之差，叛夫背子，再蹈前辙，沉溺尤深，作者非必欲置之于万劫不复之地。但揆诸人情天理，设不严惩苛责，何以对其恝然舍家之盲目夫婿，更何以点出一班将步璞玉后尘之芸芸众生。是则璞玉之遭垢，有为人情所必至，而天道所欲昭者矣！"显然这派读者觉得璞玉"叛夫背子"应受严惩。趾《与云若表同情——璞玉所遭愈苦　愈足以警惕人心》和《再谈谢璞玉》观点相近，他觉得虽然"在报上发表文字，一再向云若警告，或请求设法把璞玉救了出来"，但作者不必就将璞玉救出，他的理由是："但鄙人看来，现社会中像她这样堕落的女子，不知凡几。虽然堕落的途径不同，其原因无非误解自由，妄谈交际，以致身隐危境，无法摆脱，遂演出背叛尊亲，脱弃家庭，夫妇离异，以及淫奔私会奸杀拐卖种种不幸的惨剧。她们所受的痛苦，往往比璞玉还要来得厉害。所以著者正好拿假设的璞玉来做牺牲品，把她形容得愈苦，愈足以警惕人心，使那些醉心文明、误解自由、意志薄弱的青年女子，以璞玉做一前车之鉴，以收惩一警百之效，其有功于世道人心。正风移俗，自非浅鲜。"一迷的文章更是直接喊出了"应大批营救璞玉"的呼声："我们知道《旧巷斜阳》里所描写的低级娼寮，是真有那个去处。在娼寮里受着非人生活的女人，其痛苦情形或许十倍于作者之所描写，但是无人想到她们，只知关心璞玉，这是多么不合理。"又说："这里我们应该谈到文学了。譬如一则新闻，记载璞玉的故事，便不会如《旧巷斜阳》所写可以感人。假若关心妇女生活的当局（如新民妇女会）由璞玉想到那些在地狱里受罪的女子，而设法大批营救，则《旧巷斜阳》不是一部泛泛的小说了。"由对小说人物命运的关注，逐渐转到营救当时像璞玉"在地狱里受罪的女子"，一部小说能有这样的社会影响，首先说明它触及了当时黑暗的现实，起到了为时代立言、代无告之人控诉的作用。能产生这样的社会效果的作品，在号称文学为人生的新文学作品中也很少见，因此有研究者认为"作为一个旧时代的通俗小说作家，且在日伪高压政策的钳制下，能够写出如此惨烈之书，引发出如此严肃的社会问题，我们今天怎能用一个'鸳鸯蝴蝶派'的概念去解释他"。我想刘云若之高明，就在于能活用社会言情小说程式，他可以依照程式写很"鸳鸯蝴蝶"的通俗小说，也能利用程式写出超越"鸳鸯蝴蝶"味的小说人物，最终用经典的人物形象超越了程式，也就脱"俗"入"雅"了。当时有评论者认为"刘云若可称得起中国南北唯一小说大宗师"，这显然没有把他当作鸳鸯蝴蝶派，而直接说是"小说大宗师"。刘云若是否称得起是"小说大宗师"，暂且不论，但这称号是在《旧巷斜阳》发表之后，而且是针对这部小说而提出的，这至少可以说明在当时读者眼中，能写出《旧巷斜阳》就称得起是"小说大宗师"。

那《旧巷斜阳》何以能体现出"小说大宗师"的功力呢？

《关心妇女生活者应大批营救璞玉》发表于1940年3月16日的《新天津画报》。此后，《新天津画报》又陆续发表了一批评论《旧巷斜阳》的文章，读者的讨论一直持续至年末。8月22日，作家夏冰在《读〈旧巷斜阳〉有感》中坦言《旧巷斜阳》是现在最受欢迎的小说。8月23日，报人魏病侠在《读〈旧巷斜阳〉之后》中认为刘云若小说之所以能特受欢迎，除了"设想用笔"等处外，还有两点："一、其所描写者，均为现代人物，以及现代社会上各方面之事态；二、其所叙述各社会上之情事，每多其亲身经历，或随时留心调查之所得。有此两种原因，自能使读者均感其亲切有味，与寻常小说家言，大相径庭矣。""设想"，主要指情节，璞玉落水的情节自然是精心营造的，但璞玉被救之后的情节却并不出彩，柳塘和王小二一起出家的结局也很老套，因此魏病侠没有多谈"设想"。至于"用笔"，白羽和周骥良的观点最有代表性。白羽认为刘云若"写情沁人心脾，状物各具面目"。周骥良认为："刘云若笔下的那些被侮辱与被损害的女性，个个血肉丰满、呼之欲出。单是一部《旧巷斜阳》，揭露那些被欺压的女性挣扎在毁灭的深渊中，就足以和影响颇大的日本电影《望乡》相提并论。读作品读的是作家的文字功夫，有如看戏看的是演员演技，看球赛看的是球员球技。刘云若的文字流畅如行云流水，读起来既自然又舒服，不掺半点洋味，有中国传统文字之美。"他们二位的评论相隔近六十年，这说明刘云若的"用笔"不仅被时人称颂，也为后人所赞赏。以《旧巷斜阳》为例，我以为刘云若描写胡同环境和璞玉心理的"用笔"确实具有"小说大宗师"的功力。

魏病侠认为刘云若受欢迎的地方是所描写者为"现代人物"，所叙故事"每多其亲身经历"，这其实是强调作品的写实性。鸳鸯蝴蝶派小说的兴起很大程度上靠的就是写实，《玉梨魂》《北里婴儿》能引起读者关注，也是因为所写是"现代人物"，故事"每多其亲身经历"，而后来之逐渐式微，关键不在章回体的束缚，而在作家背离了写实的原则，人物无现实依据，故事少真情投入，一味以情节和色欲迎合读者。说刘云若是鸳鸯蝴蝶派，也不是没有道理，但要说明他继承的是早期鸳鸯蝴蝶派的衣钵。而称他为"小说大宗师"，超越鸳鸯蝴蝶派，则是因为刘云若的写实虽继承了《北里婴儿》《倡门红泪》的传统，却不局限于展示"北里"、"倡门"中的不幸，而是在更为广阔的社会生活中描摹不幸人生的种种人情世态，不仅让读者吃惊，有时也能令读者发笑。平凡人生因此而变得立体可感，成为蕴蓄时代情绪的历史画面，小说因此有了史诗的意味。人情世态的核心是人性，能让平凡人生立体可感，关键在于能否写活平凡人生的人性。夏冰在《情海归帆·序》中写道："盖云若之笔，善能曲尽事情，尤详于市井鄙俚之事，如禹鼎燃犀，无微不至。"所谓"曲尽事情"、"无微不至"，其实就是表彰刘云若能让平凡人生立体可感。张聊止称刘云若为中国的莫泊桑，也是在表彰刘云若能让平凡人生立体可感。姚灵犀认为刘云若"应与兰陵笑笑生、曹雪芹相颉颃"，还是表彰刘云若能让平凡人生立体可感。这些评论者都没能明确地从刻画人性的角度来肯定刘云若，而真正认识到刘云若人性书写价值的还是当代的一些研究者。

毛敏在《津门社会言情小说家刘云若论》中写道：

刘云若遵循艺术美丑皆露的原则，对人性的复杂性

8

做了深刻的挖掘，他十分注意人物恶极偶善的可信性，以及本性难移的必然性，力图展现人物性格的多面性和复杂性。他对人性阴暗面的揭露又是不遗余力的，《旧巷斜阳》中大杂院里刘三家妓女出身、后来做了官姨太太的外甥女雅琴来探亲时，各家各户像迎接贵宾那样恭候她的到来，那种奴颜婢膝的神态将其劣根性展现无遗。刘云若批判穷人只羡慕富人，对同类穷人没有同情，譬如车夫，"一个人穷到拉车，也就够苦了……做车夫的应该可以同病相怜了，然而不然，个中强凌弱，众暴寡，以及拉包车的欺侮拉散车的，拉新车的鄙视拉旧车的，能巴结上巡警的，就狐假虎威，欺压同行，能拉上阔座的，就趾高气扬，鄙夷同伙，诸如此类，直成风气。我们看着以为一个人穷到拉车，也就够苦了，竟还有这等现象，实在可鄙可怜！然而这正是整个社会的缩影啊"。这种对国民劣根性的批判是对二十年代鲁迅小说改造国民性主题的继续，并且把鲁迅小说的题材从农民扩展到市民，不过刘云若不同于鲁迅以启蒙精神战士的姿态来审视他笔下的对象，他没有过启蒙者的经历，他是以与对象同一的眼光来体察他笔下的对象，在批判他们的精神病态的同时，又充满了默默的温情，从而表现出不同于鲁迅小说的深沉冷竣的另一种温婉幽默的风格。他将触角伸向繁华大都市中为人所遗忘、平日蜷缩在肮脏灰暗角落中的贫苦市民，挖掘褴褛衣衫下熠熠生辉的人性。《旧巷斜阳》中底层妇女谢璞玉因生活的逼迫而沦入娼门，出卖肉体和灵魂，过着悲惨不堪的生活。同样生活悲苦，却因一笔小小的意外之财而得以第一次嫖妓的人力车夫丁二羊对她产生了深切的同情。刘云若用洗练生动的文笔勾画出了丁二羊那衣不蔽体、湖上闯荡的伶人，陆凤云在多情妩媚和软弱犹豫之外，还有刚烈正直的一面。《粉墨筝琶》中出城一节，就显示了陆凤云作为乱世佳人刚烈正直一面。孟子曰："人性之善也，犹水之就下也。人无有不善，水无有不下。今夫水，搏而跃之，可使过颡；激而行之，可使在山。是岂水之性哉？其势则然也。"然而势终不能变其性，才见人性之光辉。陆凤云处乱世而不失刚烈正直之性，正是刘云若在沦陷时期就用心刻画"熠熠生辉的人性"的延续与升华。璞玉是顺势而不失其良知，凤云是逆势而卓显其刚烈，均能势变而不失其性，可谓乱世两佳人。佳人不朽，云若亦不朽。

刘云若在《粉墨筝琶·作者赘语》中写道："作小说的应该领导青年，指示人生的正鹄，我很想努力为之，但恐在这方面成就不能很大，我或者能给人们竖一只木牌，写着'前有虎阱，行人止步'，但我也不愿作陈腐的劝惩，至多有些深刻的鉴戒。……至于我爱写下等社会，就因为下等社会的人，人性较多，未被虚伪湮没。天津《民国日报》主笔张柱石先生说我善于写不解情的人的情，这是我承认的，因为不解情的人的情，才是真情，不够人物的人，才是真人。"幸而刘云若没有积极的"领导青年"的意识，也"不愿作陈腐的劝惩"，才使得他既不同于新文学作家，也不同于通俗小说家，对雅俗均能保持清醒的距离，内心却别有期许："比肩曹（雪芹）施（耐庵），而与狄（查尔斯·狄更斯）华（华盛顿·欧文）共争短长。"

天津作家招司和石英都曾用"淋漓尽致"来称赞刘云若刻画人物的功夫，不知他们在称赞之时，是否意识到与他们"插肩而过"的是一位混迹于市井的"小说大宗师"？如今，读者面对刘云若的这些小说作品，是否会觉得"小说大宗师"迎面而来呢？

一切交给读者，交给历史，我想刘云若有这样的自信。

2016 年 10 月 19 日晚于南秀村

目　录

直面人性的"小说大宗师"——刘云若（代序）…… 张元卿　1

第一回　捣麝拗莲空负章台柳

　　　　流莺捎蝶错上别枝花 …………………………　1

第二回　逐鹿向情场妒妇定霸

　　　　哀燕待飞吉期成幻梦 …………………… 105

第三回　阄伤重创哀燕舞宫巧遇旧相知

　　　　游子无依小榭题壁欣逢和事佬 …………… 196

第一回

捣麝拗莲空负章台柳
流莺捎蝶错上别枝花

《愁城春梦》的结尾，正叙到陶影春及冯处长、宫步蟾三个人一同到医院去救那服毒自杀的小姐。既到了医院，由护士领导，走入病房。陶影春抬头一看，不觉呀了一声："这不是韵宜邢小姐么？"

韵宜抬头一看说话之人，正是卖花女小桃，于是说道："啊，你不是小桃姐么？"

小桃一点头，跟着一转脸，望着处长道："想不到在这儿遇见旧时姐妹，我们得说说话儿，你和宫先生请去交款吧。你先垫上，回去我再还你。"

冯处长知道她是要自己和宫步蟾出去，好跟床上的女子谈话，便应声说道："好，我们去办。您不要客气。"

影春道："不教我还可不成，邢小姐是我的朋友，当然由我来管。"

冯处长说了句"过后再说，这不值得争竞"，就和宫步蟾走了。

影春把门方关上，就见有三四个女看护一拥而入，似乎发现来探病的是著名女伶，就跑来观看。兴冲冲跑进房里，却说不出做什么，只遥立向影春端详；又互相喁喁小语，咯咯微笑。影春皱着眉，只好先对她们周旋几句，才很客气地说，自己要和病人稍谈，请她们出去。那几个看护才快快退出。

影春关上了门道："这家私立医院，真是杂乱无章，这半天也没有人来照料，可是一来就是一群。"

韵宜道："这医院完全商业性质，而且组织特别，我从近几日方才知道，这里面以一个家庭做主体，再加上亲戚，一面过着日子，一面营业。父亲是院长，母亲是庶务主任兼会计主任，儿子是专任医师，儿媳是看护长，女儿是医师，姑爷是药剂师。你看方才进来的几个看护，不是院长的甥女，便是姨侄女。大概除了一位专门医师和他们没关系，连门房还是少院长的叔丈人呢。"

影春听了笑道："这倒不错，和去年我在上海看见的厉家班一样，满台脚色，都是一家人。得了吧，咱们别说闲话，还是提正经的，您倒是跟程雪门怎样？告诉我呀。"说着见韵宜又变了颜色，呆然不语。影春便很恳切地说道："你难道还没忘当年的碴儿，有心外着我么？咱们原来是很要好的姐妹，又加同病相怜，无话不说。末后那天，我做出对不起你的事，并非出于本心，实是被人逼的。为要顾我的父母，就顾不得你了。幸亏半道出来个雪门，把你救下。我跟着看出我娘，真没出息，简直死狗扶不上墙。我不该骂她，无奈她太贱得没了价儿，寒透我的心。我才感激程雪门，多亏他给破坏了，要不然我白毁了你，也救不了我娘，那够多么亏心。这些话我已经跟雪门说过，大概你也明白，现在别记我的仇了。咱们还是好姐妹，你有什么为难，都跟我说，我如今不比当初，总还有点儿力量。不论怎样，也得帮你，补补我的罪。"

韵宜听了，呆呆地望着她道："我现在连命都看轻了，还记什么仇？再说当初你也和我一样苦情，只有互相怜惜，谁还会生心害人？你自然是被人逼得没法，才做那种事的，我早就明白了。"

影春道："那么你既不记恨我，咱们交情还是交情，就快告

2

诉我吧。你知道我不但对你亏着心，对雪门还失着信。那天你从家里跑出去，你家里各处寻找，我在街口遇见雪门，就告诉他说你已经失踪。他很诧异地怔了半天，拿出一封信来，托我转交给你。我却打算离开天津，这封信跟着我跑了几万里路，到如今又转回来，还是没替人家交到。这不太难些么？我并不是恐怕耽误你俩的姻缘，只怕你接不到信，还蒙在鼓里，多受无情的苦。"

韵宜听着插口道："怎么，我会受苦？"

影春道："你若见过雪门，当然已经知道了他那信里是写着跟他的太太重复和好，教你不要等他。你若接不到这信，岂不仍要盼望着？"

韵宜苦着脸笑道："可是这封信在你手里存了三年，这三年还不把我闷死了？"

影春道："可是你居然没有闷死，必是早就得知雪门的消息了，要不然就是早跟他到了一处……哦，这茬儿也不对，你若跟他在一处，怎么又会自杀？我直糊涂死了，你快说吧。"

韵宜道："你怎么只道我跟雪门到了一处，在三年前你已经知道他回到太太那里，把我抛了，怎又说我跟他……"

影春道："这是我无意打听着的，这次到天津以后，就想法寻找你和雪门。我心里还当雪门必还照旧守着太太，你却不定落到怎么光景了。无奈我所遇见的人，没有认识你们的。直到前几天，有一位报馆记者来访问我，说闲话儿，从天津梨园行提到票友，那位记者告诉我说，现在最出名的是一位女票友蝶舞楼主，用程派的腔，唱梅派的戏，能为比内行不在以下。我就说这蝶舞楼主是谁？我三年前在天津，并没听说过这个人。那位记者很高兴地告诉我说，他很知道蝶舞楼主的底细，因为那楼主旧日的丈夫，也是新闻界人，和他认识。那丈夫叫程雪门，原是个苦孩子，在一家杂志社做事。杂志社楼上开一处女票房，蝶舞楼主是位阔小姐，因为爱唱，常到那票房去玩，不知怎么看中了程雪

3

门，两个人就结了婚。程雪门好比招了驸马，一步登天，朋友们没有一个不羡慕。哪知道这姻缘并不长久，没几个月便离异了。离异的原因没人知道，因为雪门从离婚后就失了踪，渺无消息，到如今已差不多有三年了。那楼主从离婚后，并没嫁人，只发疯似的学戏。仗着天资极好，又有钱请名师教授，学得地道玩意儿，所以不久就在票界唱出了名。她越玩越高兴，居然行头做了许多，像内行成班似的干起来，还常雇内行陪她排新戏。如今论能为、论人缘，都可以挑个班儿。可是她家境豪富，不指着这个赚钱，只为消遣。不过消遣得也出了圈，居然唱营业戏。虽然是给人帮忙，或是维持穷苦而行，也未免治一经损一经，有人感念，有人怨恨，但名头总算有了。外来的梨园行到天津，差不多全去拜她。她很慷慨，说投了机，常肯几十张几百张地销票。那位记者对我夸赞蝶舞楼主，我想也去拜她，好求她捧场。其实我并没想到那上面，只寻这位楼主，必就是雪门当初的太太了。但雪门曾对我说得明明白白，跟太太重复和好，却怎么又离了婚？却是听这记者所言，他们离异恰在三年以前，好像就是那次发生的事。这是什么道理？就决意前去看个明白。托那记者在次日陪同前往，到了她那里，见着了面，当然只能说些应酬的话，不好露出本意。不料无意中看见墙上挂着雪门的照片，我就借着那照片跟她探听。虽然她嫌我问得无理，没肯多说，但是被我探出来了，雪门确是和她久已离婚，并且一直未曾再见过面。我就想到雪门既然从离婚后失踪不见，你也是从那次离家便没了消息，所以猜想也许你跟雪门又合到一处，躲在什么地方去了。这就是我见着你便问雪门的缘故。"

韵宜点头道："这层我明白了，可是谁告诉你说我从那次离开家，便一直没消息呢？"

影春道："这不是打听来的？说是邢家小姐从两三年前就离家跑出去，一直未曾找着，现在已没人提起了。我想当然你就是

4

那回走的。"

韵宜道："是你亲自去的么？曾跟谁打听来？"

影春道："不是我自己去的。你知道我那没出息的娘，还在那胡同住着，我怎么敢去？"

韵宜道："怎么，你回到天津还没有找你娘么？"

影春道："我已经决心跟她断绝关系了。从回到天津，头一天便派人去打听你与我娘的情形，我打定主意，倘若我娘已经跟那尿泥散了，就来个既往不咎，接她来跟我父亲团圆；若是还跟尿泥姘靠着，那就完了，不但不能接她，还不能教她知道陶影春就是我。因为那尿泥若知道我唱这样红，必要逼着我娘来认女儿，他也跟着来装老太爷，争权夺利。虽然我不能承认，可是麻烦就多了。现在我和父亲好容易能过清净日月，凭什么教他们搅了呢？"

韵宜道："这样说你娘必定跟着那尿泥，所以你就与她断绝关系。可是你瞒着他们怕不易吧？天天在台上唱戏，不能藏藏躲躲，难保不被熟人认出来，传到他们耳里。再说那尿泥也是梨园行人，你的戏不还是他教的么？现在忽然来了这么大的陶影春，同行人谁不去看她？难道他会瞪着眼不认识你？"

影春听着，觉得韵宜言语比当日通达多多，便想她必会在繁华社会中走过一遭，就瞟着她笑道："你不用替我担心，我到天津好几天，今天遇见你还是头一个熟人。你要明白，从前我是什么人？拾煤核儿、卖鲜花儿，或是做小偷儿。你想我认识的、认识我的又都是什么人，可会有花两三块钱买票听戏的主儿？当初我曾被尿泥逼着上过几次台，也许有内行认识我，可是我当初借台献艺，只在那席棚小戏园，和现在唱的霞飞戏院是两个天下。那边的人绝到不了这里，只有一个唱老生的李玉山，在四五年前，我在河北三条石普乐戏园票过一出《打渔杀家》，就是陪李玉山唱的。当时尿泥跟他说了许多好话，他才肯拉拔我上去。可是我成心捣蛋，给他唱了个满台错碴儿。唱完了他进后台，给了尿泥一口浓唾沫，问他怎么教的，这样徒弟，就敢人前现眼。尿泥从那次才断了指我生财的心。现在这李玉山居然改了老旦，升到霞飞当班底。我看见他还很嘀咕，只怕认出来。哪知他连影儿也不记得，还当我真是初到天津，对人说，陶老板生在上海，北方话这么好，还没有外江路数，真是难得。我知道他始终没认出我，才放了心。"

韵宜道："你倒是和当初不一样了，若是走在街上，连我也未必能认出来。"

影春道："我也知道比当初改变了点儿，可是模样总改不了，倘若被尿泥遇上，还是麻烦。所以打算在天津唱完一期，就赶紧走。别尽说我的事，你到底怎么？听方才的话，好像在我走后，你还回家去过。"

韵宜道："可不是？你知道我那次离家，并不是逃跑，只是为追雪门去的。那天早晨，雪门跟我对天明誓，说好一世总在一起，永不离开。可是我一问他的根底，才知道还有着太太，只是已经闹得感情破裂，他才跑出来，打算永不回去。我听说就犯了怙慢。又问知他和太太没离婚，恐怕日后难免要出纠葛，并且我也永远成为黑人，不得出头。便教他赶快回去办离婚，弄清手续，以后便好安心厮守。雪门答应等我父亲起身下楼，就告假出去办理。这时天已不早，我怕父亲起来看见，就急忙回到楼上，坐定了再一寻思，忽又觉悟自己办错了。雪门跟他的太太，未必有什么深仇大恨，或者只为一时口角，就负气跑出来，也许两人都已后悔了。恰在我教他回去办理离婚，只怕离婚办不成，倒恢复了旧好，我岂不受了抛闪？跟着又瞥见报纸上登着寻找的广告，是个朋友出名，说他的太太已经后悔，正在盼他回去。我一见就发了慌，虽然知道人家夫妇既有和好的希望，我不该破坏，无奈一颗心已扑在雪门身上，觉得他一走我就活不下去，就决定不教他走，免得一去不回。当时听我父亲起床洗漱，没有和雪门说话的工夫，只可先把雪门留住一天，等明早再切实商量，我也可以在这一天仔细想想。便写了一张字条，得便跑下楼去，想交给他。偏巧他正在街上买东西。我怕被父亲看见没敢叫他，只把那张字儿放在门房桌上，就告假走了。我在楼上还不知一点儿信息，直到吃午饭时候，才听父亲说起新来的书记告假出门。我一听就急坏了，忙跑到门房，果然已没了他的影儿。那张字儿面朝下在床上放着，我才想到这纸必是被风吹落，始终没入他的眼，竟仍回去办理离婚。又想他也许曾见过我的字条，但在什么地方发现了报上的广告，受到感动，就不顾我这新交，仍回去温他的旧情。反正无论怎样，他总是要回到他太太身旁去了。我当时急得心慌意乱，不顾细想，就跑了出去，想要追他。可是他的家在哪里住，我并不知道，只像发疯似的各处乱闯，也不知走的都是什么地方。在街上信步乱转，由午后直到晚上，累得要死。心里也渐渐明白，知道在天津这大地方，想寻一个不知住址的人，是万没希望的。眼见天已入夜，自己总不能在街上露宿，想要回家，又觉胆怯。出来时候，没留一句话，又在外面耽误这样长久，那黑心的后老婆，还不定对父亲进了什么谗言，回去绝没好儿。但不回去又苦无处可归，为难半晌，只得打听着往家里走。好容易到了安善里那条街上，已然过了半夜。又不敢进前，只在巷外徘徊。幸而我家女仆出门买夜宵，看见了我，就硬给拉回去。果然后老婆早给说了坏话，父亲像审贼似的，把我审了半天，问我做什么去，上哪里去，我连谎话也编不出来，只可一言不发。还是后老婆叫父亲不要问了，那意思是说我必然做了不好的事，便问明白也已经丢了脸，不如不问。就把我赶回房里。从此以后，我便成了罪人，受着全家白眼，没人理。后老婆却更抓住把柄，尽力地败坏我，对我父亲说，家门不幸才有了这丢脸的女儿，可是过去的没法挽回，以后却可以防备，不能留在家中，

7

等着再出毛病，只有赶快想法弄出去。父亲因为雪门告假出去再没回来，已悟会到我那日失踪和他有关系，因此更断定我有败坏门风的行为，就越发气恨。听了后老婆的蛊惑，打算赶快把我除掉。起初依后老婆主意，要随便寻个担水卖菜拉车赶脚的穷人，把我嫁出去，情愿赔送几个钱，也要害得我一世不得翻身，好解她的恨。但她虽然安下这种坏心，无奈我父亲还要顾全脸面，不肯明着张罗，只可暗地寻找合适的主儿。后老婆居然有一次在后门外，问一个扫街的苦力，娶了老婆没有，偏巧那苦力连孩子都有了，可见她多么用心。可是一时寻不着人，如不了愿，她才急了，竟而和一个坏东西商量起来。你知道住在你家一溜儿，与我家住对门的那个大娘儿们么？"

影春道："我怎会不知道？那是高玉亭的老婆，方才我那管事提起他们夫妇呢，并且已经约高玉亭搭我的班儿了。"

韵宜道："是么？你约高玉亭，他一定认识你，不怕告诉你娘么？"

影春摇头道："没关系，我见着他托付一句，他准不会告诉的。高玉亭是个好人，他又最恨我娘和尿泥，怎会传过去？"

韵宜道："你以前必跟他很熟了。"

影春道："一点儿不熟，除了常常见面，连话也没说过。"

韵宜道："那你怎知道他恨你娘和尿泥？"

影春道："这是可想而知的，你难道不知他家的事？他和我父亲一样，受着这种人的气，怎会不恨？他空在台上装英雄，私底下十分怯弱。他那大娘儿们从六七年前，就姘靠上一个姓纪的土棍，不但把大娘儿们霸占，连他的家也给变成纪宅。他既惹不了姓纪的，他原来就有些惧内，竟被压下去了。可是也气出一场病，病后就没再上台，直到如今。我知道他是暗地生气，不愿再挣钱供养仇人。但今天不知怎么，会被我的管事给请动了。你且说那大娘儿们怎样？"

8

韵宜道："后老婆常在门口卖呆儿，跟那大娘儿们熟识，两人还很投缘。她就与大娘儿们提起了我，当然说得十分不堪。托大娘儿们给寻个主儿，不拘贫富好坏，也不管男人瞎眼豁嘴，缺手短脚，只要把这丢脸的女儿，断送出去就成。那大娘儿们一听，就生了心，你知道高玉亭虽是好人，大娘儿们也并非什么好根底。可是她姘靠的那个纪二，却是个妖魔鬼怪，什么事都干。本身办着个慈善机关，在外面很能装人，还开着几处买卖。从书店布庄到小押店和娼窑，他都干了个全。不过有背人，有不背人的。他又善于交际，上中下三教九流，都有朋友，官面也有手眼，所以高玉亭被他压迫得不敢喘气。大娘儿们的表妹，本是纪二的续娶老婆，两下由亲戚来往，才勾搭上的。纪二被大娘儿们迷住了，就常住在高家。外面算住亲戚，暗地就成了高家主人。高玉亭有几个积蓄，全存别人手里，也就被纪二完全把持，高玉亭在家里没一点儿权，一切全随着纪二。比如纪二爱吃鱼，他爱吃肉，大娘儿们就天天弄鱼吃，整年不烧一回肉；比如纪二有事出门，到饭时没回来，大娘儿们就不开饭，高玉亭得陪着饿一顿。至于他怎样怕纪二，真是教人纳闷。我想未必只为着纪二有势，也许有什么短处，落到纪二手里，也未可知。大娘儿们听了后老婆的话，就想起纪二开的娼窑，想替他招点外财，就答应替给留心。回去与纪二商量，两人竟生了阴谋，真难为他们怎么想的，那大娘儿们本来只想借着后老婆的力量，把我弄到纪二开的娼窑里去，或是挣钱，或是转卖。纪二却是眼光远大，竟看上我家的财产，想要把我弄过去做太太，以后借着法律的力量，向我家里分我应该承继的财产。这样所得的，自然比卖人身价多得多了。恰巧纪二的老婆也就是大娘儿们的表妹因为难产死了，纪二正居着鳏，正好做这件大事。大娘儿们自然吃醋反对，但终拗不过纪二，只可替他办理。这些事都是后来纪二告诉我的，不过据他说却是因为常在门口儿看见我，早已爱慕，所以得这机会不肯

9

放松。"

影春听到这里，大惊说道："怎么是纪二告诉你的？难道你跟纪二曾到过一处？"

韵宜苦笑道："岂止到过一处，我的桃姐，你哪里知道，我现在还是纪太太呢。"

影春听了，张开口半晌没闭上，吃吃说道："你、你怎么……真就……"

韵宜含着泪，咬牙说道："你想，有那后老婆安心毁我，又遇着一群坏人算计我，再加上我那发昏的父亲，还会不把我成全了？"

影春道："可是这也太离奇了，你怎么会跟他……我真想不到。"

韵宜道："连我都想不到，何况是你……"

二人说着，听房门一响，随见冯处长探头进来，说："已经过了医院看客时候，我们应该走了，你们还没谈完么？"

影春听了，看看手表，才知道在这里谈了一点半钟有余，自己却只觉才来了不多一会儿。知道不好再留，便向韵宜道："咱们的话太多，我也存着一肚子，要跟你说，可是今儿来不及了，明天午后再来看你，你就放心养着吧，什么事都有我。"

韵宜点头笑笑，凄然说道："好，谢谢你，明儿得便你可准来，我有好些话要与你说。"

影春道："我自然要来，你想我听了半截话，回去多么纳闷，恐怕夜里连觉都睡不好，明儿还会不早早来么？"

韵宜道："那么你就去吧，明儿见。"说着又扬声叫道，"冯先生，宫先生，我也不送你二位，改天再谢。"

影春走到门口，摆手说了句不必客气，歇着你的，就走出门外。见着门外的冯、宫二人，一同下楼。冯处长先报告说："已经把费用付清。不过这里的院长看着我们花钱慷慨，竟又变了

10

卦，说病人还得多住半月，但我没听那套，仍照他和宫先生原定的一星期的日子，预付了款。到时若真个还需住院，可以另到别家医院，这里一切都不大高明。"说着又问，"那位害病的小姐是谁？我看好像跟你有交情。"

影春点头道："可不是？我们从小时就认识，分手有好几年，真到今儿会见着。这遇合真有点儿怪，可是她的事更怪，怎么会成了纪太太，又弄到自杀的地步？咳，这倒霉医院，势派有限，规矩倒不小，把我们话给打断了，起码得闷我一天……"

冯处长问是什么事，影春摇头不答。这时已走到医院门外，她便催冯、宫二人同坐了汽车，一直回旅馆去了。

至于韵宜的遇合，到底如何，作者却不必教读者和影春一同纳闷，可以尽先叙述出来，一则免使想知道的人等待着急，二则也借以改换章法，免得这段补叙文字整个都由韵宜口中来出，成为呆板不灵。

正是：

浮萍踪迹，世途常在迷茫；
涉笔翻腾，寸心自知得失。

原来韵宜继母自和对门居住的伶人高玉亭的妇人商量，托她替韵宜寻觅对象，急速嫁出以除眼中之钉。高玉亭的妇人外号叫作水晶肘，是高玉亭同行在数年前给起的，凡是见过她的人，无不赞叹这外号起得绝妙。因为其外貌的丰腴肥腻，既然相像，而且水晶肘这种东西，味口特好，嘴头特别的人，视为珍味，但平常人却十九有为吃不消，一看就腻住了。此喻她高大肥白的身块儿，有的人视为尤物，有的人望而生畏。由此可见内行对于起外号多么具有专长。但是顾名思义，水晶肘的浪漫，也就可想而知。她从嫁给高玉亭，便已久具盛名。高玉亭的门户，向来未曾

11

清静，直到她姘上了纪二之后，也不知是她情有独钟，还是纪二善于驾驭，高家才得门庭肃静，只见纪二一个人出入了。高玉亭起初所以养痈成患，大约也是为着化零为整，统于一尊，较善于群雄割据的缘故。但没想到日久之后，渐渐大权旁落，受了挟制，再要振作已来不及，才感觉这一顶头巾比以前的许多顶还来得沉重，虽不压人致死，但已永远不得翻身了。可怜他在台上做惯叱咤风云的英雄，竟在家中过着饮糟餟亦醉的日月。至于这三角的中间关系，居然还相处甚安。高玉亭管纪二叫二爷，纪二称高玉亭为大哥，但对水晶肘却称为大姐。水晶肘称高玉亭为大爷，纪二为二爷。这都是当着人的官称呼，至于私底下怎样，那就得归入待考栏内了。高家在三四年间，一直保持着这样畸形状况，所好在高玉亭素寡交游，又加久不登台，连同行们都很少来往，所以风声不易传播，便是邻里中间，也不甚明白他们内幕。只有一次，因水晶肘的一个久在她家住闲、以亲戚资格兼理着奴仆职务的远房姑母，忽然因急事返乡，水晶肘不得不临时雇个女仆替代。虽只月余工夫，但丑史已由女仆口中传播出来，闹得不可收拾。从此以后，常有不知被何人暗中大开玩笑。常常早晨出门，发现大门上抹着狗屎，或是夜中院内被人投入砖石。水晶肘怎肯吃亏？在门口骂了几天，并无效果。还是纪二托付地面代为监视，才好了些。不过每隔些日子，仍不免有礼物发现。水晶肘明白粪坑愈淘愈臭，就也见怪不怪，听其自然。这便是水晶肘的行状。在安善良民一弄分两巷的住户，稍为自好的，都不肯和水晶肘叙邻居之谊。

水晶肘也知道自己在邻人眼中的地位，恐遭鄙落，向来不和人们招呼。所以每在门口卖呆儿，常是沉默寡言，尽力自重，外观倒像是极为矜庄似的。邻人看着全都暗笑，只有韵宜的继母，对水晶肘毫不鄙视，还赶着和她说话。大约水晶肘也深知韵宜继母是女仆出身，抛弃了本夫，气死了主妇，才嫁给大爷，行为很不平庸，和自己都算是一行中人物，品格相类，气味相投，当然不肯拒绝她的友谊。于是两人常常在门外叙谈，由家庭琐屑，张长李短，渐渐推心置腹，无话不说。韵宜继母又从水晶肘处得到许多驭夫妙术，交情愈发水乳。及至韵宜因遇着雪门，被了嫌疑，继母进谗生效，得到籇庵许可，尽速遣嫁，但苦一时难得合适的销路，她甚为焦急，就和水晶肘谈起这事，托她代为留意。水晶肘一听，知道韵宜已应了有后母必有后爹的那句俗语，成为家庭赘瘤，只要驱除出去，不计下落何方，自己正可利用这种情势，给纪二揽一件便宜货物，便等纪二来时和他商量。

　　纪二听说是对过邢家那位姑娘，就寻思了半天，忽然想入非非，说要自己娶她。水晶肘大为惊异，问是什么意思。纪二举出许多道理，说这样不但可以得到她的人，还可以慢慢地图谋邢家财产。水晶肘本把纪二当作丈夫，以前因他家有娇妻，还得委为外妇，好容易盼得纪二老婆最近难产身亡，正喜独据禁脔，如今纪二竟要把希望已久的缺分，派给不相干的人，自然大为反对。但纪二表示，并非真要邢家姑娘做太太，只是借以谋产，若成必须经由这个途径，才能成功。日后只要把邢家财产弄到手中，那姑娘便可随意处置，无论把她打入冷宫，即使仍送进妓馆挣钱，也可由你的便。我现在已将四十岁，怎能与那不懂事的小孩子厮混？家里那个缺，早晚必是你的，现时不过趁机会给你找点儿体己罢了，既遇着金矿，不能不掘啊。水晶肘梦想不到纪二因为常在门外看到韵宜早有野心，今日遇着机会，便借题揽到自己身上，以图遂意，用花言巧语怂恿替他进行。水晶肘听了他的话，便信以为真，认为纪二确是看上邢家的财产，而不是看上韵宜的人才。却不知那邢家并非富户，实际还未必及得上纪二的家私，只于邢籇庵爱好虚荣，常做些打肿脸装胖子的事。例如出门，常雇用汽车，或是身上穿些宁绸摹本缎的古式衣服，以自显为故家；或是在手上戴些钻石宝器的饰品，以自鸣其阔气。其实衣服

13

是由估衣店买来，而珍饰却是由古玩店送来看样，留戴几天，还得退给人家。他这样装阔，故而水晶肘竟信他家有钱，这时听纪二一说，便认为他不是无的放矢，邢家确是值得图谋，又以为纪二和韵宜年纪相差太多，很不配合，纪二无心娶她的话，并非虚伪，于是就受了笼络，答应代为进行。

过了两天，水晶肘便对韵宜继母提起，说现有自己的妹丈纪某人，新近丧的偶，可以给韵宜说合。纪某家道甚富，人又精明，只是年纪稍大，不知道你是否愿意。韵宜继母对于水晶肘和纪二的关系，颇有耳闻，见她居然替姘头说媒，甚为诧异。却因韵宜不是自己亲女，又怀着深仇，正想把韵宜送入地狱，所以明知这是火坑而兼粪坑，更觉深合己意。只还有稍为不满的，就是纪二还嫌富厚，若把韵宜嫁了过去，也许只于受气，不致挨饿，和自己原来主意不符。但既有了这条销路，也只得将就了。便去和邢簏庵商量，满拟一说就成，不料邢簏庵虽然昏聩，但因多少认得点字，还有几微书呆气，而且韵宜是他亲生，也还稍有父女之情，闻言极口反对，说对于水晶肘和那姓纪的臭事，人所共知，我们一清二白老家旧户，怎能与那种人做亲，何况还是水晶肘做媒，这里面还不定有什么诡病呢。韵宜虽然不好，曾给我现眼，可是我这做老家儿的，总得把她往上拉，不能倒往下推。我的名姓脸面也要紧啊。你把她嫁给粗汉穷人，我不反对，唯独这档子算不成。那后老婆见簏庵不肯应允，十分失望。但她在表面还要假装好人，不便过于怂恿，而且她以为韵宜嫁与纪二，不会太受折磨，未免太便宜她，所以对这件事，根本不甚热心。簏庵一行反对，她自犯不上坚持，就向水晶肘从实回复，在她的意思，还打算另寻个比纪二还加倍不堪的人家，教韵宜落进十八层地狱以下，可心可意。

水晶肘听了她的回复，正惬心怀。她本就嫉妒韵宜，自以失败为喜。就又对纪二说了，哪知纪二却不肯死心，他在以前虽然对韵宜暗有羡慕之心，但因家世地位年龄，一切悬殊，尚未曾有过觊觎的奢望，及有听说韵宜不得于家庭，将以遣嫁为驱除之计，不加选择，有人便给，无形中自己有了希望，便把邪心勾了起来。人的心最是奇怪，当其无所希望，常能静止不动，若被希望勾起，再要压下去便不易了。例如一个人境况平常，一向淡泊自甘，贫而能乐，一朝买了张奖券，然后得到消息，中了头奖，他的心便要浮动起来，在脑中组织许多空中楼阁，计划如何享受，好像已经变成富人，和旧日环境完全绝断了。但再过一日，又得到确实消息，中头奖的竟是他人，他的号码还差一个数字，他这时好像由滚热的洪炉中，落到奇寒的冰山下。或者要因气温变化过剧，刺激得立即丧命，即使幸而不死，也不能再安贫守分。他虽然生活并无改变，但因曾一度做过美丽的梦，就等于一度做过富人，再不能重受贫苦，那美梦已把他的心摇惑了，再要恢复原状，已不可能，必然变成个怠惰妄想人，无心安分做事，只想由不正当的途径致富，或是拼命赌博，或是违法舞弊，久后弄到身败名裂而后已。这就是心一动而不可收拾的缘故。

　　纪二也是如此，他既对韵宜有了希望，意切成功，志在必得，虽然遭到失败，他的妄念已没法压抑下去，当时因失望而恼怒，痛骂邢簃庵瞧不起人，愿将女儿嫁给穷人粗汉，我去提亲，你倒驳了？难道我连车夫小贩还不如？但他是个有计策的光棍，绝不能空骂几声了事，暗地在心里较上劲儿，一则野心不死，二来和邢簃庵斗上了气，非要认他这个丈人不可。于是处心积虑，暗做打算。他因常在高家盘桓，耳目既近，平日对于邢家家庭状况和邢簃庵的脾气行为，已然略有闻见，这时再经心打听，没几天工夫，把邢簃庵的种种切切全都弄得清清楚楚。纪二虽是粗人出身，却是十分精明刁狡，而且善于研究他人心理。他以前所以由一个光蛋，混得家成业就，便是由于这个特长。既探明了邢簃庵的嗜好性情，就暗地安排阵式，相机进行。

邢簬庵那里仍过着和平常一样生活，虽然家庭多故，也打不消他的清兴，每日照常诌诗刷字，标榜声气，做他的名士大夫。但是他那部悼亡诗集，因雪门未曾就职，便自一去不返，所以耽误下来，未能整理。他还想另约一位书记，无奈一时寻不着合宜的人，只得暂且把印诗集的事搁起，专力于他那鸭蹼篆的工作。

忽有一日，有个陌生的人登门造访，递进名片，上面写着姓名是吴君里，职业是昌文书店经理。邢簬庵梦想不到这昌文书店正是纪二的事业，而且经理吴某，正是纪二的走狗。当时以为他是文化商人，和自己这名士总是气类相同的，虽不知来意如何，却足以给自己添些宣传资料，就请进客室谈话。那吴君里满面跑五官，满身带机簧，满口含蜂蜜。一举一动，简直就是戏台上名丑扮的杨香武。见面先把那邢簬庵恭维一阵，自言是为着慕名，特来拜访。邢簬庵迎头被稠米汤一濯，已有些发昏，哪知吴君里话中还很有玩意儿，跟着就谈起书法，把近代书家都给褒贬了一顿，什么何绍基完全野狐禅，张廉卿离不开娘家，翁松禅毛病太多，刘石庵韵致太差，至于最近的康有为郑孝胥简直更不能提起，若是把他们的字挂在房里，可以教人得心脏病、脑充血。把这一套说完了，才转入正题，说自己喜爱书法，成为癖好，却对近世书家恶札深恶痛绝，所以只许保存些古碑拓帖，观赏自娱。直到最近，才在一位朋友家里看见你簬老法书，惊得我直跳起来，想不到现在居然有人能写这么好的字，不是小弟夸口，错过小弟，还未必有人认识簬翁法书的好处。当时我就和朋友谈论，朋友是个不大风雅的人，他还说你的法书有点儿六必居酱菜味儿，他是指着六必居那块严嵩的匾额，我听说着就笑道："这才叫醉雷公胡劈，簬老的字，来源可比严嵩远得多，简直可以追到三代以上。你知道古人在竹简上写字，古诗所谓贴我青琅玕，就等于现在送人一匣信纸。古人以竹简为纸，以漆为墨，草稿儿在竹皮上写，竹皮谓之汗青。到正式定稿誊正，就刮去竹皮，再用漆往上写，所以谓之杀青。这样说吧，罗叔蕴那本《流沙坠简》上的东流，便和籀老法书的来源是同一时代，可是你不要看籀老的字和那上面并不相同，认为我的话是老憨，实在因为当时的字，也分若干派的，籀老所宗的派，名叫泥板，可不是现在汽车上的挡泥板，只是在木板上刻了字，用泥填上，和漆书异流而同源。不过木板和泥，自然不如竹简和漆坚固，所以这一派不待始皇焚书，便已失传，后世几乎没人知道，不晓得这位邢籀老何以竟能远绍前古寻堕绪，真是令人佩服。"我那朋友不学无术还不肯信我的话，我一赌气，不犯跟浑人费唾沫，就赶着来拜访籀老，表表我心里佩服的意思，还要打听打听您这一派是从哪儿传下来的。这可大有关系，据我看，您的书法，可以算是两三千年一大改变，虽是复古，也算发明，真是伟大得了不得。兄弟我今日能够跟您见面，可谓三生有幸，比我十八岁成家时还觉痛快。

邢籀庵听他说了这乱七八糟的一套，直好似被举到半空，倒弄得晕头打脑，没抓没挠。他自己书法来源，自己明白是从棺材上字体套下来的，为着蒙哄世人，硬给起名叫鸭蹼篆，还假造得有根有派。在他自己，已觉诩得可观，只求有人相信，便是成功。如今突然来了这位吴君里，不但把他捧上天去，还给考据出更高远更有价值的来源。邢籀庵对他所讲的话，根本不大明白，但听能听出是高抬自己，比自己所自夸的还要高了许多。这就好比一个人从脚缝挖下臭泥，团成丸子，告诉人是什么灵丹，借以骗钱。但中途又遇着一个识货的假高眼，鉴定是非洲高僧所留的舍利子。他虽知是谣言，但舍利子比灵丹大得多，这假高眼的谣言有益无损，也许能教他发财，他自然不会反驳的。邢籀庵当时就默认了吴君里的话，又自己狂吹了一阵。吴君里随声附和，哄得邢籀庵几乎忘了贵姓。他又卑躬尽礼地请问邢籀庵的润格，自言打算求一幅法书，以为传家之宝。那邢籀庵以前只求把字送人，或者为求人收受悬挂，甘心倒贴，梦想不到润格这层。虽然

17

看着别个书家卖字赚钱也觉抱愧，但自知倒贴还没人要，换钱岂不等于关了大门？所以除了偶然对人吹上几句，表示并非完全白舍，也有人肯送润例，只是自己不受而已。但这种话只是他自己说着遮羞，至于由旁人提起润格，今天还是第一次。

邢簵庵不由得心跳起来，自思我的字，敢情还有换钱的价值，至少这姓吴的认为有换钱的价值，他和我素不相识，完全由字上着眼，必非假话。他既这样想，也许还有别人也这样想，看来我是写出名了。想着心花怒放，回答说："兄弟并不以此为生，所以向未出过润格。"

吴君里道："老兄太清高了，若依我看，当今书家，只有老兄配出润格。像某某等人，莫说要钱，就白送做拭秽纸，也怕污了我的尊臀。现在我也不管老兄是否是润例，只自尽其心，奉敬二十元钱，求您随便给写一副对联，簵老千万不要客气。"说着就取出两张十元钞票，放在桌上，还拱手说不成敬意。

邢簵庵这时眼睛看着钞票，耳朵灌着米汤，平日羡慕他人而不敢希望的事，居然来到了面前。这一欢喜，只觉得通身无量数毛孔，孔孔都张开大嘴唱得胜歌，全体三百六十骨节，节节都离了位大跳交际舞，一颗心更在腔里翻掉毛，摔踝子，外带大走其边。只是暗叫哎哟一声，想不到真有人真给钱，我也居然，居然我也。邢簵庵欢快之下，若不当着吴君里，直要高兴得喊叫出来。但只喊也不能满意，若依他的希望，最好房中能预先置下广播器和电视机，把吴君里的言语动作完全散播出去，布告天下，咸使闻知，那才够扬眉吐气。或是退一步着想，能有几个朋友旁观，给这得意之事，留一点儿印象，可恨眼前连一个人也没有，他只好独自享受这人生极乐黄金时代。

一阵心跳过去，才拉住吴君里的手叫道："怎么着？你老兄真肯出钱买我的字？"

吴君里笑着道："簵老别嫌轻亵，务必赏收。"

邢籇庵说出了话，猛觉自己不该做这受宠若惊之态，有失君子自重之风，急忙改口道："哦哦，老兄太客气，我方才说了，说过不收润费。"

吴君里道："您才客气，别人那样糊涂乱抹，还要卖钱，岂有您这样名家，反而白尽义务？籇老您要明白，谦逊虽是美德，可是也要有分寸，还要看清环境，认明时代。在这群魔乱舞的时候，还需要有您这样的人，出头矫正风气，怎能自甘暴弃？兄弟我是个负气的人，早已看不惯现在的情形，今日拜求籇老法书，只是表示我个人的崇拜，以后还要竭力替您提倡，教社会上都知道还有真会写字的人，真能懂字的人。谁是邪魔外道，谁是正宗嫡派，我虽然人微言轻，但在敝同业里还小小有点儿力量，明儿一定集合所有的书店纸局，都替您挂笔单，再设法开个展览会，这样很容易就鼓吹起来。您的法书，只吃亏过于珍秘，才淹没不彰，若是教人人全得看见，管保有目共赏，一下子就……"说着，挑出大拇指道，"准在这儿站着，没有错儿。"

邢籇庵被他说得眼全直了，迷迷糊糊，直忘了自己是怎么回事，脑里也随着吴君里的无根言语，构成了虚空楼阁了。一边心跳，一边寻思，倘能如他所言，岂不大妙！可是我能成么？但他既认为能成，大概还真许能成。想着方吃吃地说出句你太过奖我了。

吴君里一摆手，把他拦回去道："一点儿也不过奖，我敢打一万块钱的赌，只怕不干不怕不成。籇老请放宽心，您点一点头，兄弟就给你效力。"

说着看邢籇庵神情，在坦笑中带着得意，知道他是完全同意，只于不好说出口来，就如同一个旧式的女孩子，父母给说婆家，把未来女婿的照片，放在她面前，询问是否愿意。她看着照片中人的清秀面目，早已生出自己愿意感觉，心里更已超过现时的考虑阶段，而想到日后的享受滋味了，当然一千个一万个愿意。但因女儿惯有的羞涩，要把愿意说出来，很是不易，于是只剩了红脸低头。有经验的父母，一见这情形，便会知道她已经默认，更无须多问，因为忸怩便是情愿的表示。倘或照片中人长得和《白棱记》中大盗李七的脸谱一样，她看着岂止不会忸怩，还要吓得乱吵，来表示厌恶呢。邢簇庵这时神色，虽不致像女孩子议婚那样明显，但吴君里却已看出他的心情，似乎明知神仙不是凡人做，却信存着做到神仙梦也甜的感想。今日忽被人推许成仙有望，也就恨不能一步登天。只于自己本是凡人，还不敢径以神仙自居，这就如女孩子看着男子照片，心中已是千肯万肯，只为想到人家男子对自己是否也肯，就不能不留些身份，把愿意二字暂后出口了。

吴君里看着心里暗笑，但表面却装作越说越高兴，拿起桌上的笔，又寻张白纸，摇头晃脑地说道："我就是这毛躁脾气，说干就干，簇老，咱们先研考一张润格，我拿回去印好，明后天便可以分发各同业家儿。簇老您说，按怎样定法？"

邢簇庵吃吃地道："我是外行，吴先生你给斟酌。"

吴君里也不推辞，提笔说道："凭簇老身价，一字千金也不为多，不过现在初次问世，也只好随着普通行市，不即不离，等将来打出天下，社会看了认识，再借口限制，大涨价钱也不为晚。我看就按十元一尺做比例好了。"

邢簇庵听说一怔道："不太贵么？"

吴君里道："咱们虽不居奇，也不能示弱，这是范金门的价格，也是卖字的最高价格。簇老法书，自言比范金门强百倍，和他一样价码已经太委屈了。"

邢簇庵听说，又觉一阵头眩，心想范金门是大家公认的当代第一书家，我居然也比他强了百倍，并且和他同价，还委屈了我了。不由自己问着自己，这可是真的么？但看吴君里的精诚态度，高兴神情，立刻心里无了谱儿，觉得不会真，他既这样说法，又岂能毫无道理？当然是有所见而云然，我还犹疑什么？

邢簃庵这时已被吴君里架弄得忘其所以，再看他所写的润格每四尺联或中堂四十元，加一尺增加十元，逾六尺外每尺加二十元，八尺外另议；扇面册页每件三十元，字过小者加倍，双行加两倍；市招匾额大字，每字五十元，一尺外加倍，逾二尺加两倍；墓志碑文，每百字千元，不足百字以百字计。他看着只见满纸都是元元元，倍倍倍。虽然是白纸画着黑字，却似行墨之间，满浮金银之气，而且分门别类，应有尽有。把卖字范围内一切行市，无不表而出之，只是少写了棺材字铭旌文如何价格，未免有忘本之嫌。但吴君里知道他那字体来源，也不好意思给添上这笔，因为写屏联碑匾，是名士清高事业，而写棺木铭旌，却是工匠的微末生涯，两者绝不能相混的。

邢簃庵看见吴君里写完，只觉心花怒放，大有飘飘欲仙之势，又见那纸上的价格数码，真是美哉多乎。只要照上面种类每种有一桩生意，合起来也不下两三千元。想想两三千元是多少东西，眼看便可以从笔杆上生下钱了。记得当初听人说，郑苏戡清道人在上海卖字，每年能得万金，以为是不可信的事，如今这不可信的事，就要落到自己头上，这可不能不信了。想着全身都似发生出天花结痂时的感觉，因为天花生长，不止在皮肤表面，据说身体各部的里面，连五脏六腑也同样生长的。结痂时奇痒非常，表面还可以抓搔，内部却没有下手处，便买只李存孝用的搔痒抓，也没法探入内地，所以生天花的人，常常痒得发疯。

簃庵虽不致发疯，却也似身体内外，都有无数虮蛋，爬行刺咬，心里慌慌悠悠，没抓没搔。不由得运动肩脊腰各部的筋骨，把身子扭了几扭，好像老婆君蹭痒似的。想要开口说话，却觉喉咙也有些作痒，先迸出几声无痰之嗽，才说出费心费心，你太费心。

吴君里道："请看这上面没什么可改的吧？"

邢簃庵道："好极好极，你对这种事当然久有经验，小弟是莫赞一词，只求高明做主，鼎力维持，我日后定要重报。"

吴君里摇头道："什么话？簃老这话可说远了，对于你的事，就是敝同业，也得看着情面，完全义务帮忙，兄弟我更是义不容辞。只求你能给我写一张精品，好留作传家之宝，那就感激不尽。"说着转脸看看他方才放在桌面上的两张钞票，意思似说，就是我出钱购求的那张东西，务必给用心写写。

邢簃庵听他说着，也看见桌上的钱，立刻就觉得不好意思，想到他将给自己帮那样的大忙，生那样大财，自己怎好收他的笔润？固然这一次发利市的钱，应该裱起来装上镜框，留作纪念，以资信实而传后，很舍不得退还，但在人情上实在不好收受。倘若收下，吴君里也许暗怪自己不懂情面，因而消灭了帮忙的热诚，岂非因小失大？邢簃庵想着，便拿那两张钞票，退给吴君里，表示现在已成为至交好友，万无收钱之理。吴君里仍坚持要他收受，两下互相推让，好像吵架一样。直到邢簃庵忘了学者态度，使出市井口吻，骂誓说我若收你的钱，就是婊子养了。吴君里才本着君子爱人以德的心，不忍使好友发生血统问题才不再推让。其实他压根儿也没想真花钱，只不过用钞票晃邢簃庵一下，引起他的感情，博得他的信任，至于最后的收回，本在他意料之中。

当时又客气了一阵，邢簃庵为表示好感，立刻拂纸伸笔，写了一副对联，一条短幅。并且特别加工，以报知己。因而把字写得越发奇形怪状，不是扭歪破裂，半身不遂，便是大小粗细，畸形生长。笔画中间，有的得了臌症，有的害了残疾，尤其他那最得意的小脚形捺儿因为刻意求工，每一只都给捺出不同的花样，或兼具瘦小尖弯之美，或作端午角菱之形，或像中年女人的改组派，或似乡村老妈的射天箭，最妙的连戏台上丑婆彩鞋、武旦硬跷，他都因姿取态，刻画惟肖。吴君里看得乐不可支，落一笔叫

22

一声好。直到写完，吴君里替代计算，在这一联一幅之中，共有不同的脚形十九种，可以叫出名儿的病态十三四样。他连声夸赞着，道谢领受，又约定明日便开始代为奔走，一有结果，即来报告。随即起身告辞。邢簬庵这时已不能再作矜持，作揖打躬，说了许多拜托的话。

把吴君里送走以后回到房中，邢簬庵好似做了场梦一样，把自己所写的字，取了几张，挂在墙上，然后搬只椅子，坐在对面，仔细端详，觉得笔致实在雄浑入古，奇气纵横，愈看愈看到好处，愈看愈信吴君里的话不是溢美。虽然自己并未看见过周秦以上古人作品什么模样，但也许天资超绝，居然暗合古人。闭户造车，出门合辙的事，并非没有。又焉见不能关门造字，落笔即古呢？他这心理，很像《国策》上那篇邹忌讽齐王纳谏所说：邹忌问爱妾，自己与城北徐公孰美，爱妾回说徐公何及君。他再对镜自照，果然觉得自己美过徐公。但那邹忌等到见了徐公，自己觉悟实在不如。邢簬庵实不及邹忌聪明，他未曾见过人家写好字的是什么样儿，居然对吴君里的话深信不疑，可见他莫说对于书法，连自己是怎么回事，也一样没有认识。岂止闭户造车，关门造字，简直应了关门做皇上的俗语。

当时他得意洋洋想要把这际遇对外发表，无奈眼前无人，而且天也太晚，不及开门访友。只得回到楼上，骄其老婆，把吴君里来访的事，加花添叶都告诉了。那后老婆听了，虽然欢喜，但埋怨他不能把钱退回。

邢簬庵道："人家许着替我帮忙，眼看就要大把地进钱，怎能那么不客气？再说咱们也不等那一十二十的使唤。"

后老婆道："倒不是为了使唤，这是你头一回凭写字挣的吉祥钱，总该留下，等过年时买供敬财神爷，或是等正月十八用来打囤，多么吉利。以后好越挣越多呀。"

邢簬庵顿足道："对呀，我忘了，当时便退给他，很可以用我袋里的钱掉换一下，把他那两张票留下来，不但图吉利，明儿给朋友看，也算真凭实据，还可以镶在镜里，做我成功的纪念。可惜没这样办，好在往后还有得来，照那吴先生定的笔单，几千几万都容易到手，何在乎这一点儿。"

后老婆听了大喜，便和邢簵庵商议，笔单一挂出去，叫大门送钱的便要多了，一天落上几百，一月便是几千。这些外快，可得归我收存。邢簵庵道："你先别犯财迷，我得先买辆汽车要紧。既有了这大名气，谱儿小了，倒教人看不起的。"

后老婆道："咱们这房子，买汽车往哪儿搁？"

邢簵庵道："不会搬家么？咱们另寻有车房的大房子。"

后老婆道："咱们只两口半人，在大房子空空旷旷的，我嫌害怕。"

邢簵庵道："你嫌旷，我们可以添人口，那还不容易。"

后老婆一听添人口的话，忽然哭了起来，骂邢簵庵没良心，现在还真没发财，只有一点儿苗头儿，你就安心要娶小老婆了。若是这样，你趁早少卖这倒霉字，对付着过平常日子，也还有碗饭吃。别弄得享不成福，倒把我给气死。邢簵庵被她闹得天旋地转，不知这场恶天气从何而来，忙问你这是哪里说起，我何尝提过小老婆的话。

后老婆哭着道："你的贼心眼儿瞒不了我，一撅屁股，我便知道你要放什么颜色的屁。谁家能无故添人口？又上哪里去寻人口？你见过谁发了财住大房子，满街乱认亲戚同族，拉着一块儿住的？只有娶小老婆一条道儿，娶上仨俩的，当然就把房子填满了。你这是试着步走来，成心用这话探探我，我只一点头，你便得着把柄，往后家里就热闹了。告诉你，别打算。只要我有这口气，连只母狗也进不了门。当初我一到你家来，你勾引我的时候，说的都是什么？你发誓赌咒，许着在你害病的太太死后，跟我白头到老，永远不生外心。我信了你的话，才狠着心跟老头子打散，拼着终身离乡背井，回不得家，见不得乡亲，跟你过我算认了命了。哪知道这才几天，你就变了心，又想弄小老婆。我算瞎了眼了，我的老天爷，我可不能活了，趁早给人家腾地方吧！"哭叫着向邢篛庵撞头。

邢篛庵一躲，没有撞上，她便趁势滚到地上撒泼。邢篛庵急得手足无措，只可蹲在她面前，一边扶掖，一边分辩，说道："我所谓的添人口，只是指着多雇奴仆而言。"

后老婆仍不肯信，骂他胡说，下人还能用多少？谁家一个主人，十个奴仆？邢篛庵说："在富贵人家，还有几百人侍候一个的呢，怎说没有？"

后老婆道："你跟富贵人家学样，富贵家岂止几百人伺候一个，还一个娶几十个小老婆哪，说来说去，你的心更露出来了。"

后老婆这样胡搅蛮缠，邢篛庵可费了口舌，直央告了两点钟，才央得她不再吵闹。但为预制机宜，防患未然，还要作釜底抽薪之计，强迫邢篛庵立刻去寻那吴君里，取回笔单，撤销卖字的原议，以免他因发财而生淫心。后老婆来自田间，对于田舍翁多收十斛麦尚欲易妻的故典，知之甚悉，很明白要阻止田舍翁易妻，只有教他麦田歉收，便使出这种手段。但邢篛庵砚田久枯，好容易得看活水源头，如何忍于弃舍，只得拼着奴颜婢膝，不惜舌敝唇焦，向她反复央说，最后还是邢篛庵情愿将笔耕所得，完全交给后老婆经管，自己若不得她同意，绝不浪用一文。

后老婆见得到这优厚条件，心里已然愿意，但表面还不肯轻易下台，趁这机会另外要索了两个条件：第一要邢篛庵正式书立婚帖，并请律师做证。因为以前他们结合，只是于精神上的爱好，并没有文字上的契约。如今后老婆因邢篛庵野心暴露，悟到前途危险，不能不要个把柄，否则万一有日变心，势将无所抓挠。因而失去地位，又上哪里去寻找第二个爱小脚的知音？这是后老婆的远虑。第二要管束邢篛庵的一切收入，由监察员进到保护人的地位。以后凡有上门买字人，无论是私人直接，或是书店南纸局代办，邢簬庵都不得自己接洽。必须叫他们来和太太商量，太太认为可应，收了钱再分派邢簬庵书写，不许有私相收受情事。并且此后邢簬庵书房工作，也得由太太监视管理，每天按所收的钱，临时决定所写件数，多写少写，都在严察之列。

邢簬庵虽说这条件太苛，难于接受，但转想太太是自己的，钱到自己太太手里，也和在自己手里一样，虽然不能自由运用，也不致落到别人手里，只当存入银行也罢。而且这件原是名利兼收，钱虽被她把持，我还有名可享，无论如何，也得委曲求全，便完全答应了。后老婆这才转怒为喜。那邢簬庵无端惹了这番纠纷，虽然暗自懊恼，但因好日子便将到来，不大工夫，便被快乐把懊恼打消，去做他的好梦。反觉这场风波是必有的阶段，因为好运不善交，在幸福将来之前，照例要有一点儿小烦恼的。

他想得果然不错，到了次日，吴君里很早来了，报告一切进行圆满，他的同业朋友，全都愿意相助，还是白尽义务，不要报酬。跟着又说有一位高明朋友，也很赞成簬老书法，他对我进言，认为在现在这时代，抱本守拙是不能成功，簬老最好也随着时势，大大宣传一下。这道理十分明白，旁人只有一成好，因为善于宣传，社会上知道他这一成好，便可以收到一成功效，或者更进一步教人们给捧到三成五成；就是有十分好，却只深藏不露，外人连影子都不知道，想要收半成效果也不容易。现在仗书店纸局的力量，固然也能成功，恐怕不易普遍。我听了他的道理，说得很对，所以来跟你商量商量，咱们既干咱爽性大干一下，请簬老预备一些作品，我去寻个适宜地方，择日正式展览一下，同时在报纸上托人宣传一下子，就可以哄起来了。

邢簬庵本来心无主宰，听吴君里这样说都很有理，本是自己的事，倒跟着别人随声附和，拜托吴君里全权代办。吴君里给算了算，说他以前曾替朋友办过展览会，大概要赁饭店大厅陈列，赁价三天得二百元，若是一星期，很可按比例减少，只有报上宣传稿件，可以托人代办，无须花钱。但不能不应酬登几天广告。按三天算，也得百元，唯有陈列的作品，也必须装修一下，好教人看着增加成色。这笔装裱费，少说也得二百元。再加上请客以及零费等等，约莫总得下六七百元的本儿。

邢簶庵听了，不由面有难色。吴君里连忙解释说："虽然需要下本，却不用拿出现钱，无论哪一方面，全可以由我担保记账，等闭幕后再行清算。凭簶老的书法，这一次展览还会不卖个万八千，五千六千？几百元本钱又算什么？再说太阳从西出，万万不会有的，即使我们的展览，赶上天下小刀子，也会顶着铁锅来买的。天津这地方藏龙卧虎，你的知己总不会说没有，所以摔到地下，也足可以卖千八百的，落个嘴顶嘴，也没个赔钱，簶老放心吧。至不济还有兄弟我，万不能教你栽了，总共一壶醋钱，太不算回事，交给我了。"说着哈哈大笑，在态度上现出无限慷慨、无穷希望。

邢簶庵这时已是利令智昏，只盼他的话有经验，有见识，无一样不是言之有理。再回想自己，好像也确有这样把握，天津这地方，共有一百万人，内中有十分之一是知识阶级，由这十万知识阶级之中，再有十分之一爱好书画的，便是一万名，再假定这一万人中，只有十分之一是自己的知音，便有一千名，这一千名之中，每人只出十元来买我的字，岂不还收入万元？何况还许不止此数，即使向坏处想，像吴君里所谓摔到地下，只能有百人来买，也还不致赔了本儿。再说吴君里又不要出现钱，看他的义气劲儿，赔了必然代为负责的。这样有把握的好事，我若再犹疑，未免对不住朋友了。邢簶庵只看眼前的锦片前程，却未顾及脚下的泥涂陷阱，更想不到吴君里是安排一只漏舟，诱他走上。

吴君里把邢簶庵哄进了圈套，便着手替他办起事来，每天必来一次，督催着邢簶庵赶忙预备作品，并且每来给带一两桩好消息。或者说外面闻听邢簃庵将展览，已引起许多人注意，都在希望赶速开幕赖以快睹，由此可知成绩总不会错；或者说有某某富翁、某某贵人，都已和他约定，临时给邢簃庵捧场，大批购买。邢簃庵听了自然兴高采烈地加工赶写，好在他这笔抹儿，十分省事，一点钟足可写上十几副对联，所以三五天便预备得差不多了。吴君里却预料届时必能畅销，为防中途缺货，就劝他多多预备。邢簃庵也以为多写一张宣纸，便等于多得一叠钞票，自然乐从。这时宣纸行市，虽然不甚便宜，但在比较上还算为数有限，最破费的是装裱费，吴君里又主张必须精美装潢，才配得上名贵的作品，便多破费几个，无妨把定价稍为提高，购买的人，被引起了美感，购买力因之加重，绝不在乎多花几元钱的。邢簃庵想想，当然还是有理，于是遵照奉行。

吴君里在他预备期间，便抽暇陪同出去各处交涉，例如裱画店饭店以及报馆等等地方，都陪他走到了。吴君里真不含糊，居然全给办得成绩圆满。每处都答应暂且记账，等展览闭幕，再行清还。不过他却站住地步，只自居于介绍地位，教邢簃庵以本主资格，给人家签字立约。邢簃庵觉得这是当然手续，自己的事，当然要自己出名，至于日后结束，自然吴君里代为担当。何况后望正长，金矿已见苗头，这区区小款根本不足置意。就一切马马虎虎，任凭吴君里撮弄。

到筹备完成，邢簃庵安着捉大鱼用大网的心，在吴君里的大手笔指挥之下，预备了四百件作品，这一项连裱带装就是七百多元，又和饭店本主立下租赁大厅七天的合同，每天五十元，言明无论成绩如何，展览与否，在约定的某一天，必把三百五十元交清。这两宗已然过千，又在开幕前一日，由邢簃庵具名，吴君里代为发帖，请了一次客，来的邢簃庵大半不识，但内中却有一个人特别扎眼，便是那盘踞在对门高宅、霸占水晶肘、并且要做邢簃庵姑爷的纪二。邢簃庵看着诧异，但经吴君里介绍，才知道他竟是吴君里同业中的有名人物，并且是个外场人，在街面上很有名气。邢簇庵才知道纪二具有两层人格，自己一向只看见他阴暗面，今日才发现他向外的另一面，原来并不止于流氓浪子，居然还做着事业，有着声望。便把厌恶的观念，减了许多。又加自己做着主人，正要用他帮忙，不能不周旋尽礼。纪二却对邢簇庵淡淡应酬，只说了几句恭维话，并没叙邻居之意，便去和他人畅谈。

本来这一席乌合，全由吴君里做主邀请，邢簇庵只由他口中知道都是有力量有地位的人，以为可以给自己捧场，却不知大半是纪二和吴君里的同道朋友，所以纪二在席上颇为活跃，很多人追着他谈话，好似很受钦敬。邢簇庵看着，更由诧异中留了深刻印象。

到了次日，便是展览正式开幕日期，邢簇庵和吴君里连夜工作，又邀了几个帮忙的人，把会场布置妥帖，作品全都张挂起来。因为在报纸登的广告，定明时间，每日自上午九时至下午八时，所以要在九时前陈列停当。邢簇庵拼死拼活，紧赶慢赶，幸而未误时刻。在他心中，以为时刻一到，来宾必要踊跃而入，便不致如贫民之粥厂抢粥，也得像梅兰芳演戏，买票挤破铁门。等他在陈列完毕和吴君里相对立在全场中间，眉开眼笑地望着壁上大钟，静待钟针移动，只等一到九点，外面便要有一阵骚乱，不定有多少人拥进来，这些人当然要瞻仰他们所钦佩的名家，认明了正是区区小可，说不定像电影上面群众推戴英雄似的，把我扛上肩头，抬出游行马路。即使来者都是文雅的人，不肯做那粗莽行径，也必把我包围颂赞。反正无论如何，风头算出定了。而且他还仿效别人展览的征求批评，特备下签名册和批评册，料着必有名公阔人驾临，给留下美不胜收的好评，便可送去登报，声价更可十倍百倍。

邢簇庵满怀热情，好容易钟鸣九下，他一一地数完了，提着勇气，侧着耳朵，只待外面喧哗和脚步声音。哪知过了半天，仍是静悄悄的，万籁无声，一人不见。他觉得沉不住气，心想莫非这钟快了？来宾还等在门口，不肯进来？就走出迎接，由会场大厅直到饭店门外，除了白衣茶房，并没看见一人。站在门口看着街上行人熙来攘往竟各执其事，饭店门上空挂着自己亲笔所写邢簶庵书法展览的布额，没一人肯往上注目。他呆了半晌，心想莫非报纸上的广告错了日子和时刻，怎不见一人到来呢？便又跑进去，寻张报纸看看，见上面印得一字不错，他才忍不住问吴君里道："怎么会没人来？"吴君里听了大笑，说他外行，我们既定出时刻，不能够不早来等候，其实照顾主儿绝不会这样早来的，我想凡是能花几百几十买张纸片的人，定不同于工人小贩，黎明即起。他们在夜里还要享乐，睡得极迟，露面总得在午后，但午前说不定也有人来，你不要心急。邢簶庵听了无言，但仍不断向外探望，直过了十点多钟，才见有两个年轻人进来。虽然穿着长衫，但满身露着贫酸之气，趄趄趑趑地向里走。邢簶庵一见，便知不是好买主儿，但转想也许是哪位阔人本身无暇，派仆人前来代购，就不敢怠慢，急忙上前接待。哪知这两人本是失业的店伙，闲着无事，结伴在街上闲逛消磨时光，见这饭店门外的展览标帜，就进来看看，想歇歇腿儿，顺便还许弄点水喝。及见会场这样清静，主人又陪坐相迎，他们倒发了窘，竟没敢坐下，转身就走。邢簶庵十分扫兴，便从此竟很久没人进门。等到天将近午，才又来了两个爱好艺术的小学生，都是十岁才过，身穿制服，想是放学回家，抱着和进戏园戳腿一样心理，进来开眼的。只绕场一匝而出，他们倒像是看展览的行家，居然自己在签名簿上留名。邢簶庵在他们走后，看看簿上的字，虽然嫩笔鸦涂，却是很有骨力，那太不均匀的笔画，很像自己的派头，不由望着苦笑。

　　正在这时，吴君里过来，向他说天已不早，可要吃饭？邢簶庵虽然因为会场空虚，以致胸中烦闷，毫不觉饿，但以主人地位，总不能教朋友挨饿，只好答应说咱们该吃饭了。吴君里提议上旁边中餐部去吃，邢簌庵却是恐怕离开会场时，恰巧来了主顾，就叫来茶房，点了两客简单的饭，吩咐送到会场。两人就在空阔的大厅中放签名簿的桌上，相对而食，食时不断听外面有人出入，想是饭店中吃午餐的主顾。邢簌庵每听到步履声音，就提心倾耳，只疑是进会场来的。但每次都只由门外越过，上楼而去，也有在门外稍停，谈论数语，仍自走去。好像大家齐了心，都不肯进来。

邢簌庵虽还信着吴君里的话，希望午后将有奇迹发现，无奈当前的寂寞情景，使他的热望渐渐冷却，怀疑是否还能有自己所想着的热闹风光，还是永远这样下去。就一面懒懒地箸饭入口，一面向吴君里道："怎么还没人呢？"

吴君里仍是慢条斯理地回答："你别忙，这正是饭口，连马路上也一样冷清，等会儿就该上座儿了。"

他的话方才说完，就听外面一阵咯咯唧唧，嘻嘻哈哈，有一群人走了进来，约有四五位，都是极摩登的小姐太太，似乎才从楼上吃完了饭，顺路散步消食，进场观光。邢簌庵忽见来了这许多珠光宝气的女性，不由心花怒放。自思敢情我还有这些红颜知己，真是难得，而且太可骄傲了。但自己正吃着饭，未免有碍观瞻。当时红着脸，想要效法古人的一饭三吐哺，但恐看着不雅。只得反其道而行之，把口中的饭赶紧吞咽，噎得直翻白眼，仍自忍耐着要跃起接待。哪知在一群红颜知己之中有人发着燕语莺声，说出两句话，竟使邢簌庵意兴全消，气力都尽，立不起来了。

原来那群女性一进会场，便有一位太太嘤咛一声叫道："哟，怎么都是字呀，我还当是展览画儿呢。"

又有一位小姐应声说道："字有什么看头？展览什么劲儿，

31

不比是画，花花绿绿的有意思，上回张大千展览，我跟二哥来看，还买了一张骑小驴的老头，花了二百多呢。"

这位小姐语声清脆，还带些南方口音，大有吴人京语美于莺的韵味，真可说是艺术化的语言。只是入到邢籛庵耳中，便觉太不艺术了，但她们高瞻远瞩，也并未看见邢吴二人，只走到一角上望着墙上的中堂对联指手画脚，高谈阔论。

这个小姐说："我还是头回看见在饭店展览字的，谁爱看这个。"

那太太就说："年头改变了，我在马路上倒见过卖对子的，不过那是过年时候的事儿，如今平常日子竟也有了，还升到饭店里来，这卖对子的真阔。"

又一位小姐笑道："你别外行了，那是卖年对的，都用红纸写，这种用白纸写的，平常日子也有，在大街上常见墙上钉着些挑山横批，上面写着新鲜样儿的字，有的像描花样子似的双钩，有的像拿刷子刷成的一窝丝，还有的把笔画都写小鸟儿，我家门房里就挂着两张，听说就是从街上买的，才几毛钱。"

另一位小姐道："什么几毛钱？你看这四扇屏，写着一百二十块呢。"

一位太太看着那标价的签，咯咯地笑，低声说了两句，她们就都笑了起来。邢籛庵听这几位鉴赏家，竟把自己比成了街头卖年对的，不由面上发烧，心中发堵，直想去把她们叱骂。但那群女客，却是知趣，竟把话题改变，大家商议着去看电影，还是去打八圈，就在辩论声中，一哄走出会场。

邢籛庵望着她们的后影，用力喷出口唾沫，正要回头和吴君里说话，却又见有一人跑了进来，邢籛庵以为这一回就是顾主了，不料仍是失望。来人穿着短衣，神色慌张，进门便东西张望，看见吴君里，奔过去高叫："大爷，快回去吧，大奶奶不好。"

分明还想我把韵宜许他。虽然不知纪二是和我怄气，还是真的爱上韵宜，意在必得。这小子用心机可真不小，我很可以揭破吴君里的奸谋，教他明白，别把我当小孩好欺弄。但是事已至此，揭破又将如何？吴君里势必拂袖而去，我仍没凭据拉住他代负还债责任。到明日被债主拉去打官司，仍旧逼我，丢人现眼，永留话柄的也是我，那更弄得没法转圜了。看吴君里的意思，我若能屈服允婚，大概纪二爷反过来给丈人捧场，不但债务不成问题，名声可以保住，另外或者还有好处。看来这问题已变得十分简单，我只在允婚与否，不过韵宜正在青春，又是书香种子，若给纪二那样市井棍徒，实觉不能甘心。但转想不甘心又怎样？我若不走这条路，目下就是大难临头，以后也永难翻身。不但鸭蹼篆由此埋没，名士梦也做不成了。将这些问题和韵宜比较轻重，当然韵宜要轻得多。何况她已不是好女孩，在家不能孝顺继母，闹得家庭不安，我早已跟她母亲说好，赶快寻找主儿，由家出去，不管挑水卖菜。这样女子我还挑剔什么门当户对？只求有人领去，免得在家给我丢脸，跟她继母怄气。上次纪二提亲，我也是一时滞住，因为他行为不端，门户不合，又加着做媒的就是他的姘妇，觉得太不成话，才回绝了。其实现在细想起来，这孩子我本对她深恶痛绝，打在肚皮以外，何必还闹这些讲究？再说我已打算不管穷富，有主要就给，所以回绝纪二，不过为着我这书呆思想作祟，还要他身家清白。可是纪二虽不清白却还富厚，韵宜嫁给他，反许比嫁穷人有得享受。何况我对韵宜只要出门，并非正式出聘，无论她到了谁家，我都是一刀两断，永断葛藤，绝不按亲戚来往。这样她嫁给王侯，或是嫁给乞丐，对我都是一样，反正推出门不管换，又何必乱挑购主？现在我上了吴君里圈套，眼看除了把韵宜献给纪二，不能自救。我既看出情形，又有着现成的救命毫毛，怎能还吝惜不用，坐待自己毁灭？看样是非得牺牲韵宜不可了，我就牺牲了她也罢，何况这还是不足牺牲，纪二既如此用心图谋，想见极爱韵宜，韵宜过去享了福儿，还得感激我成全呢。

邢簇庵真应了有后娘必有后爹的俗语，他自受后老婆浸润之谗，早已对韵宜发生恶感，视若赘瘤。及至韵宜一夜失踪，回来之后便认为白璧有瑕，后老婆更把贞节廉耻家风名誉等等，作为话题，成天在邢簇庵耳旁蛊惑。邢簇庵也不想后老婆是什么出身，什么来历，是否配说这话，也忘了自己和后老婆当日如何勾搭，如何结合，是否先已破坏贞节廉耻家风名誉，竟而丈八灯台，照见别人，照不见自己。认为韵宜这样行为，不但败坏自己名士门庭，还沾了后老婆的高贵母仪、清白的身份，更把她恨上了，以致天性全失，良心尽丧。所以这时一明白吴君里的用意，不待他人逼迫，自己心里先已打了转儿，决意把不甚爱惜的女儿，挽回来自己做错的事。但他还小心谨慎，并不把本意径行露出，仍故作奈何，和吴君里磋商。一步一步逼近本题，等吴君里说出解铃仍须系铃人的话，他才装作无可奈何，表示可以商量，但要问在他允婚之后纪二方面如何捧场。

吴君里到了这分际，知道大功已成，就问他有何条件，邢簇庵就提出三条：第一要纪二担任把展览品全部照原定价收买；第二要纪二设法，给他本身和他的鸭蹼篆传名，捧成大名士大书家；第三因为他的门庭和境况关系，虽然韵宜嫁给纪二，却只能给个空身人儿，没有嫁奁陪赠，而且以后也无法照亲戚来往，邢家对姑娘一概不应酬。他说出了条件还附加小注，请吴君里代达苦衷，说他对纪二不但不敢轻视，而且十分钦佩，很荣幸得到这样好女婿，只苦于纪二在他家门口闹得口碑太坏，水晶肘的事，几乎无人不知。现在他把女儿嫁给对门有夫之妇的姘夫，被邻里说出去，太已难听。他现在正当培养前途，制造声名之际，不能不力加谨慎。倘若名气一坏，以后就没人愿意挂他的对子了，岂不前功尽弃？同时又奉出一条证据，说是在若干年前，本地发生一件咬舌奇案，是翁公强奸儿媳。那翁公本是位贵官，也善于写字，有许多墨迹流传在外的。自从报纸上揭露丑事，人家宅中挂有他的对联中堂，完全撕下烧了，好像怕被玷污什么似的。这件事虽不能相提并论，但很足引为鉴戒。所以务必求纪二爷体谅我的苦衷。好在他希望只在小女本身，不会在乎这等小节。说着又向吴君里谆谆嘱托。吴君里也没说什么，只许着代向纪二商量，再行回复。邢篆庵却求他务必当日办出结果，因为次日便是最末一日，不但债务需在明天清偿，自己的名誉成败，也要在明天判定。倘若次日不能在海底捞月的方式下得到圆满结束，就要把丑出在当场，以后再挽回也来不及了。吴君里应着，因为天已向晚，教他回家等候，当夜必有回音。

邢篆庵回家，坐立不安地等到晚饭以后，吴君里果然如约而至，向他说纪二起初还负气，不肯重提婚事，经他费了许多说辞才求得纪二不咎既往，但一提起邢篆庵的条件，又把纪二惹翻，他几乎磕了响头，央得纪二从长计议，结果是对于第二、第三两条，可以照办，纪二本也不想高攀邢家这门贵亲，来往与否不成问题，奁赠更不理会，不过婚书却得写上两份，以防反复。至于捧场，纪二很可以尽力，只不是一时的事，须得慢慢儿来。唯有第一条包买作品，却不能应允，因为全部标价总有七八千元，纪二不肯拿出这许多钱。他虽然朋友很多，众擎易举，他不忍教别人出这大力，自己也不愿承这大情。所以只先替邢篆庵清偿债务，不过表面上却可以邀出几十位朋友到场，假充购主，把作品购买一空，圆上他的面子，还担保后天报纸上给来个虚好看。

邢篆庵一听，觉得自己太不上算，白被他们撮弄一回，费了许多心机，受了许多气恼，结果毫无所得，倒赔出一个女儿，未免太教人窝心。那纪二也太不厚道了，你既爱上韵宜，定要谋她到手，也算情之所钟，不能自已。可是也该看在韵宜的面上，待我这老丈人放宽厚些，稍尽亲戚之道，却为何如此刻薄？这简直仍是市侩行径。在情爱上也不脱市侩，只逼我献出女儿，不给丝毫好处，实在欺人太甚。我并非想要好处，邢簇庵不是卖女儿的人，可是在这情形之下，我受气吃亏，赔人赔钱，到底得不到一点儿可以自慰的东西，岂不懊恼死人？而况他在钱上已如此奸猾，恐怕所许的第二条件，也靠不住。日后把韵宜娶过门去，将我抛于脑后，不肯出力捧场，我又将奈他何？看来纪二太已万恶，吴君里为虎作伥，更不是好东西，我不能再上他们的当，这亲事只有作罢。但转想亲事可以作罢，债务却不能作罢，自己仍在他们把握之中，若一负气，必致弄成僵局，以后更难转圜。只可把气压了又压，把泪忍了又忍，虽抑着万分难过，再向吴君里好言央求，期期艾艾说了半天，才把意思表出。

吴君里忽变了面目，反口相问："簇老你原说只希望渡过目前难关，现在对方已答应代为清偿债务，你怎还要额外的钱？倘若你是按世俗那样出聘女儿，可得你自己去掏腰包，教纪二多出几文，作为陪送嫁奁之用，算是羊毛出在羊身上，也还在理。无奈你又说过毫无奁赠，概不应酬。那么还多要钱做什么？难道凭你簇老，还从女儿身上寻生发不成？"

邢簇庵见吴君里现出刁猾本色，毫不留情地对自己消讥，不由涨红了脸，气得抖颤半晌，才说出回答的话道："我凭什么从女儿身上寻生发？我是从这展览的作品上寻生发。"

吴君里冷笑道："簇老，你还觉得你墨宝真值钱？你的字若能够格的早就有人抢着来买了，就是卖得不多，剩下几十张，纪二爷也能邀出些位朋友，大家给你分了，那是一句话的事。无奈您的这笔尊抹实在有限，人家买了去就许不愿意悬挂，纪二爷是外面人，不肯害朋友白花钱，所以他答应替你还债的话，全得自己往外拿，并不是把你的字转去售卖。你还想从这方面寻生发，不是做梦么？"

邢簇庵听他说出的话，更气得要死，便质问道："当初是谁夸我的字好到绝顶？是谁怂恿我开展览会？这时又骂着我一文不值。"

吴君里笑嘻嘻地道："不错，我夸过你，我劝过你，可是我本是个生意人，懂得什么？谁教你把我的话作准呢？"

说着见邢篾庵颜色改变，眼透凶光，似有拼命之意，忙又随风转舵，笑道："篾老，别生气，我这是说着玩儿。实在并非你写得不好，是识货的太少了。得了，咱们闲话免提，先尽事办。我既在中间，总要给你们办成了。现在我再去见纪二爷一次，少时就回来，反正事情成不成，得在今晚定规，要不然只怕篾老也睡不着觉。我姓吴的敢说体贴朋友。"说着就向外走。

邢篾庵明知被他玩于股掌之上，打哭哄笑，极尽侮弄之能事，好把自己治得服帖在地，心里怀着无限气恨，却是说不出来。而且知道说出来也没用处，只可顺着他的口气，连声道谢，送他出门，自己掉了半天眼泪。

等到半夜以后，吴君里才又回来，进门便说和纪二爷磋商到至矣尽矣的地步，来做最末次的交涉，只问篾老依与不依，绝无再商量的余地。篾老你就说怎样吧。

邢篾庵忙问道："最后的办法如何？"

吴君里很简截地道："纪二爷除了替你还债以外，另送三百元钱，再要多一文也不能够。"

说着从身上取出两份特制婚书，放在桌上道："篾老，你答应咱们就写婚书，不答应我立起就走，不再管闲事了。"

邢篾庵怔了半晌，左思右想，知道除了屈服，别无活路，由吴君里的态度，便可知道纪二多出三百，已是仁至义尽。若想再加，万无指望。只得咳了一声道："事到如今，我不依又有什么法儿？可是婚书好写，你们钱几时付过来？"

吴君里又从怀里取出个纸包道："只要写了婚书，立时交钱。"

邢篆庵呲咕着眼儿，忽然把脚一顿，就和吴君里商酌着把婚书写好。自然是吴君里做了媒保，写完又问过门办法，邢篆庵要求由纪宅定个日期，派车来接，女宅方面只要把姑娘送到车上，便算尽了责任。并且要保守秘密，除了一辆汽车外，不得稍有铺张，稍露形迹，以免被邻里知道议论。吴君里毫无阻难，全替纪二接受了，随便打开纸包，取出三百元钞票交过，又给了几张收据："你的债务，已然全替你付清了，省得给你现钱还得自己去付。这是取回来的收据，请你收好。"

邢篆庵看时，果然是饭店裱画店和登广告的交款收据，不由心中诧异，他怎这样敏捷？在我没答应以前，便把债全给还清了？足见他们早有十分把握，知道我绝逃不出掌心，便可着他们这是整个的圈套，一切都已安排停当，只等我这蠢材一步步向里钻去。现在我钻到这头儿，他们也大功告成了，至有这样替我还债，大约和饭店裱画店处等等，还有不实不尽，说不定都串通好了，专骗我个人。但这时便对他揭破，也已无用，只得忍气吞声，又和吴君里商量明日遮目办法和以后的捧场问题。吴君里手拍胸膛，满口应承，一定给尽力做到好处，便带着婚书告辞而去。邢篆庵因交涉已经办完，无可多谈，就送他出门，临别时将满腹冤气，都发泄于一声多谢、一个大揖之中。

吴君里去后，邢篆庵上楼就寝，才把事情对后老婆说知。他自前数日，因为展览成绩太糟，既恐被后老婆瞧不起，又怕她因失望而吵闹，所以只用话敷衍，不敢说明真相。今日因得了这三百元在手，生出勇气，而且事情已到了紧要关头，关于对付韵宜，有和后老婆商量的必要，就壮着胆子，在关门睡觉之时，先把三百元献出，买得后老婆的笑脸，才跟着把自己受了吴君里的欺骗，落到什么地步，现在已办成什么结果，以后将要展开什么局面，都详细报告了。后老婆并没生气，反而暗自高兴。本来她所不满意的，只在钱财一项。起初办这个展览会，吴君里对邢篆庵说得天大地大，邢簬庵信了他的话对后老婆也说得无大无天，所以后老婆存了奢望，只望由这次展览发财。如今万花筒一破，露出里面的玻璃碎屑，才知和初愿大相悬殊，这些日才三百元钱。虽然比原来想望的三万三千，差得太多不免扫兴，但韵宜能够并案办理，随即抛开过去，计议未来。邢簬庵见这一关居然平安渡过倒觉出于意外，他却不知道后老婆把韵宜视若仇雠，久思排除为快，只求拔去眼中钉，便损失些囊中物，也是甘愿的。她虽然不好明说，心里却认为邢簬庵这事做得很值嘉奖，怎能反而申斥？于是这一双难夫难妇，就好像遇着喜事似的，分外高兴，特别精神，直在枕上喁喁终夜。

到了次日，邢簬庵早晨起床，自要到会场去虚应故事，吴君里也早早到了。天到十点，便有纪二所约朋友，陆续到来。会场中立呈繁华景象。并且来的没一个空手出去，每人都买了几幅作品，不过全不交现钱，只由吴君里从中搭话，购主拿了东西，吴君里便报出价码，说某某先生取去中堂几件、对联几副，共该若干钱，钱已早付过了。这种算是预定的，也有装作现卖的，也都先把东西带走，说明由吴君里派人到公馆取款，因为购主来得多了，饭店门前突然热闹，引得街上行人都进来看，所以要加些表演，纪二朋友居然很为捧场，有的还大嚷着要照某幅中堂某幅横披的样子定一份，还要求提早交件，大有爱不忍释、急不能待之势。闹得邢簬庵的脸上十分光彩。只见墙上的展览品，渐渐减少，购主全大卷小抱带着出去，看热闹的不知就里，看到这般盛况，全啧啧称羡。这个说敢情卖字生意这样发财，明儿我也买本玄秘塔帖来临临，那个说你看这是挣了多少钱，约莫这一天就得过万，若不是大写家会有这样风头？邢簬庵听着，也觉得意，把胸脯腆起，在人丛中穿来穿去，只可惜这得意时光，不许久享。昨日他还嫌作品太多，今日却又苦太少，没有两点钟的工夫，便被来人取走了，剩下四壁空空。购主既不再来，看热闹的也全走了，他只得也下会回家。临行时还被饭店茶房讹了一下，茶房因他大发其财，围住了贺喜讨赏。邢簬庵只给了两元，茶房不肯接受，挖苦他说："你老这进了上万的钱，还不得赏我几百？怎这样吝啬？"邢簬庵心想我赔出个女儿，连几百还没得到呢？但这苦情怎能告人，只得再添上两元。茶房还是不饶，结果把他所得于纪二的钱，赏出二十分之一，还听了许多闲话，才得反身回家，直生了一天气。

到了次日，他特为起了个大早，天光一亮，便不再睡。起床到楼下书房坐着，等待送报的来。那报贩也开玩笑，直到九点多，才把报由门缝塞入。邢簬庵忙跑出去拾起，打开了寻觅自己的消息。他因听吴君里许着必对自己大捧特捧，以为或者把展览的事，登在报上要闻头段地位。但看了却是没有，只可一页一页向下寻觅，直寻到副刊下面，才在一段谈戏稿件之旁发现邢簬庵书法展览圆满闭幕的题目。他瞪圆了眼，细看本文，只见那篇文章做得很有声有色，捧得胡地胡天。起首把邢簬庵的学问道德，吹了一阵，好像他虽够不上亘古一人，但说是三代以后伟人，又嫌屈尊，只可在亘古和三代中间，选一个位置。随后并把他所写鸭蹼篆捧上一段，说是神农尝百草而识医药，仓颉见鸭蹼而造文字。可见这一体来源至古，不过中道失传，到邢簬庵得到不传之秘，才振起坠绪。并且他为练习这种古体，不但使秃了上万支毛笔，曾仿古人做了个加大的退笔冢。为洗砚台，把墙子河的水都染成黑汤。并且他为摄取鸭蹼篆的形神，每天都要吃那鸭掌，吃鸭掌因此才得了极深的造诣。最后又说到展览盛况，都用数字表示。第一日有几万人参观，第二日几万人参观，总计一星期共有十三万零几百人，约占天津市人口十分之一，若再加上七十万，便可以够下江南了。至于出售的件数，是四百几十件，全都售缺。共售价三万几千元，还有预定重写的一百零八件，又收定金八百元。最后又总结说，这次展览博尽美誉，出尽风头，结果圆满，收获丰盈，可谓艺术界空前绝后的事。闻邢簇庵仍复余勇可贾，拟做第二次展览，实现之期，或在今秋或明春云。

邢簇庵看了，只觉四体酥融，飘飘欲仙。心中如醉却不关酒，如痒却不可搔，晃悠悠迷糊糊的，说不出什么滋味。记得有生以来，只在双亲故后，发现遗产较他所料很为丰富，和初婚之夜，领略人生趣味的时节，以及去年某夜，和老婆勾搭上手，摸着小脚的时节，似乎有这同样感觉。但却不如这时的意致浓厚。于是他就把这段记载从头再念一遍，又念一遍，越念越舍不得念，直念了三二十遍，简直都背熟了，就闭目默诵冥想内中的意味。又自言自语地道："这就叫名利兼收，空前绝后，真露足了脸，虽然尽是假话，可是知道实情的只几个人，看报的却有几万几十万。简直一旦成名天下传了。只这一段，我就算没白赔了女儿。不过他们说我还要来第二次，我倒愿意来，只可惜没第二个韵宜可赔了。"

自己这样捣鬼半晌，又睁眼再重看，到把每一个铅字都看得熟识，连某个字缺了一角，某个字印得模糊，都记住了，这才像吃东西吃饱了一样，再吃便觉无味，再看也觉无聊，就把目光移到旁边，想要看看其他记载，借以调剂精神的紧张。旁边是一段暴露性的戏剧文字，题目是《挑班者之怪现状》，小题是《欺人自欺，可笑可怜》，正文是：

旦角童伶丁子朋，本来学艺未成，天资有限，只为交游颇广，得人文字揄扬，薄有微名，但论其技艺，即求为人捎刀，亦尚有待深造，而伊心高妄想，不知自量，只羡名角发财，不见班底挨饿，竟妄想独挑头牌，组班出演。在去岁即大做宣传，唯经久未能实现。直至最近，此千呼万唤始出来，七拼八凑不像样之新班，方才组成。在新津戏院演唱一期，即行扣锣。据某报刊载，该班出演上座千人以上，景况甚盛，前后台盈余甚多，以内部发生纠葛，只可暂停，不日解决就绪，即行续演云云。此盖为丁子朋方面之遮羞宣传。笔者当日在场亲见情形，与所载天地悬殊。兹谨从实录出，以明真相，非欲扬人之短，思警戒后来之人，以此为鉴，慎自度德量力，万勿再冒进，求荣反辱为幸。

笔者当时出入前后台考察，该班凄惨状况，可谓打破纪录。第一并无守旧，由某位能者纸糊彩画，所费已逾千元，而楼上楼下共上座三十余人，实售出散票十五张，后台角色，皆不欲上，丁子朋娇啼不肯扮装，幸经主持其事之某某二君，一位守在后台，央求配角，一位在化妆室劝解丁君，勉强将戏唱完。总算数目，除去主角白尽义务以后，所赔的开销，减之又减，磨了又磨，也在二百元以上，而且按着后台不打隔夜钱的规矩，配角底包都包围不散，讨要那七折八扣的份儿，主持的二位某君，作揖磕头，丁子朋鼻涕眼泪，都当不了现钱，只可还是老面儿了事，所幸散场时候尚早，当铺还没关门。先是主持的甲君皮帽离头，皮袍解体，继而乙君的金表离腕，金戒出手，最后丁子朋那件瘦得边式的长毛绒大衣，也在他娇啼之中换作了当票。无奈所差尚多，包围难解。又请来一位戏剧界名人，出头调处。结果委屈三位当事人，重演一出《打杠子》，才在底包笑骂之中逃出后台，临走时主持二君仅着内衣，双双扶持身穿粉色小裤袄、哭得梨花带雨的丁伶，于北风猎猎中步行而去。

笔者观此惨状，心为不怡累日，迨后见到某报记载，尤觉哭笑不得，故为此言语以劝告世人，如丁伶所遭，无殊地狱变相，那莫非出于自取，虽事后掩丑遮

56

羞，天下之耳目终难尽掩，而本身之痛苦则以实受，自欺欺人，徒见可怜而已。

邢簇庵看完这段心中很不受用，其实那段文中说的是戏界中事，和他渺不相干，他和那丁子朋也没有一面之识，但不知怎的，看着只觉脸上发烧，好似替那丁子朋害羞，又想这般现丑的，怎恰巧和自己露脸文章摆在一起，莫非报馆编辑有意和我玩笑？但他不会知道我的真实情形啊！不管他是否有意，这样总不大好，看报的人看了这段，再看那段，难免不生出联想，有所猜测，多少于我的盛名有碍。但想了半晌，却是没法补救。既不能去函更正，说丁子朋和邢簇庵两文，并无关系，请读者勿多想，又不能把今日的报纸扫数买来，使外面都看不见，又得独善其身，图个眼不见心不烦，把关于自己那段文章，剪了下来，贴在一张纸上，从墙上摘下一面挂照片的镜子，除去照片，将剪报镶在里面，像毕业文凭似的挂了起来。自此以后他每日都要负手立在镜前，高声朗诵几遍。此外还有令他满意的，就是经过这次宣传，居然真引上两位上门生意，一份是个娼家司厨的，新得了头奖，新买过了四合房，新收拾客厅，要搜求名人字画，看见报上登载邢簇庵卖字挣来的钱和他得头奖数目不相上下，认为这样阔手笔才配得阔家庭，就托人前来购求。第二是南马路一家扎彩油漆作，掌柜为人头脑灵活，惯应大宅门的生意。因为报上看见邢簇庵墨迹的铜版，觉得很像本行常写的字体，若烦他写一块招牌，便可以影射一下，教人们知道本店匠人和名家路数相同，必能收招徕之效。于是费了二十元来求邢簇庵大笔。邢簇庵见真有人拿着洋钱，前来叩门，当然欣喜万状。同时吴君里也不失信，还时常来访，替他筹画传名事宜。据说纪二已代他接洽好两张小报，答应尽力替邢簇庵大宣传，但是仅对字上宣传。今天说他写的今古少有，明天说他天下无双，未免太嫌频厌。若是常常刊载铜版，可也是个办法，无奈制版费很贵，报馆不愿担负。邢籙庵虽然愿出，无奈后老婆却舍不得。

于是吴君里代出主意，教他把著作送去登载，也可一样传名。邢籙庵被他提醒，就把他预备刊印的悼亡诗稿，拣出若干首送去，命名曰三绝斋悼亡诗稿。这三绝斋的解释，却是言人人殊，当然字是一绝，诗是一绝，却只够两绝，第三绝是什么，很费猜测。据邢籙庵自己解释，第三绝是画。凑成诗书画的照例套数，不过他对画却是惜墨如金，永不愿动笔。因为他亡妻在世时，常相对调弄丹铅，自从妻亡，便不忍再见彩笔丹铅，此道遂废。因而三绝中便虚了一席。这套言语，是说给外人听的，但在私室对后老婆秘谈，露出他的本意。原来第三绝是指后老婆小脚而言。至于后老婆的小脚，是否足以称绝，那就和邢籙庵的诗字一样，只有天晓得和他自己知道了。不过三绝斋的悼亡诗，却是不错，很有感人落泪的力量，却不知是自己作的，还是向古人集中抄的。但是他自己写的，却可无疑，有几首很为读者传诵的。例如第八首："独夜凄凉月影移，销魂怕忆病危时。枕边临诀无多语，代母温存苦命儿。"下面小注是："始亡妻临诀，只谆谆以遗女韵宜相托，谓今后只须以严父代慈母矣。余痛哭诺之，她瞑目而逝。"第十九首："欲凭画手写遗真，微觉眉痕欠入神。人道阿宜还肖母，照他添写一分颦。"小注是："亡后倩画师传真，屡写眉目皆不能肖，人谓女儿韵宜眉酷肖其母，乃照写之，遂觉欢盻宛然。自此余见韵宜，便如晤对亡者，泪眼终日无干时矣，呜呼！"第三十四首："对影当年笑语欢，添衣唤婢劝加餐。而今雪夜筵灵畔，父女凭谁问燠寒？"下面小注是："余及宜女体均单弱，亡者在时，常闻添衣加餐之声，今则雪夜风宵，父女瑟缩相对，更有何人关心乎？哀哉！"就像这种血泪织成的文字，凡是看见的人，谁能不代为伤心，代为断肠？只要不是铁石心肝，便得洒一掬同情血泪。而且人人都认为这三绝斋主人，不但风流文雅，超迈等伦，尤其性情过人，是个最爱妻子的义夫，最疼儿女的慈父。做他妻子的得到这样丈夫的悼念，便是短命辞世，也可含笑九泉；做他儿女的得到这样父亲的疼爱，便是髫龄失怙，也可不觉孤苦。读他这几首诗，宛如看见一幅国画，似在亡者灵位之前的一个素服男子，抱着垂髫小女，一面燃香焚纸，一面同声悲泣。那父亲是神伤骨立，仍得强打精神，把爱情移到女儿身上，那女孩是悲哀欲绝，愈发对父亲身傍难离。那一种相依为命的情态，真可伤尽天下有情人的心，但在极度凄冷景况中，还微有温暖的感觉，就是替那女儿慰情称幸，难得有好父亲，还算修来福泽。因此凡是看到三绝斋诗稿的，都对邢簃庵生出一种敬意。还有一等识字的闺秀，钦慕他的深情，不免发生嫁得诗人福不浅的感想。愿意继主中馈之缺，修补诗人破碎的心，给予孤女骨肉的爱，居然就托出大宾大媒。

哪知被邢簃庵给骗苦了，他正拥着小脚后老婆，享受房帏之乐，爱情已被斩断，旁人如何挤得进去？结果自然是成为虚话，不过白损伤了一个好女子的高洁心情、慈悲意愿而已。至于邢簃庵诗中所谓的女儿韵宜，实际的境遇，更和诗中假造的情况，大有天壤之别。这时韵宜已为家庭中的赘瘤，虽然没有打骂，但比当日受打骂时节，苦得更甚。因为当时虽说虐待，尚还以人相待。后母不犯脾气的时候，也可以到父亲面前说说笑笑，也有出入的自由。如今竟被当作影子一样，视若不视。整天困守房中，无人理睬，也不教一同吃饭，只度着囚犯生活。每日起床后也离不开床，常是倒在枕上，看她仅有的一些书籍，稍解愁烦。夜里蒙上被子，继续啜泣的工作。白天也常昏沉之中，只有午晚两餐，女仆送来残羹冷饭，放在桌上，震得桌子作响，韵宜才知又到饭时了。长时如此，不但肠胃全伤，饮食甚少，就是口舌肢体，也很少运动，再加她的相思心事，时时满怀轮转，使心坎渐遭腐蚀，眼看要郁闷成病。哪知就在这凄凉苦痛的时候，竟会红鸾星动，她那慈心的好父亲，在这当儿暗地把她的终身问题给解决了，她却连影子也不知道。因为邢簬庵本打算隐瞒到底，不但在进行时不透风声，便到事情实现之时，也要她自己发现事实，绝不预先告诉的。

邢簬庵自从吴君里决定大局，立了婚书，便和后老婆计议办法，后老婆倒也有点儿聪明，她由韵宜对她一直抱着反抗态度，虽然受着虐待却宁可咬牙忍受，只不屈服，便认出她那柔弱的外貌中，包藏着一颗坚强的心。而且她上一次离家失踪，认为必然有了可意的爱人，虽然因被家中监禁，久已阻隔，但她的心必然还在那人身上，现在要她嫁给纪二，万没个愿意。何况那纪二比她年纪加倍还多，和水晶肘的事，她也当然知道，若一说明，她必誓死拒绝，恐怕闹出意外麻烦，所以不如暗地行事，一直隐瞒到底。邢簬庵本来爱惜脸面，自始便不愿意和纪二结亲的事泄露出去，再加从展览会以后，由纪二和吴君里把他捧得声名渐起，自觉这书家而兼诗人头衔，得来不易，价值贵似黄金，越发要尽力保护。将来日久天长，声名这东西，也会发酵增大，岂止可以发财，说不定愿许有人叫开大门，邀请出去做官。祖德天恩，光前裕后，全在此着。所以更得爱惜羽毛，若被人知道自己的名门虎女，嫁给市井棍徒，恐怕名誉就要一落千丈，无穷后望，全都付诸流水。于是他就采纳了后老婆的主意，因恐韵宜反对，要闹得四邻皆知，一切全在暗地进行。吴君里不断前来接洽，就在三绝斋悼亡诗登在报上，感动无数读者的几天中，邢簬庵已把出卖女儿的步骤，完全安排停妥。虽然他实际所得的身价，不过二三百元钱，但是谁能说他只贪三百元便卖了女儿？在他心中，也并未想到卖字，只以为去掉一个搅家的赘瘤，而且由这赘瘤身上，还可以得到无穷利益。真是废物利用，好似人身上长疮，请医生割治，论理本该给医生钱的，但疮口里竟会割出一块像牛黄狗宝的值钱东西，反而得到医生的厚酬。这叫天下第一便宜事，只可惜不能告人，就和吴君里商议停当，先叫纪二那边布置了新房，随即定期迎娶。邢簝庵和后老婆暗地也替韵宜做了两身新衣服，放在一边备用。表面上一点儿不动声色，只由邢簝庵假意和韵宜表示好感。

一天，后老婆带着女仆，一同出门看戏去了，家中只剩下父女二人。邢簝庵走入韵宜房中唉声叹气，做出难过的样儿，韵宜想不到父亲居然破例光临，觉得大出意外，只得叫了一声。邢簝庵好像天良发现，把久戒湮灭的亲情，突然爆发起来，拉着韵宜，还掉着两滴眼泪，接着自怨自艾，自数罪状说，自己实在老悖晦了，不该受你继母的蛊惑，伤了父女情分，实在对不住你和你去世的母亲，说着又十分愧悔地请求韵宜原谅，不要记恨他。

韵宜听着，自然勾起心头委屈，哭了起来。邢簝庵又十分怜惜地劝她把事看开些，多加忍耐，要紧保重身体，若是气出病来，父亲就更亏心了。

韵宜听了，就对他说道："女儿受什么委屈，也不敢记恨父亲，只是您是一家之主，既然可怜我，为什么不管管继母，教她别折磨我？为什么只教我忍耐？我还要怎样忍耐呢？"

邢簝庵嗫嚅半晌，似乎畏惧后老婆，却又说不出来，只嗟怨着道："你别说了，只怨我老糊涂，已经受了她的制，我这年纪身体，实没能为跟她吵。不过我也不能看着你受罪，一定给你想法儿，你且忍耐些日吧。"

韵宜问他想什么法儿，邢簝庵只沉吟不答，过了会儿就走出去了。韵宜虽不明白他真意所在，但绝想不到父亲的爱情，会有虚伪，以为他觉悟前非，回心见爱，心里还很觉安慰。

从此以后，邢簝庵时常背着后老婆，对女儿嘘寒送暖。约莫过了三四天，又赶上后老婆没在家，邢簝庵又到韵宜房中，对她郑重说道："我已经给你安排好了，你这样在家受气，实不是常事，我又管不了你的后娘，教她爱你。论理你这岁数，可以出嫁，无奈一时又寻不着婆家，只可先教你逃活命吧。咱家有门姓纪的老表亲，素日虽不常来往，可是跟我感情很好，昨日我寻了纪二爷去，跟他提起咱家的事，他很愿意帮忙，所以我已经把你托付给他，打算教你住到他家中，我每日供给用度和学费，你在他家好像借住一样，再考入学校，前去念书。将来你的婆家也托他代说代聘，你看怎样？"

韵宜梦想不到父亲口中的纪二爷，便是对门水晶肘的姘夫，心中只想着自己怎以前没听说有姓纪的表亲？但也没疑到父亲会说谎话，只寻思自己一个女孩子，凭空到人家借住，是否合适。就沉吟着把意思说了。

邢篛庵道："你真傻啊，若是交情够不上、人性靠不住的地方，我怎舍得把你送去？何况这还是长久的事，你一出去就永远不再回家里来了，因为这件事得瞒着你继母，倘若被她知道，我的钱就要被她把住，不能按月接济你了。所以你得悄悄地走，好像偷跑似的。从此邢家就没了你这个人，你就永远成为纪家的一分子了。你想这样久远、这样重大的责任，若是稍为靠不住，我就肯托付给他了？你放心，父亲给女儿打算，还有不尽心的？比你自己想得周到得多。那纪二爷论起来还是你的老表兄呢，他的太太更是和气，你到了那儿保管比在家里还安心适意，就不用犹疑了。"

韵宜听着，虽仍以依傍生人门户为嫌，但因她在家中，受的刺激太重，痛苦太多，恨不得离开了，宁去做仆为奴，也胜似在家受罪。这时好容易得到活路，还是父亲主持，不由去念益坚，再顾不了许多，只想世界上无论何处，总不致再遇着像继母这样儿，便是非洲生番，也许比她好些。何况父亲所说的这个纪家，既然热心仗义，总不致有什么恶意。再说我不过以亲戚资格，请他们照顾，至于衣食之资，自有父亲供给，不同寄食他人。再说我由此机会，既得了自由，还可以读书，以后便是纪家待承不好，我还可另寻出路，总比在家做长期监禁的囚人为好。想着就答应了，只要求父亲对那纪家切实托付。

邢簃庵道："那是自然，我已经跟他们定规好了，明天晚上九点钟，他们就派汽车到巷外等候，咱家是八点半钟吃饭，全家的人都聚在前楼，你就趁着机会从后楼梯下去，出后门，由后巷绕到街上，看见巷口停着的汽车，就拉门上去。那车上除了车夫，还有个妇人，就是纪家派来接你的。你一上车，立刻开车就走，到了那儿，他们必然十分优待，你只看见那里的情形，还有他给你预备那些东西，你就明白做爹爹的怎样疼你了。"

韵宜听着，觉得父亲所谓的东西必是预先置下的衣服器具，放在纪家，预备自己享用，不由天性大动，更从感激生出依恋，眼泪汪汪地道："这样说，我明天晚上就要走了，以后还不能再回来，爹爹，你可自己保重，我不敢说继母不好，只盼您……"

邢簃庵挥手道："我明白，你不用管我，只自己小心吧。最要紧的记住了，这次是你自己逃跑的，一个姑娘逃跑还会有好事？当然被你继母抓住了话柄，我也得装作气愤，所以你出去以后，任有天大的事，也不能再回家来，就是回来，我当着你继母也不能认你，赶出去还是好的，你可要记住了，我为着脸面名誉，到那里万不能留情。你还得顾着我的脸面名誉，永远不要回来。"

韵宜听着，很诧异："爹爹，我既走就没想回来，这家里除了您，只有我娘的灵位，以外还有什么可想的？我出去以后，想您可以在外面见面，想我娘可以上坟哭，本不必回家，这倒无须叮嘱。只是您既然这么看重脸面名誉，怕我再回来抹您的脸，为什么单教我走这条抹脸的道儿呢？"

邢簃庵被她问住，吃吃地道："我……我不为你么？只为教你快逃活命，出去过舒心日子，我自己也顾不得……好在这事也只有你后娘知道，我拼着挨她几顿挖苦的话，谁教是为女儿呢？

好在咱家没人来往，不致传扬出去。除了你再回家，你继母一吵闹，那就瞒不住了。所以我叮嘱你。"说着似防韵宜再问，假装听见外面有了人声，不由溜了出去。

韵宜虽觉父亲有些可疑，却不料他会忍心卖了女儿，只想或者那纪家并不像父亲所说那样好法，也许他是借此出脱自己，借以除了赘瘤，或者在骗我出去以后，并不如约源源供给，但在父女情分上，终不忍如此猜测，把父亲看得不成人类。而且她现在所盼的只在离开家门，以后吉凶祸福，只去自撞命运。至于父亲如何居心，是否守信，倒不甚介意的。只等待明天九点，逃将出去，做第一步的命运试验。

这一天过去，到了次日。邢篆庵又背着后老婆，把一包新衣服交给韵宜，吩咐她在晚上偷走时换上，并且暂为修饰，初次到亲戚家去，不要被人看轻。

韵宜又是一怔，就问他："偷跑须得隐秘，若是梳洗打扮，换上新衣服，不要人看破？"

邢篆庵道："你自己留神，别叫人看见，我也给你帮忙，约莫你快走时候，我在屋里把他们堵住不放出来，你自己关上门收拾停妥，抽个冷子就走了。"说完不容韵宜再问，便嘀嘀咕咕地溜开了。

韵宜锁上房门，打开包里一看，见里面是整套衣服，一件紫色五华绉旗袍，一身印度红色的麻葛小衣服，还有两件贴身穿的府绸紧身小衣，还有一双绿缎绣花鞋，一双肉色丝袜，一条花点手帕。韵宜看着，只想父亲怎这样细心，居然给制了全套，还是这样鲜艳，难道忘了我孝服未满？她一想到孝服，不由又起伤感。从母亲去世，父亲向未问过自己衣饰的事，这还是第一次，也许他因为到人家去，不宜穿得太素，才特选这等颜色。但他怎能知道我衣服尺寸，不要给做错了。想着就穿上试试，居然大致可体。再对镜一照，觉得全身红紫，宛然是新嫁娘的样儿。

论理她这时应该有所觉悟了，但韵宜的脑中，还没有这样的玄想，也没有这样的恶印象，可以使她触发或联想，而悟到自己父亲的阴毒和自己的危险。本来她一个女孩子，思想很为纯洁，又向未听过有父亲对女儿丧尽天良的离奇故事。当然她也常常在报上看过父亲把女儿卖入娼门的新闻，但在她想象中，那种父亲必是穷到极点，嗜毒成癖，而且人格低下的，心性奇蠢，和禽兽差不多少。她自己的父亲，既不那样的穷，又不在街头行乞吸毒，而且还会作诗写字，当然不会有那种事的。这就和人们常听说非洲有食人的人，但平常走在街上，绝不会恐怕被谁吞吃一样。韵宜虽知父亲随着后娘，变了后爹，却也万想不到会有意外行为。因为自己终是他亲生女儿，所以虽对镜看衣服似新嫁娘，却还未疑及自己已被判定命运，就要去做新嫁娘，只哂笑父亲无聊，受了继母的熏染。因为继母本是来自田间，村气难除，只懂得光绸亮缎是好东西，大红大紫是好颜色，大约少年久受贫穷，空自羡慕她们村里财主家女人的鲜艳妆饰，却知奢望难酬。自从到了邢家做了太太，银钱足用，她可得了装饰，凡是衣服都买红紫颜色，连裹脚布也大半鲜艳。只于她生性吝啬，平常都用件蓝布裰儿罩在外面，所以尚不致过于惊世骇俗，被人看作《女起解》戏里的苏三下台，城隍会的罪犯游街。不过在私室之中，却必卸去外罩，教丈夫领略红紫芳菲。韵宜常常看见继母的刺眼服装，久已痛心疾首，这时见父亲给做的衣服，就以为他必定对这种颜色，久看生熟，所以给自己也照样购置。只是他何以能知道腰身尺寸，倒是怪事。

　　纳闷半晌，想不出所以然，也就罢了。自己打算，现在身上衣服，太已敝旧，实在不好去见生人，只得穿用父亲给的，到了外面，只要收到父亲所供月费，无论如何撙节，也要另置一身素服。又盘算到了外面，应该上什么学校，此一去就要成为无家之人，程雪门自那一日一去不归，当然已和他太太重圆旧好。从把自己欺骗那一回，便抛弃不顾了，以后莫说未必再能遇得着他，便是遇着，我对一个有妇之夫，又将如何？只可断了这股肠子，只当压根儿没见过他，出去自打正经主意。以前只在高小卒业，辍学后虽在家中不断自修，进步也很有限。这次出去，父亲虽说供给学费，但谁知他能供给多少时候？自己总得走条稳妥捷路，不能旷日持久，由中学而大学地谋求深造，最好入职业学校，先在短期间学得一技之长，以便独立生活，免得到失却依靠时候，挨受痛苦。接着又打算去学簿记或是打字，预备将来做女职员或是书记。

韵宜这一想到将来，只怕后顾茫茫，可思处可要筹划的事情正多，于是思想自己的前途，再顾不得研究这个将离去的家庭了。及至天入黄昏，她正在床上坐着思想，忽听外面挂钟打了八点，才霍然而起，开了电灯，弄了些水，自己洗面理妆。过一会儿梳洗完毕，就听房门敲响，韵宜才想起门还锁着，就去开了，女仆端着饭菜走入，放在桌上，转身便走。韵宜也不吃饭，只站在门后，由门缝窥视，只见那女仆已把晚饭都送入继母房中，知道她就在房内伺候，暂时不再出来。又听父亲大声说笑，料着必是正在实行对自己的允诺，拦住她们，不教出来，给自己留空儿，就急忙先把门锁上，匆匆换了衣服，又将自己从亡母在世时所留下的些个首饰和心爱的零碎东西，都包在一条手帕里，提在手中，才走至门际，回头看了看自己久住的闺房，才开了锁，探头向外瞧看。只听前面房中父亲和继母笑语正欢，女仆也偶然参加末议，知道机会正好，就蹑足走出，一溜烟跑下后面楼梯。其实她很无须这样谨慎，这时邢箴庵和后老婆心里都像明镜似的，对她的动作情形，都如亲见目睹，只于瞒着女仆，未曾形诸于外，但却正在相视而笑呢。

韵宜由后楼梯走下去，到了后面小院，见厨房中灯火犹明，炉口坐的水壶，蓬蓬冒着热气，不由想起亡母在时，自己常和她在这里料理餐事，母女下去做活，口中说笑，那幅最幸福的图画，已然渺如隔世，而自己连这留有亡母手泽足迹，可以追忆音容的地方，都不能安居，如今竟要永远别去，不由泪落如绳，暗叫母亲阴灵不远，就随着女儿走吧，这里没有你可恋的了。随又想起母亲的神主灵位当初去世时，原奉在父亲卧室，以后后老婆由下房升入卧室，灵位给挤出堂屋，随又移到楼下，后老婆出入还要看见，也不知是亏心还是碍眼，竟借口说在楼下烧香怕闹火灾，又给移到厨房碗架上面和灶王爷做伴。自己要请入房中供养，后老婆不肯允许，为这个还吵过一场。现在我何不把灵位带出去供奉，略尽人子之心。想着听听前面，没有人声，就溜入厨房，向碗架上去寻，哪里有灵位的影子？再低头向下面瞧看，敢情已落到地下，在自来水管下面，湿煤坑旁边，木套已然散了，木主被煤汁沾污，成了一块乌木。拾起一看，见上面那两行由父亲就用鸭蹼篆亲题的字迹，已然漫烂，只剩了旁边孝女韵宜奉祀几个字，还隐约看出来。这就是被万千看报人所艳羡三绝斋悼亡个中主角的实际结果。韵宜看了心痛如割，在上面已经没有字迹，还拿这污木头做什么？只可叹息一声，另放在干燥的一隅，才转身出来厨房，直奔后门。后门并未加锁，只绾着插管，一拔便开。她溜出门外，走了几步，回头望着楼上，暗叫声我走了，可离开你们了。本来有后娘就有后爹，我都认命，只是父亲宠着后老婆，对我去世的娘毫无情义，还有脸作诗装好人，我为着娘也忘不了这仇，简直都是我的仇人，若不为着出门没处投奔，没法生活，我就不受父亲供给，跟他永远断绝关系。但暂时还只得忍耐着，但盼早早学得技能，谋着职业，我就不再姓邢，改姓我外娘家的姓了。

韵宜真是伤透了心，且思且走，到了巷外，只见在丈许以外，果然停着一辆汽车，和父亲所说的颜色式样完全相同，就走了过去，到了车前，因为距离路口很远，车内又未亮灯，她就注目向车窗内一看，是否有人，哪知还未看得清楚，猛见车旁的门开了，车内有女人声低叫道："你来呀。"

韵宜还怕弄错，问了声："是纪宅来的么？"

车内的人答道："是纪宅来的，邢小姐。"

韵宜便走上去，答应着坐下。觉得触着旁边人的腿，转脸看看，只看见旁边是个妇人，却看不清面目。再看前面司机座上却是空着没人，心想没人开车，怎么走呢？想着就见由安善里前巷口中，走出一人，立奔汽车而来。到了车旁，拉开前面的门，便坐到司机位上，同时旁边的妇人说了声"走吧"，前面的人便转动机关，车子立时开动。韵宜才知这人便是车夫，但诧异他何以由巷中出来，不在车上等候。及至车子开过安善里前巷，也就是和良民里公用的那条巷口外，韵宜眼光一扫，只见在路旁电杆之后立着一个高大胖妇人，正向车上望着，由那身体轮廓，便已看出是对门住的水晶肘，因为这一带地方，除了她并没有第二个这样魁伟女人，所以不待细辨面目，一望而知。心中只诧异这妇人晚间还在街上看些什么，并未想到她和自己有着关系，也未疑及方才汽车夫由巷中出来，是和她有所接洽。因为韵宜根本不知水晶肘做媒的事，所以这时尚以为跟她风马牛不相及，并不发生连带猜想。但是水晶肘竟是幕中主动人物，不特操纵着她的命运，而且挟着一片好奇的心，亲自看这一出迎门的喜剧，顺便恭送如仪呢。

韵宜在车上看了她一眼，也未介意，随即把眼光转到旁边的妇人身上。车上虽仍未亮灯光，但因行驶甚速，两旁灯光连续射入车窗，顿为明朗。她看清那妇人年近四旬，身上穿着双拼衣服，是一件青缎马甲，另缝上两只紫色缎的长袖，看着好像内穿紫旗袍外穿青马甲似的，实际只是一件。这种衣服，现时久已落伍，只还遗存于下等社会，或是和繁华隔绝的人家。再看她上面，长了一张驴形长脸，头额和腮部都瘦成了棱三角，梳着盘头，留着很长齐肩穗，大约是为了调剂过长的面型，但是太长了些，把眉都盖上，只露出三角眼和翻孔鼻垂头大嘴，更显着像吊死鬼样儿。韵宜看见自觉阴惨可怖。心想这人莫不就是父亲所说，那老表哥的太太老表嫂么？怎长得这等模样？我好像在哪里见过这样的人。再一思索随即忆起在三四年前母亲在世时，一次同到南市看戏，散场坐车回家，正值夕阳西下，就见街上有这种模样这种打扮的人，三三两两，说说笑笑，扭扭摆摆地走路。当时听拉车的说，老妈堂出全队演街了。我听了就纳闷，什么叫老妈堂，难道就是我们雇老妈的老妈店？可是老妈并不这样啊？到回家一问母亲，反被训了一顿，说这不是女孩儿家应该问的。所以至今也不知道那是什么人，但总觉得不是正经路数。这位纪家表嫂，怎也这样呢？随又转想，也许不是表嫂，我何不问问她，人家既来接我，也该客气客气，就笑向那妇人说道："谢谢你来接我，你可是纪太太么？"

那妇人转脸向她一笑，恰巧这时车子经过一家缎店，门前灯光甚为明亮，只看她口中的金牙似有三四个，灿然放光，同时又看见她那齐眉穗，比现在戏台上流行的马派须生的髯口还薄得多，隐约透出左额角有块洋钱大的青记，眉心以上还挤了一圈红点儿，便看得出是隔夜的工作，因为都已变成深紫色了。

韵宜看着猛觉身上悚然发冷，只听她发出带天津土病的语音笑道："我不姓纪，我姓王。纪二爷托我来接你的。"

韵宜听着，暗自欣幸她不是表嫂，否则要同这样的人长久相处，岂不遭殃？那妇人说完了话，又扭着脖颈，不错眼地端详韵宜，口中啧啧有声，似乎赞美她的容貌。但眼中光线，脸上笑容，全带有诡秘意味。韵宜因为怕着她那张脸，就把目光避开，看着前面。那妇人在旁因曾受吩咐，不许多话，觉得难过，闲得无聊，一时忘形，竟自哼着低唱起来，唱的是"小妓女没有客暗自出神，一个人手托着腮帮牙咬着下嘴唇。问声干妈今天到了几儿？干妈回答八月三十……"韵宜听着不懂是什么，但还知道小妓女三字的解释，觉得刺耳，心想这妇人是怎么回事，在车上唱这不正经的玩意儿？不由回头去看，但这时车已转入冷寂区域，灯火稀暗，看不见她的面目了。那妇人见韵宜回头，似也自悟失检，就停住不唱，但车子也恰巧停住不走了，那妇人说声："到了，小姐下车吧。"随见车夫从外面把门拉开，那妇人先走下去，才回手扶掖韵宜。

韵宜下车，抬头一望，原来车停在一条小巷口外，巷外的街，仅有丈余宽阔，而且十分冷清。她不知是哪里，由那妇人挽着，便向巷中走去。那条巷虽然狭窄得不能容两人并肩，却不甚陋，两旁都是高楼，一边三层，一边两层，夹得巷中好些仄洞。仰头仅能看见有限几颗星，嵌在窄如一线的天上，但巷中的小门儿却是不少，韵宜看着，便明白这条巷是两面楼房的后门所在，否则不会如此门多窄隘。这本是建筑上的经济作用，因为楼房照例应该有后门，但房主寸地寸金不肯为后门多费地方，就把许多家的后门都聚在一起，只剩一条小巷以供出入。这本是常出租房舍的照例现象，所以韵宜一见，便知是后门小巷，心想我方才从家中走后门出来，现在到人家又走后门进去，由家中偷跑没奈何只可走后门，到亲戚家做客，怎也打后门往里溜呢？但转想也许纪家人口不多，只租用楼上一层房间，楼下另有他人居住，按分租习惯，倒是楼下住房用前门，楼上住房用后门的。想着疑团稍释。那妇人仍拉着她前走，韵宜跟着深一脚浅一脚的，跄踉欲跌，觉得这条巷真长，怎还不到呢？

她才这样想着，那妇人忽停住了步，原来已到了巷底，在右手方一座小门前停住。那妇人并不敲门，只伸手一推门便开了。韵宜只听院中似有人声，也未着意，随着那妇人走了进去。才走了两三步，便听身后有关门上闩之声，韵宜方才见妇人推门直入，还以为门内无人，这时走进来，又听见关门，妇人正走在自

70

己前面，那门更不会自己动作，当然门内有人藏着，只在黑影中瞧不见了。韵宜想到有个鬼影似的人，就在身后咫尺，不禁毛发悚然，疾行两步，赶到那妇人面前，已出了门洞，走入一道狭隘的院落，才有了不知何来的暗弱光线，瞧见前面似有道门，及至走入，眼前又黑了。那妇人却是轻车熟路，领她经过几道转折，韵宜也不知是什么地方，只觉得这宅子颇为宽绰，否则不会如此曲折回旋。但只诧异这妇人并未领自己上楼，显着纪家住在楼下。既住楼下，该走前门，为何偏教我由后门进来？而且里面连一个人也没有。难道所谓表哥表嫂，都出门看戏去了？他们既派人相接，知道我准在这时前来，却不留在家中招待，这不是藐视人么？

想着只见又进入一道房门，那妇人止步说道："就是这屋里，你请坐吧，我去开灯。"

韵宜心想，在这黑影中我往哪儿坐？正立着不动，随听咯的一声，猛觉眼前大放光明，心中诧异，我怎么走进人家新房来了。原来这房中完全是洞房风光，墙壁新经粉刷，作橙蓝颜色，陈设着全套卧室家具，圆形的妆镜和长方的橱镜，都拭得一汪水似的，和大红色罩的挂灯、粉红色的台灯，互相映射，满堂泛出灼灼的光华。另一面是张崭新的铜床，上铺着绣花软缎的床单，还有锦衾绣枕，积叠甚高，床傍放着一叠六只皮箱，上面铜活崭新，并且放出一种油漆气味，使人闻着，便蒙着双目，也能感觉这是洞房。大概是由于各种新制物品合成的特有气味，只要是普通人家，按着普通习惯，布置新房，都是这样气味。就和各家山东馆，用同样材料，同样佐味，做出同样的菜，在致美斋吃，也是这样味道，在蓬莱春吃，也是这样味道。韵宜眼中看着，鼻中嗅着，已使脑中大为困惑，暗想怎么把我让进新房来了，莫非这纪家正办喜事？但不知是已经办过，还是尚在筹备？可是看这房中的情形，好像嫁妆都已搭过来，想必已办完了。可是新娘怎么不在呢？

想着就转脸看那妇人，见她正立对面衣镜的椅子前面，似将就座，同时向自己笑着说："请坐吧，别客气，这就是你的家了。"

韵宜听着，以为爹说来到这家和自己家一样，也未介意，就向后略退，想要落座，一面口中说道："纪宅的人都上哪里去了？他家是新办喜事么？"

那妇人听了，忍口不禁地答道："是呀，他家可不是正办喜事。"

韵宜后面是床，这时已退到床边坐下，听她的话以为所谓正办，便是才办的意思，就道："是么？是纪先生新娶儿媳妇么？娶了几天？"

那妇人笑得金牙全露地道："哪有几天，就是今天。"

韵宜大愕道："今天正办喜事？哦，必是借饭店行礼请客，还没回来，怎这样巧？我正赶上今天来搅人家。王奶奶，咱们别处坐吧，别占着人家新房。"

那王奶奶似乎要笑出来，用手捂着嘴，摇头道："怕什么？坐着你的。"

韵宜道："谢谢，你把我带到……纪宅想必给我预备下住房，你就带我去吧。在这儿不合适，人家新娘一会儿就回来了。"

王奶奶笑道："有什么不合适？新人早就来了呢！我没听说预备别的住房，你就在这儿等着吧。"

韵宜听她说话迷离惝恍，不由怔了一下，说道："怎么没给我预备住房？我在哪儿住呀？新娘既已回来，我更得躲开，这……这个……"

说着心中埋怨父亲做事荒唐，把我寄托到陌生人家，连面也未见过，现在来到了，敢情人家还没给预备住房，我可跟谁说呢？想着心中焦急，一连"这这"两声，才接着说道："纪先生跟太太在哪儿呢？劳驾你替我说一声，王奶奶，顶好教我见见纪太太。"

王奶奶掩着嘴笑道："纪先生就快来了，你要见纪太太，那可……纪太太就是新娘子呀。"

韵宜又是一怔，心想父亲曾说纪先生是表哥，纪太太是表嫂，他们夫妇俱全，怎么他又娶了新娘，难道是停妻再娶，还是纳姨太太？真是教人纳闷。自己才来便遇到这样怪事，想着才要向她再问，却见那王奶奶望着自己，笑得十分可疑，好像看见什么新鲜有趣的事。韵宜还没回过味儿，觉得被她看得有些毛咕，疑惑自己脸上身上有什么笑柄，就低头看自己身上，并没有发现可笑情形。再抬头看，她因为那王奶奶坐在衣镜旁边，韵宜的眼光不由落到镜光之上，却因坐的位置稍偏，就向前挪了一挪，想要瞧瞧镜中的影子。哪知这一瞧，竟不止看见自己的影儿，连背后的衬景也一同进到目中。她本曾在家中，对镜端详身上的衣服，方才进门，也曾看见这洞房中的设置，因是分着观看，但都未甚介意，这时由镜中把本身装束和背景给合在一起，人到眼前，她才猛惊悟，看见自己和这环境太已配合了。洞房中这一派绮艳风光，自己这一身红紫服饰，宛然是新房新妇，这简直是有意的安排。还向她问新娘在哪里，莫怪她那样好笑。

韵宜在这目光一瞥，念头一转之间，立刻明白事情太有蹊跷。再寻思她说纪太太就是新娘，以及从进门她说的话，都觉这内中别有涵义。心中便想到父亲所言不实不尽，自己必已受骗，落到危险境地了。不由面色惨变，一颗心在腔里起了乱捶。一时惶惑无主，就向那王奶奶奔去，抓住她的手腕叫道："不对，这里面一定有毛病，你快告诉我，怎么回事？"

王奶奶笑嘻嘻地道："我的傻姑娘，你这才瞧出来呀，哈哈，还用问我？你自个儿也该瞧得出来，盆里养鱼，笼里着鸡，这间青堂瓦舍金装玉裹的洞房，就你这新出阁的大闺女，你方才还问纪太太，这儿压根儿没纪太太，得你进门才有呢。"说着举手向韵宜肩上一拍，大声说道，"哈哈，你明白了？看看这屋可对心思？咦，你……你这……别跑呀……"

原来韵宜听她说着，知道果然受了父亲的欺骗，心如刀绞，几乎昏了过去。但被王奶奶一拍一笑，猛然惊醒，忽一转身，就向外跑。不料她正抓着王奶奶的手腕，王奶奶见她要走，便把手腕一翻，倒把她的手腕握住，用力拉着叫道："怎么你还要跑呀？傻孩子，这熬了这么大，好容易才熬成人，怎么着？来个临阵脱逃？老实待着，有你的乐子。"

韵宜挣扎着道："你松手放我走，这样骗我不成。你再拉我，我就喊了。"

王奶奶大声道："你喊啊，大大的嗓门，照着一字调来。你瞧能喊来什么？傻孩子，这是你爹爹送你来的，你便喊出人来，又能怎样？便让你跑出去，也得乖乖儿再给人回家。"

韵宜听了，知道自己是被父亲骗了，虽还不知细底，但由这欺骗诡诈的行径看来，可以决定没有好事。不由心肝欲碎，眼泪直涌，呆若木鸡，口中似乎不相信地说道："你胡说，我父亲把我……何尝送来当纪……"

那韵宜自知道她说的只是教我前往寄居，何尝教我来当纪太太。那王奶奶却笑道："你还糊涂着呢，你爹不为教你给人家当太太，干吗送到这儿来？这婚书大帖都给写下了，你不信就看看。"

韵宜听着，越发昏惑惊惧，虽然口中仍骂着你胡说，你胡说八道，你满嘴放屁，但心里却不由不信。因为她已体验出父亲的心术，由他素日什么事都做得出来，这件事怎能保他不做？于是就不敢和那王奶奶驳辩是非有无，只在心里盘算，目下应该如何自处。猛然一转眼珠，一咬银牙，就给了那王奶奶一个冷不防，用尽全力，把手从她把握抽出，转身向外就跑。心中打算，虽然对这宅子路径不熟，但给他个拼命乱闯，总可以闯出大门，到了街上，他们便再追着，我还可以喊警察呢。

但她梦想不到，这一带是有名的神秘区域，也是市中藏污纳垢的总汇，外面看着好像很清静的住宅区，实际却是烟赌娼的黑市集，向来被一种黑暗势力庇护，该管者只收放任态度，不闻不问，若是有人在这一带受害，绝对无处诉冤，也不易得到保护。原因是这一带向称安静，主管的西洋人，认为秩序良好，无须维持，所以连岗位都设得极少。若问这地方何以安静，则当归功于各种秘密营业。譬如赌局，内中自有他们的不成文的宪法，开赌局的只要以身作则，恪守不违，以昭信用而广招徕，偶然勾串合谋，吃个秧子，毁个乡愚，也都办得手法巧妙，不会闹出事故。至于私烟毒窟，更是凭货卖钱，公平交易，便是偶然从里面搭出个尸身，也只是毒瘾身亡，绝非图财害命。抛在路上，有地面按路倒尸成例，加以抬埋。内中也只有一种暗娼较为最多，这种暗娼，大概都和跑合人合作，由跑合者把客人引来，再看情形办理。若是本地人或者精明人，就做规矩生意，若是外乡人或是少年雏儿，他们就要施展敲诈手段，非把囊中挤净，或是剥夺衣帽，然后赶出。受害者只有自认晦气，若不甘心，定要报官究治，不过多寻一场没趣。因为这三四条长巷，门户形状位置全都一样，这种事又多在夜晚发生，受害者被推出门，转上一个弯儿就要晕头转向，再寻不着门儿。即使心性乖巧，能记住门径，但进去再看里面的人也错了，陈设也变了，因为他们邻居，都是同党，甲家做完了事，知道所得过巨，受害者必不甘心，把他赶走以后，立刻便把室中简单器物移易，再和乙家的人互换一下，受害者见风光尽变，人面全非，只有惘然自失，抱怨脑筋昏乱，眼力迷蒙，没有记识清楚。但又不能挨户检查，结果还得多听几句申斥。由此看来，这地方真可算是魔窟。韵宜她投止的纪宅，正是魔窟里最可怕的一部分，倘以地狱相拟，也是最下面的第十八层。

　　前文说过，那位纪二爷是个具有多重人格的人，也可说是社会上的惑星，没有人能把他观察透彻。他以多财善贾的绅富资格，经营各种事业。由极高尚的公寓纸庄古玩店，下及饭馆澡塘，以至于娼窟。不过据人所知，他也只在大兴里开着一家小班，还是和人合股，遇有知己朋友，一半为着自己和朋友做个消遣地方，这当然是虚话。世上尽有富人，为自己通用，开家绸缎庄，为自己饕餮，开家饭庄，为自己赌博，开所俱乐部，以至于为自己爱唱，盖座大戏院，却没听说为自己消遣，开座娼窟的。纪二爷虽然不能自圆其说，但旁人以为他的事业，低到小班，总算至矣尽矣，蔑以加矣，又岂知他还有令人想不到的特种经营，竟在这魔窟里和一个被革的公人，合资租了三所接连的楼房，开设暗娼，兼理烟窟营业，所用的主持人，便是这位驴面金牙的王奶奶。王奶奶本是连三辈的虔婆世泽，自从小时，便随她的娘出百家门，售卖珠花杂货，大小公馆住家，都已走得娴熟。她娘去世以后，她就继续操着旧业，十年光阴，不知做了多少罪孽。及至遇到那个被革公人，搭上姘头，才改变了作风，当了这暗娼老鸨，买了几个孩子，作为暗藏春色，招引游蜂浪蝶，敲骨剥髓，像上文所述，类乎强盗的敲诈行为，便是日常功课。尤其因这王奶奶曾串过百家门户，识人甚多，上各处一行勾串拉拢，这三座楼便成为大规模王婆茶馆，成全了无数的西门庆潘金莲，却也毁掉了若干的武大郎，所以生意十分利市。

　　这次纪二爱上韵宜，千方百计要得到她，及至事情成功，就在这里借地设下新房，本说要娶韵宜为妻，却把这新房设在这暗娼魔窟之中，并非有心使韵宜落水，而是因为他知道这段婚事，完全由欺诈成功，非出韵宜自愿。何况她在安善里对门而居，时常相遇，水晶肘的声名，久传人口，她必有耳闻，若发现水晶肘的姘夫，将和她百年偕老，一定要极力反对，虽然不怕她闹出手去，但一番纷扰，势所难免。若娶到耳目繁多的家中，或是别的地方，颇有不便。所以特向幽僻隐暗的魔窟，借地暂居。若韵宜服帖顺从，自然没事，倘若她有反抗行动，在这里加以管教压服，也较为方便。因为在公开的住宅里，即使虐待仆婢，也恐被人闻知，发生问题，何况对于新娶太太，做非法压迫呢？至于这个秘窟，天然是做恶事的地方。在隐秘的房间中，已不知收容过多少良家妇女，造成了多少雏妓妖姬。凡是女人，到了这里，就等于猪羊祭组，只有静待宰割，莫说无处可逃，便逃也出不了巷口，莫说喊叫无效，便喊得四邻皆知，也不会有人来管闲事。所以纪二在预料韵宜必有反抗之时，就看准了这地方，借间房子暂做过渡新房，同时把守护劝导之责，也托给他这生意的依赖内掌柜。

王奶奶为巴结纪二很尽心，把韵宜从家中接来，就给领入新房，想要徐徐对她说明，再施展三寸不烂之舌，把她劝得服服帖帖，再请纪二来入洞房。但她还未及说正题，韵宜已由她可疑的笑容，生出觉悟，很快便把事情弄明白了，抽冷子就逃跑。王奶奶虽然没拉住她，却并不着急，也不追赶，只叫道："你跑呀，看你往哪儿跑，瞧你会跑出我的手心？"

王奶奶所以如此一尘不惊，自是因为六辔在手，知道不会把马丢了。她这里虽只养着四个姑娘，却用了七八个伙计。这些伙计，并不像普娼窑的龟奴，只做跑厅跟局进餐摆饭等等工作，他们虽也伺候客人，却是为时甚少。因为暗娼既不出局，也没人来捧牌奉饭，来的客人也不会摆弄排场，即使是照章花钱，不加敬诈的，也不过享以一烟一茶而已。所以这里本无多用伙计的必要，有上一两人足以够用。但凡是这种暗娼，却照例都雇用许多伙计，其实并非用伙计，而是养打手。但也并非真用他们打架，而是借以助威。每逢引进孤身乡愚，横加敲诈，也并非容易，人情却是善财难舍，若不使其畏祸绝望，万不肯把钱财献出。这就用着恫吓了。恫吓却不是一个人所生效能，必须人多势众，其势汹汹，还得在各出路都设下埋伏，以防拼命而逃，使来者绝了幸免的指望，再看着包围他的许多人，杀气腾腾、凶神附体的样儿，知道进了匪窟，若不献出钱财，便不被杀，也要挨打。而且好像在大道上遇到劫匪，在家中闯入抢匪，情形不同，那是无妄之灾，这却是自己来钻狗洞，心气自然馁下去，非但不敢抗拒，而且不敢喊叫，乖乖儿把钱献出来。这就是多用伙计的妙处。现在这里伙计，都分在前后门把守，怎会能跑出人去？故而王奶奶漫不经意，只看着韵宜向外跑，韵宜哪知道这里比匪窝还凶，只图逃遁，王奶奶的话，她全未听见，只拼命向外闯去。王奶奶高声叫道："有人跑出去了，你们留神。"她这话是警告外面的伙计。

韵宜一出门房，只见眼前已不似进来时那样黑暗，各处都有了灯光，她既无暇细想这是怎么回事，也不认识方才进来的路径，只信步狂奔。哪知转过一道弯儿，猛见前面有路，门前便是院落，但那门口站着个短衣大汉，都向她狰狞，并且伸手作势，似乎都已布好捉人似的。韵宜吓得啊的一声，连忙转身退回，循着原路转弯，经过那房门，又向前奔。见前面也是一道通院落的小门，门口也有一个很难看的男子，当门蹲踞，口中正吃着东西，望着韵宜就发出老鸦似的声音叫道："哪里跑，快回去。"

韵宜知道闯不过，只得又退了回来。她一个弱女，哪里经过这样的奔命？连急带怕，头脑全昏，腿脚已软，这一转身，便因身体倾侧，失了重心，撞到墙上，把头撞得生疼，眼泪跟着涌出，似也呆了，所幸尚未跌倒。她踉跄地又循原路回奔。她知道这楼下前后门全被堵住，未必另有出路，但在情急之际，好似生鸟被捉入笼，不管是否能逃，仍要乱撞的。她跑了几步，觉得再向前便又到那两人把守的门了，便不向前，只往左右寻觅。泪眼模糊，看见左边似乎有道门，就跑过去，那门前垂着软帘，韵宜手方抓着软帘向上一撩，心中猛想这门帘是大红颜色，似乎眼熟，同时也看见门前立着个眼熟的人，就是那王奶奶。原来这就是她才坐过又跑出去的新房。

韵宜看见王奶奶，好似看见鬼魅一样害怕，刹住脚步，张口欲号，却只叫不出声，同时身体也似定住了，向王奶奶呆看了约十多分钟，方才惨号一声，反身后退。人在猝受惊恐之时，这本是常有的现象，因为人的神经虽然感觉灵敏，但在乍受意外惊恐，神经大受刺激，脑血一齐上冲，倒使神经暂时麻木不能立刻发出反应。例如我们在房中睡觉，半夜醒来见床前立着个生人，一时惊恐欲绝，但表面却似发呆，必得对他呆看一个时候，才得到脑中通告，说这个是贼，要伤害你的，你还不喊叫或是逃跑，于是动作便跟着发生了。又如戏台上唱《三岔口》那出戏，在武生武丑摸黑儿的时候，互相举手乱摸，要来搜索对方，但并没摸着，正在无意中撞到一处，武生武丑全怔上几秒钟，才动手对打。这是编戏者深通心理的地方，令人看着入神又觉得近情。

那王奶奶在她发呆时，并不拉拽，当她又向外跑，也不追赶，只叫你这不是白费力气，快回来歇着，别失了新娘子的规矩。韵宜哪里听得懂她的话，跑到室外，没有两步就又站住了，她想起往这边跑不成，就收住步，想要转身，但只晃动了一下，脚下还没离地方，就又记得那边也有人堵着，她这才叫上天无路，入地无门。幸而也没有人追捉，可以容她在那一隅之地乱转圈儿，连转了两圈，更迷了门，瞥见对面又有一道门，挂着茶色门帘，当然不是那间新房。她也没寻思这门内可有出路，也没想进里面去做什么，只是急晕了，慌不择路，见门就钻。

及至闯到里面，只见里面好似一间客室或是起居室，中间放着一套沙发，沙发上正坐着个中年男子，很舒服地把全身都松弛着，口吸雪茄烟，笑嘻嘻地向她看着。韵宜仓促中只看出这人面熟，但没认出是谁，就抬起目光，四面乱找，希望寻个出路，果见右侧面的角上，挨着一只月牙桌旁边，有一道开着的小门，并没挂帘。韵宜一眼瞥见，就由那男子身边掠过，直奔那小门而去。但方一步迈进门内，她又止住了，原来门外并非院落，却是一间房子，灯光明亮，而且迎面二尺外赫然站着一个人，对她张着大嘴发笑。由那嘴内的金光和房中弥漫的红雾，韵宜立刻意识到自己又回至新房里了。敢情她身后面的客室，正和新房接连，而且两间本是一套，都是给新人预备的，一供居住，一供憩息，所以中间有门相通。韵宜一看王奶奶立在面前，猛然吸口冷气，哎咳一声，知道已陷入阵中逃无可逃，立时腿都软了，猛抓住门楣。她心里已明白再逃也无益处，但身上还带着方才的遗留意识，仍然做出逃奔的架势，很快地转过身去，向后面一看，才又发现退路也已断了。原来那个中年男子，已把他坐的沙发拉到挨近小门的适当地位，自己想要出去，若不能从他所坐的沙发上越过，便要推开那张摆着花瓶的圆案。因为退路被这两件东西给堵塞了，但那男子的神情姿态，却未稍有改变，仍是那样坦然坐着，脸上笑容也还是方才的样儿。韵宜见前后都有人挡住，只站在小门口，紧紧抓住门框，茫然呆立。这时滋味，就似一人落到河里，在乍一失足的时候，身体悬空下落，只觉眼前发黑神志全昏，只想我完了，我死了，但在精神上却知道下面冰冷的水，就要淹没身体，只等和水接触。韵宜这时也是那样感觉，见前后都被人挤住，只暗地叫我完了，就立那里，似乎她自己再不挣扎，只等承受可怕的事情。但是过了半晌，没有任何事情发生，好似落河的人，一直未曾坠入河中，尽在半空悬着。因为前后面两个人都没移动地位，也没发出声音，韵宜站在门口，倒由疑惑中渐渐恢复了神志。因为她面向着客室，眼睛一直望着那沙发上的男子，神志略一清醒，眼睛便和心发生联络，立刻觉得这个人不止面熟，而且能知道他是谁。跟着再一思索，猛然打个冷战，自己问着自己，这不是常在对门高家出入的纪二么？她这念头才在脑中一转，立刻触着了由父亲口中所得表兄姓纪的印象，只觉脑部似打了个轰雷，一阵震眩过去，便明白两个姓纪的只是一人，自己确被父亲骗了，而且骗苦了，竟给送到这纪二手里。这纪二不是高家水晶肘的第二个丈夫么？他把我弄到这里，又是什么意思？想到这里，忽又忆起身后便是新房，不由一阵心神紊乱。但在她的意识深处，却是早已知道今天是大难临头，生死交关了。当时只瞪目看着纪二，绝不似平日羞怯模样，好像也忘了害怕。

那纪二只笑嘻嘻瞧着她，口中的雪茄，一直没动地方，烟灰已积了半寸长短。他拿下弹了一下，才向韵宜点点头，笑着道："这边坐吧，跑了这半天，也很累了。"

韵宜不答，这时王奶奶听纪二说话，也凑上前扶着韵宜的胳膊说道："二奶奶，二爷说你哪，那边坐吧。"

韵宜把手一抖，厉声叫道："滚开！你们这是怎么回事，把我骗到这里来，安着什么心？你们说！"

纪二听了，望那王奶奶，又是一笑，那王奶奶叫了一声道："我的二奶奶，你怎么明知故问，你看看这是什么阵势，想想这是什么道路？新娘进了新房，还不知道干什么来了？"

韵宜没待她说完，已大怒骂道："放屁，你别顺嘴放屁，谁是新娘？谁进了你们新房？你们安心害我，我宁死也不上你们的当。"

说完把脚一顿，转身便走，但也自知走不出去，就又立住，坐在新房中一张椅上，随闻那王奶奶说道："二奶奶进来了，二爷也到新房坐吧。"

纪二答了声好，就跟着过来，坐在韵宜的对面，摆一摆手，向她说道："邢小姐，你别认着我是安心骗你，请容我说句话，不错，我确是因为常见小姐芳容，万分爱慕，所以才跟令尊求亲。令尊已切实答应了我。大概因为小姐还没到成年，婚事该由家长做主，事先没和小姐商量。可是他跟我已经按正式手续把婚事完妥了，就连今天这样接小姐过来，也是令尊的主意，我是遵他命令行事，若有简慢，还得请小姐原谅。"说着向王奶奶使个眼色道，"你把那张小桌搬来，请小姐看看，就明白我不是说瞎话。"

王奶奶听着纪二说话，早已笑着自语道："看你这份客气劲儿，二奶奶么，又叫开了小姐，留神叫惯了不好改嘴呀。"

及至得到纪二吩咐，就走到屋隅，搬过一张长方形小桌来，放在韵宜面前。那小桌是木制的，但上面贴着一层绿绒，绒上又安了一层厚玻璃，在绒和玻璃之间，夹着两张红色硬纸，纸上印着金色的字和图案花纹，上面有笔所写的字。韵宜一看，便认识是特印的婚书，当初曾在亲戚结婚时见过。这时只用目光一扫，看出是张婚书，不由探身细看，她并非要看婚书上写的什么，而是要证明自己那没良心的父亲，是否真和纪二所言，把女儿就这样葬送了。她两眼睁得滚圆，看那上面确是父亲的笔迹，签名盖章，用家长口吻，郑重说明他赞同并且主持女儿和纪德甫结婚，还曾征得女儿同意。词句十分结实，又瞧在后面邢韵宜本人名字下面，还盖有邢韵宜三字图章。韵宜看着，知道这事果是父亲一手包办，而且替自己盖了章。这图章还不虚假，当母亲在日，曾在银行给自己按日存教育费，因而刻了图章，一向由母亲收存。自她去世，自己早把这事忘了，想不到竟会在这时发现。韵宜心里痛如箭攒，暗恨好爹爹，好爹爹，你真把我卖了！同时目光因泪溢而发呆，再看不见那婚书上的字。忽一抬头，正看见纪二的笑脸。她猛觉冤气填胸，愤不欲生，向纪二脸上唾了一口，但口中津液已被急火蒸干，只喷出些微唾沫星儿，跟着她就伸手向桌上乱抓，想要把婚书抓烂。无奈手指仅能触着玻璃一挨一滑，她才知道纪二所以把婚书压在玻璃下面，连着小几搬过来的妙用，原来就防备自己有此一举。急得又用手乱捶，同时举目四顾，想寻东西来砸。忽听纪二哈哈大笑道："小姐你不用找，这屋里准

82

保没榔头锤子，连件硬东西都没有，什么都是软的。哈哈，王奶奶，邢小姐已经看完了，你快给搬开吧。"

王奶奶应声把小几搬起，由小门送入客室去了。这里纪二拉着韵宜衣袖叫道："你这样着急，我看着多么心疼。快坐下歇歇儿，听我跟你说。"

韵宜用力一抖肩臂，把他的手震开，躲开多远。纪二仍赔笑道："你这不是白跟自己过不去？请想你父亲已经把你嫁给我了，你也已经来到这里了。你想到了这个份儿，只着急有什么用？邢小姐，咱们虽然没说过话，却不断见面，可以说是熟人，我对你又是爱好做亲，凡事从和气上来，万不会欺压你。你就放心坐着，咱们好生谈谈吧。若是你实不愿意，也好商量……"说着见王奶奶又走进来，就使个眼色，教她出去。

韵宜这时听纪二说话柔和近情，又思自己既已落到这里，被许多人监视，任如何拼命挣扎，也逃不出去了，就哼了一声道："任凭你说什么，反正我不上你的当。"说着觉得疲倦难支，就倒退一步，坐回原处。

纪二见她缓和了些，便又赔笑道："邢小姐，自从你家搬到安善里，我不断见你的面，心里就爱上了，不过你是位高贵的小姐，我不敢妄想，直到今年，我听说从你母亲去世，便受后娘的虐待，连你们老太爷也变成了后爹了。我已经替你难过，以后再在门口遇你，见你一天比一天瘦得可怜，我更忍不住了，才决心救你出来，托人前去提亲。你知道我的前妻已在去年病故，正空着房，这不是很合适的事么？哪知你父亲还装模作样，不肯答应，害我费了许多心机，花了许多些银钱，才逼得他点头，把你许给我。可是他还蝎蝎螫螫，掩掩藏藏，不愿教外人知道。今天娶你过来，冷清清不成格局，却是你父亲要这样的，若依着我，必要大办一下，就是花上万八千，我也情愿。这是终身大事，怎敢草率呢？无奈拗不过你父亲，我只有抱歉委屈了你。不过委屈

83

也只今天，往后你就是我纪二的正印夫人。我不敢说有钱，自己开的买卖有这么四五处，跟人合股的也有七八处。多了不趁，一二十万还有，从此都是你的。你就承着享福。"说着话望韵宜，等她答复。

韵宜却哼了一声道："我不稀罕，你少跟我说，你姓纪啊，我早知道你姓纪，也知道你是怎样个人。姓纪的，倘然你说的是真话，可怜我就可怜到底，积点德放我出去。你这样岁数，大概比我父亲也小不了多少，何苦做这样缺德事？啰唆我呢？"

纪二哑然答道："说了半天，敢情没别的说处，只是嫌我岁数大。我说邢小姐，你哪知道，男人越大越能知疼着热，俗语说女大男小，争争吵吵，男大三，抱金砖；男大六，爱不够；男大十岁，变成活宝贝；男大二十岁，丑女也当美天仙。现在我才三十多岁，比你大不到二十岁。你不信去向人打听，姑娘在十几岁时，都想嫁年当美貌的人。若是过了二十，经验多了，见识高了，就改主意要嫁岁数大的男人了。我也曾听人说过，你在几个月以前，离家门出去一天，你父亲认定你在外面做了坏事，更不把你当人看待。现在我可以猜出来，你必然真在外面结识过年岁相当的情人，才懂得嫌我老。可是小姐你得想想，这几个月你在家里受罪，你那小情人哪里去了？他怎不来救你？还得我这不相干的把你拉扯出来。你大概还不知道，若没有我救你，你就得永远监禁，若不被后娘折磨死，也必落到顶苦的地方。你父亲因你给他丢脸，恨不得立刻除掉，本要把你嫁给挑水拾粪的下等人，若没我出头求亲，你寻思该当怎样？"

韵宜听了，摇头说道："随便他怎样，我家里就是要把我嫁给讨饭花子，我也不知你的情。反正我只一条命，至不济还有死挡着呢！你觉得我幸亏被你拉上天堂，没有你就得落下地狱呀？哼哼，你觉得自己不错，比挑水拾粪的还高得多，若教我看，还不定谁比谁高呢？"

纪二听了，面色一变，就要发怒，随又忍下去，耸肩笑道："你真把我骂苦了，我还不如挑水拾粪的？"说着又扭着身体道，"挑水拾粪的也有我这样身份？这些产业？穿这衣服？住这房屋？你别看这里，这里是临时借的洞房，好比办喜事借饭馆一样，过几天你回到咱们家里，就知道是什么势派了。"

韵宜冷笑道："我没跟你论产业房屋，我说的是人格。挑水拾粪的，不做坏事，就比你高明得多。你的行为谁不知道，在我们那一带邻居，差点儿把你骂化了。姓纪的，我也不敢得罪你，你跟那高家娘们儿凑合去多好，何苦又无故害人？"

纪二哑然笑道："敢情你人小心不小，还吃她的醋呢。那好办，我从此跟她散了，成不成？"

韵宜涨红了脸道："你少胡说吧，我管你们散不散，我只……"

纪二接口道："既有了你，当然要跟她散了，本来这几年我对她已经腻了味，只为她拼命跟我纠缠，我只有几天不去，她就寻死觅活，我才不得不敷衍着。现在有了你，我准跟她永断葛藤。你不信，我给你赌誓，从你进门以后，我若再登她的门一步，挨她一下，教我……"

韵宜在他初一赌誓，已气得掩上耳朵，叫道："你跟我说不着，我不听。"

但虽口说不听，纪二的声音仍从指缝漏入耳中，韵宜气愤欲绝，猛一转身，打算走开离他远些，但才转过身去，还未移步，就听纪二语声忽断，同时暗中一阵刺耳的笑声。韵宜虽掩着耳朵，神经也觉得这笑声刺激，因为笑声十分惨厉可怖。韵宜猛一抬头，吓得通身一抖，掩耳的手，随即落下。就见由房门走进个高大的妇人，身上披着件青缎的斗篷，全身都包裹在里面，只上边露着那滚圆的大脸，满面笑容，却在笑容上面，浮着一层凶煞之气，口中发着笑声，慢慢走进来，当然不问可知是那位水晶肘了。韵宜在由家中出门上汽车时，曾见她在巷中遥望，这时怎又在此出现，自然吃惊。但随即醒悟她本是纪二的姘妇，当然纪二所在的地方，她都可以随便出入，现在高兴前来看看，并无奇怪。但是看她这情形，似乎听得纪二的话，生了气了。

想着就看那水晶肘好像没看见自己，只把大眼瞪住纪二，徐徐前进，口中一直笑着，走到纪二面前，才说出话来道："怎样？教你怎样？你再进我的门，再挨我一下，就要怎样？你接着往下说啊！"

那纪二见她突然到来，实觉出于意外，又恰逢万不能教她听见的话给听了去，当时也惊得颜色大变，呀了一下，但随即恢复灵性，向她挤眼努嘴，连使眼色。以这时候局面来说，他这办法可谓极其聪明、极甚恰当。因为这样做作不啻对水晶肘说，方才的言语只是哄骗韵宜，非出真意。同时还表示他和水晶肘是立在一条线上，水晶肘应该帮他对付韵宜，便是有什么误会，也该闪开面儿再说，不能当着韵宜宣布他的事。但这办法未生功效，水晶肘根本不理他这一套，反给揭破了说道："你这样努嘴挤眼，咱们说真格的吧，你可寒透我的心了。"

纪二摆手叫道："你这是怎么了？别胡闹，我怎么伤你的心？咱们明儿再说成不成？"

水晶肘气得面色青白，喘吁地摇头道："咱们就这会儿说吧，到明儿我早气死了。你从打一生心娶那邢家的丫头，就非此不可地直打紧板，我就有点儿疑心，无奈被你花言巧语给哄住了，只当你真为着邢家产业，并不是要丫头的人，才替你去说亲。我倒教人家驳了，你还不歇心，反更加了紧，自己伸手去办，到底把那丫头图谋到手。我还信你起头儿话，一点儿都没反对，你又骗我说，先把这丫头骗到手，先指她讹邢簇庵一水，跟着再把这丫头送进班子去挣钱。所以虽跟邢家说娶她做太太，可是不用一点儿举动，悄悄接过去就得，为着不教人知道这事，以后好随便处置她。这些话我都信了，哪知到了今儿，你派汽车去接她，教小王开车，我知道车子来了，站在巷口看热闹。小王过去跟我说闲话，把你的真实情形都告诉我了。敢情你跟我说的全是瞎话，什么图谋邢家财产？你倒赔出去一两千，给邢簏庵开了回展览会，你还跟邢簏庵说好，只要她女儿一个人儿，不用半点嫁妆，以后还是永不认亲。这是你图谋产业哪？再说邢家那点家当，我以前还疑惑有多少，现在才知道有限得很，很不值得琢磨。你不过借此为由，说谎蒙我罢了。你还说把丫头送进班子赚钱，我不知道她能赚多少钱，你竟下这么大的本儿，还是在自己家里，你家里是班子呀？方才我还只听小王说，你家正油漆土木的，新开光还教木匠打了三间洞房家具，花了好几千。那是给谁预备的？给你这下窑子的老婆预备的么？我听小王一说，就知道你不但拿她当了香宝贝儿，还是打算一块儿并骨了。现在到了这里，才看出这临时洞房也够讲究，你为她真不惜工本啊！莫说方才我还听见你那些话，就是没听见，也认准你是丧了良心。姓纪的，你自己手拍胸脯想想，哪点儿对得起我？这些年，我为你做了多少缺德事？给你弄了多少昧心钱？当初你本是个吃早晌没晚晌的穷小子，若不是我，你也会到这个份儿？成了纪二爷了？我这样不是为你？你居然跟我坏了肠子。在你老婆才死的时候，我就跟你商量，要离开高家，跟你过去。高义亭正巴不得我走，自然愿意。我一者拿得住他，他也没胆子拦着，谁知你早讨厌了我，推三阻四，只不答应。如今又娶了外人填房，还跟她赌咒，誓说永远再不挨我了。姓纪的你不用遮掩，我知道这是真话，你可气杀了我。我想想哪档儿也不能活，得得，我们一块儿死了吧。"

说着就向纪二扑过去，似要撞头。纪二在她说话时，屡次插口拦阻，无奈水晶肘毫不理会，只顾说下去，这时说完了，又向他拼命。纪二连忙闪开却一把抓住她的手腕，看样儿好似会点儿武技，水晶肘被他抓住便是挣不脱。纪二爷笑着说声别闹，跟我来，随把手一翻，水晶肘胳膊已拗到背后。她急得乱叫乱骂，纪二已推着她往侧门走入隔壁房中，随手把门关上。

韵宜正惊得呆了，才知纪二所说爱自己的话，竟是真的，水晶肘便为这事嫉妒前来拼命，心中越发惧怕。但那门虽关上，仍有声音能透过来，只听水晶肘仍然连着叫骂，夹着纪二的柔语的音，似在对她说好话央劝。但水晶肘越闹越甚，好像一定不肯罢休。但稍过一会儿，水晶肘忽然声息大变，好似受那什么刑法，呼号起来。说是挨打，却又听不见打击声音，只听她一味地婉转呻啼，纪二并不说话，及至水晶肘的呼号停止转成低咽的哭泣，纪二才开口说话，虽听不出说的什么，但觉语气甚为悍厉，好似一变方才的婉央，转为责斥。再过一会儿，水晶肘哭声住了，二人竟对谈起来。韵宜只听得一片喁喁之声，说了好久，知道他们的争吵，已告结束。不解纪二用什么方法，能把那势若牝虎的妇人，弄得服服帖帖，并且和好如初，又相对长谈起来。但转想我管他们做甚，自己落入陷阱，还不知怎样是好，想逃是逃不出去，不逃要落到什么结果？方才听水晶肘的言语，好像这纪二对我还是真心，但真心又将如何？我也不能嫁他。可是纪二既这么厉害，事情已办到这等地步，他就肯轻易罢休，放了我么？想到这里，又听隔壁门声作响，知有人走了出去，再听果然不闻有人说话，料着必是水晶肘已被纪二劝走。

她正望着小侧门发怔，忽听背后有步履声响，回头看时，只见纪二正笑嘻嘻地立在床旁。韵宜不由吃惊，知道他必是才送水晶肘出去，所以由房门进来。但已躲无可躲，只向后边挪了挪。纪二笑着挨在她身旁道："想不到这女人寻我来吵，教你受惊。可是她的话你大概都听见了，可以知道我是多么真心爱你。难道你还不……"说着脸儿一沉，正色说道，"邢小姐，我实在太爱你，现在凭良心说，你方才骂我的话，句句不错。我实在不是好人，向来不做好事。可是我这时真打算学好了。不瞒你说，我本是个穷光蛋，凭着个空人在外面混。论资格只配拉车扛大个儿。可是我眼热阔人的享受，一心想发财。无奈从正路发财，没我的份儿，只可走邪道。简直可以说什么事全做，就连这位水晶肘，也是图财，可不是现在，她的第一个丈夫是很有钱的老头儿，她把老头儿的钱全偷着填给我，以后还把老头儿气死，做了寡妇。那时我老婆在世，不许我娶她，她也不愿意做二房。过了些日，就因为看戏，和高义亭姘上了，跟着就做了正式夫妇。哪知没过一年，高义亭一场病，变得不成人了。她渐渐变了心，又要和我来往。我虽然念着她旧日好处，不能不去，但又怵着高义亭。她真厉害，居然捉住高义亭一件要命的把柄，给制服帖在地。以后我出入高家，简直做了主人，高义亭也不敢哼一声儿。我开始还觉得意，以后渐渐觉得这样欺负老实人，夺妻霸产，不但缺德，自己也没趣儿。所以很想退步，若不为她尽自纠缠，我早已脱离了。现在说良心话，我的钱也有了，产业也有了。虽然知道底细的，还把我不当好人，可是外场街面，纪二爷也颇有些听头，可算名誉也有了。一个穷光蛋混到这份儿，还想怎样？应该见好儿就收，安分守己地保老堆儿了。我自己寻思，过去所作所为，实在亏心，无奈那是补不上了，只有趁早学好，修个后半世平安。你明白我的心思了吧？邢小姐咱们既往不咎，你骂我不好，我诚然不好，可是从今儿……就从你进门时候起，我一定变成个好人。高家娘们儿，不用说我准跟她一刀两断。别的事也是一样，凡是我干的不规矩或是害人的生意，就像这里暗窑、旁边的赌局，还有大兴里那处小班，和香光饭店里的烟馆膏店，咱们是一律取消，自便干的径直关门，跟人合股的撤股出让，只留那几处正经买卖，以后做个规矩生意人。邢小姐，我这些话若有一字是假，教我不得好死。我既真心爱你，绝不能教你落个失身匪人。我也别送人情，说是为你学好，就算借你进家这个茬口，逼着我学好吧。你还有什么说的？"

韵宜听着，很明白他的话出于肺腑，若是造言欺骗，绝没有这样恳挚，不由心中也微微感动，但心中终是不愿。她的少女心里，已定下理想配偶的条件，除了年轻貌美以外，还必须品格高洁，没有瑕疵。纪二爷便从此改过，但以前污点，也已不可洗涤。尤其他和水晶肘的关系，在韵宜看着，真如置身匦涵，只在洁白的心中略一寻思，便要作呕。何况还要继承水晶肘遗缺，以身相事呢？又加韵宜来到这里半天，还不知是何地方，这时从纪二口中，得知是他所营的暗娼，连带又发现他做着许多卑污不法的营业，心中更觉厌恶，就冷冷地道："谢谢你，我很明白你的好心。可是你学好是你自己的志气，你家祖上的德行，跟我说不着。"

纪二听了，几乎诧异自己这样诚心诚意竟会打不动她，脸上现出懊恼之色，方要抬头欲语，韵宜又道："你不说是从此学好，学好就从我身上学起，你纪先生，纪大爷，又有钱，又有产业，又有名气，什么样好女子娶不到？何苦跟我这苦命人呕气呢？还觉得我在家没苦够么？"

纪二忽然摇摇头，插口说道："你真就这样咬牙，打定老主意不肯嫁我？你不用说这种绕弯的话，我们痛快一句，你是应不应？"

韵宜一摇头，一个不字已冲上喉咙，但看着纪二颜色阴郁，知道这话一说出来，必要惹出可怕的结果，不由心中发怯，但这时已逼到绝境，只有两个字可说，不说不便得说是，这是她万万不肯的。当时只得壮着胆子，委婉着说道："纪先生，你可怜我吧，我实不……不能应你。"

纪二冷笑一声，又敛容叹息道："这算你说出绝句来了。咳，我方才说的是良心话，实在打算从你身上学好，可是你这样窝我的心，我可怎么办呢？我姓纪的向来想干什么就得干成了，撞破了头也没有回脖儿。现在为你费了许多心力，已经娶到家中，不止心里我把你当作太太，旁人也把你当作我的太太。若是半途而废，再由着你出去，就如同我的太太离开我去嫁别人，你想我可能认栽这个跟头？说痛快话，我宁死也不会放你，可是你又不应我，这不是逼我上梁山么？咳，我本安心从你身上学好，这一来我要弄成在你身上作恶。"说着把脚一顿道："也许命里该当，我得做一辈子坏人，那全在于你了。你既不教我好，我只可以歪地坏下去，你也别想得好。我不能教水晶肘笑话，反正得做个样子，以后没有对他不起，你得原谅我个无计奈何。"说着立起便向外走。

韵宜听他口气太恶，已吓得手脚冰冷，面色惨白，知道祸事将到了，忍不住叫道："啊……你打算怎么处置我啊？"

纪二回头笑道："你别怕，我处置你不在今天，今天是黑道日，诸事不宜。先被水晶肘搅了一阵，你又这样……我的高兴一点儿都没有了。就是你现在点了头，这个洞房花烛也得展期一日。有什么事明天再说，我要回家睡觉去了，到明天晚上再来。好在这一夜里，可以仔细寻思寻思，到底打算怎样？明天见面告诉我。咱是一言为定，你愿意做纪太太呢，自然没的说，你若不愿意呢，你就请随便愿做谁的太太，这里来往的人很多，什么样的都有，足够你挑选的。就是一天挑十个八个，也不会缺少。"说完点点头，便掀帘走出去了。

韵宜已软瘫在床上，魂儿都离了壳。她从纪二口中，听出隐意，听他万事皆休，否则便要教自己为娼卖淫，随便做谁的太太，一天挑十个八个，可不是娼妓是什么？而且这话方才已听水晶肘说过，纪二曾哄她说把自己娶来便送入小班为娼，现在竟真要这样办了。但这时纪二已走去了，韵宜只有伏在床上哭泣。过了一会儿，听房中又有了脚步声，抬头看却是那位王奶奶。

韵宜正要低下头去，那王奶奶已拉着她道："我说你把纪二爷给气走了，他临走给我留下话儿，教我好好儿伺候你，再好好儿劝劝你。他今儿吃没味，明儿也不愿再来了，只听我的信儿，你答应了就请他来，不答应，不用给他话，就把你归我这里混事了。"

韵宜听了，悚然惊叫道："归你……你这儿……"

王奶奶笑道："可不是？你既到了这里，有进来的路儿，没出去的路；既不嫁他就得归我啊。先不用害怕，大主意还是你自己拿呢，并不是现在把你怎样。我说纪……纪二爷不教我管你叫纪太太，我叫小姐吧，我说邢小姐，你大概还不知道归我是干什么。现在先教你开开眼，你若看着这样好，就别嫁他。来来。"说着就拉韵宜向外走。

韵宜心中害怕，赖着不动，王奶奶道："你不走我可教人揪你去。你估量可挨得过去？"

韵宜无法，只得随着她走出，循着楼梯上楼。到楼上见堂屋坐了三四个伙计，都是横眉竖眼。王奶奶拉她进入一间房内，里面并未亮灯，却不甚黑。原来侧面有一道门，门上安着玻璃，玻璃窗外面有灯光射进来。王奶奶低声说："你可留神，别出声儿，要不然今天就得遭殃。"

说着领她走到那道透光的门前立住。韵宜才看出窗上还挂着纱罩，但由纱的透孔可以看到外面。王奶奶低声道："你就往外瞧吧。"

韵宜不由便注目外视，只见窗外也是一间房子，不过陈设很是简陋，除了桌椅床榻以及床上的被褥，没有别的物件。一个相貌平常的中年人，正坐在椅子上，神情似乎很忧烦不耐，不住地抓耳挠腮。韵宜才见他坐着，一转眼又立起来在中间走几步，又坐到床上。韵宜由他那不可体的衣服，便看出是个外乡人，而且是做买卖的，不过在天津已住过两年，学上浮华，但又浮华得不成样子。因为他身上穿着一件蓝灰色的假春绸夹袍，亮得耀眼，但长度只齐到膝盖以下，好在所缺乏长度，由宽度补足了，肥得足可以再装下一个人。全身都挂着缕儿，上身还罩了件麻缎马褂，却又太瘦了些，于是把那夹袍下都压迫成为一道缕儿，好像百褶裙一样。一见可知他这身衣服，并未经过裁缝量尺寸的手续，而是由新衣庄买来。新衣庄行中的口才手法，能够把晏婴的敞裘，卖给长人穿着，而使不觉其短，能把轧油墩李四的大衣卖给蒋平，使他不觉其肥。但若非这种既好浮华，又不懂行的外乡人，也不会上当。韵宜看着，方在寻思，教自己来看这个人是什么意思，莫非教我为娼的话，就应在这人身上？我宁死也不受如此侮辱。

想着就见那人很局促不宁的，又从床上立起来，走到房门，掀起门帘，似乎要向外走，又趑趄不前。就在这时，两三个伙计都迎了过来，为首的伙计问道："你要什么？"

那人道："我要走，我不招呼人了。"

那伙计横眉竖目，厉声说道："怎么着？你要走？待了这么半天又想走？都由着你，我们就不用干了。你不是要个漂亮女学生么？我们已经打发人给你找去，你走了人家来了算谁的？"

那个人似乎已看出伙计们的凶恶神气，感觉事情不祥，想要逃出，就低头说道："我还有事，不能总等着，明儿再来还不成么？"

伙计道："明儿再说明儿的，现在就是不能走。"

那个人道："不能走，你还强霸住我么？我还要走。"说着向外一迈步，被那伙计劈胸一掌，给推回老远。

那人大怒叫道："怎么你们这窑子还敢打人？要造反哪？"

一言未了，几个伙计却擦拳挽袖，叫道："打你就打你，你进来又走，成心找便宜。"

那人气得顿足道："我找便宜，我找了什么便宜？连个人还没见？"

伙计叫道："你等着，不是给你找去了？"

那人知道上了贼船，难讨公道，只得退回房内。这时就听外面有人叫来了来了，跟着听楼梯上有高跟鞋声响，到了楼上，便听女人言语问道："哪屋里？"伙计回答在这屋里，随见由门外走进一个女子，直奔到那个人身旁，隔二尺外立住，等待赏鉴。

伙计也跟了进来，向那人道："你不是要漂亮女学生么？现在给找来了。你看还要多么漂亮？"

韵宜一听是女学生，不由就注目端详，若不是这时的悲苦心境，简直就得笑了出来。只见那女子身上穿着件月白短衣，下系青裙，脚下穿着半高跟黑皮鞋，看这装束，谁看也是女学生。但一端详她的面部，年纪总在三十以上，而且皮苍肤黄，脂粉斑驳，满脸光阴的遗迹、夜生活的创痕和愚蠢私欲的表现。大约女学校的女仆，都没有这妖怪样儿。但派头却是十足，不但衣履合适，而且上鼻还架着黑光眼镜，手里拿着花伞。最奇怪的是，胁下夹着长方形的书包，简直凡是那学生所该有的，无一缺欠。只是缺少少女的清高气质，不过却由物质补足了。这花伞书包，可做最有力的物证。但不知在什么夜校上学，三更半夜方才下班，不及回家放下书包，便来这里赶场。而且在夜中还带着遮阳的伞，也是奇怪。或者是她自知行为有类妖孽，恐怕上冲三光，招来雷击，所以夜里也用伞遮盖呢。

韵宜看着，正在诧异世上会有这样的女学生，随见伙计向那人说道："你先把车钱给人吧。"

那人道："什么车钱？"

伙计道："我们特为你到河水梯子给找来女学生，来回都得坐车。现在车还在外面等着，你快给钱好打发他们走，要不然多等一会儿，就得多要一份。"

那人做梦也想不到这个冒牌女学生，就是本处的妓女，临时改变行头，迎合需要，对他只说新由外面找来，实际连门都不曾出过。他竟信以为真，问要多少钱。伙计说："一去时一辆八毛，回来两辆一块六，你就给三块吧，拉车的都是穷人，多赏他们几个你也不在乎。"

那人瞪着眼道："怎么要三块？你们这是成心讹人呀？我挑人儿才花一块钱，怎么车钱倒要三块？"

那伙计接口道："什么？挑人一块儿？谁告诉你的？"

那人道："就是那个领我来的跑合的。他说一块钱一包在内，连下钱都不要，我才进来。"

那伙计冷笑道："一块钱啊？倒是有一块钱的，是我们本院的剔庄货，你挑肥拣瘦，非得要女学生，哼哼，你知道女学生是什么行市？别不开眼了。"

那人听了着急道："我进来时候，你们不是问我要什么样的，随便挑么？"

伙计道："是随便挑呀，挑什么给什么价钱，你若是挑上海来的电影明星，还得万儿八千的哪。"

那人知道不好，摆手说道："得得，我不挑了，成不成，我走，给你们车钱，我认倒霉。"

伙计拉住道："你两只冻脚，往哪儿走？你走人家算白来呀？没听说过，你趁早照规矩花钱，别找倒霉。"

那人见几个伙计都拥在门口，似要打架，不由气全馁了，退坐在床上，哭丧着脸儿道："依你们算……得，到底要几个钱？你们说。"

伙计道："这可没准儿，人家不干这个的，没有准行市。任你花钱老爷赏，几千几百也是她，至不济几十也是她。"

那人咧着嘴叫道："好家伙，你们要疯啊！我可花不起，要了我的命也花不起。"

伙计近前一步，举手作势，似乎就要打人，厉声说道："你花不起早说，现在人家来了，你又玩这套，我看你是滚刀筋，不给个厉害，你也……"

说着一回头，招呼众人上前。那人瞧着又害了怕，忙伸手到衣袋内，摸出一小叠钞票，伙计抢了过去，数了数又掷给他道："这点儿不够给我们，你趁早再掏。"

那人拍着身上道："我实在没有了，你们还要挤死人？"

伙计道："你出来找乐，只带这点儿钱谁信啊？再不说痛快的，可是自己挨……"

那人叫道："你们宰了我，也只这点钱，再没有了。难道你们还逼死活人？"

伙计喊道："没有就是不成，总共没一壶醋钱，你敢叫女学生？成心拿我们开涮，今儿非打出你的牛黄狗宝来不可。"

正在吵嚷，那位冒牌女学生只在旁边看着，好像没事人儿一样。忽见那门外又走进一个中年妇人，梳着油亮大盘头，雪白一张脸，两只眯缝眼，两片薄嘴唇，耳下戴着半边俏的压鬓花，下面一双缠足，还是折腿腕，外加倒踝跟，身上穿着紫色缎裤褂，褂儿特别小，裤却特别肥长，走路时两只裤腿儿互相磨蹭，发出沙沙的声音，简直满面淫邪，一身妖媚，天生的娼妇模型。这妇人进门便喊道："怎么了？你们别吵，人家花钱老爷还会不给钱？白吃白喝没有白嫖的。"

说着从伙计身旁走到那人跟前，笑着说道："我说二爷，咱们该什么说什么，既出来玩，别找别扭。"

那人见妇人和气，以为可以说理，就大声道："他们这里太欺负人了，原说一块钱，现在我把带的十多块钱都拿出来，还……"

妇人插口道："你少叙闲话，只十来块钱就叫女学生呀？快给人家掏。"

那人听着，才知狼穴绝无善兽，这女魔头比起土匪也不在以下，不觉又闭了气，呜呜地道："我就只这点儿，多了没有，有什么法你们使，再要还有条命。"

96

妇人道："好，我自然有法儿，你可一定不掖？"

　　说着一招手，就听那人号叫起来，原来已被伙计按住手足，推在床上。那妇人就动手向他身上搜检。那人拼命挣扎叫喊，但跟着就变了声息，似哭似笑，忽而咳哟不住，忽而哈哈连声，听着好似和人玩笑。原来妇人在搜检之际，同时还胳肢他，那人触痒一笑，便泄了气，不但喊叫不出，连支持也没力量了。再加妇人的妖娆风姿，还很能惑人，连一胡乱抓挠，那人不由神昏体酥，真成就缚的羔羊，任人屠宰。韵宜看得眼花缭乱，初见那人在哭笑继续之际，还手足乱动，以后竟动弹不得，只剩了低低呻吟，好似缓不过气。那妇人已把手从他下身缩回，倏地后退两步，但手中已多了一卷东西。伙计也把那人放开，跟着再看，妇人数着搜得的钞票，哟了一声道："总共还没有一百块钱，就值得藏在那里？真不怕丢人。"

　　那人面色青白，眼巴巴地望着妇人手中的钱，冤声冤气地道："你别都给拿去，我照价儿给还不成么？"

　　妇人道："论价儿还差得多呢，我今儿不剥你就是厚道。得，钱算给了，你就找你的乐儿吧。"

　　说着便向那冒牌女学生装模作样说了句："咱们回头再算。"就和伙计们一同向外退出。

　　那人瞪着眼，看着那冒牌女学生，忽然向门外道："喂，你回来，回来。"

　　那妇人转身走回，问道："你干什么？"

　　那人道："我要换个人，不要这女学生了。"

　　妇人一听道："你不要她，你可要谁呀？"

　　那人道："我要你。"

　　妇人听了，笑得两眼都闭得没缝，直要打跌，指着那人连笑带说地道："瞧你样儿老赶，心里可不老赶，还会挑拣啊？你倒想得不错。"

那人道："你不是本院的么？他们说本院的一块钱。现在我也较真儿，你拿去的钱，仍旧全归你，只换个人就成了。"

妇人做了个丑脸道："呸，你别癞蛤蟆想吃天鹅肉了！莫说只这点钱，就再多十倍，奶奶也不伺候。你死了这股肠子吧！"

说着又指那假女学生道："瞧这样儿，哪点对不过你，趁早原方儿吃，准保见效。不用另请高明。"说完嘻嘻哈哈，前仰后合地且笑着且骂而去。

那人满脸懊丧，只咧嘴发呆。他明白自己这次无理要求，不但遭了奚落，还把那女学生得罪了，恐怕连微末的快乐都不能得到。但那假女学生居然满不介意，仍自凑过去，对他做亲狎之态。因为这里的妓女无论在任何情形之下，必须尽到她混事任事的责任。便是客人放弃权利，她也不肯解除义务。这不但是法定规则，而且是一种对付客人的方法，客人无论受了多大损失，只要妓女尽到了责任，以后即闹出纠纷，也能站得住脚步。因为黄金有价情无价，客人和妓女授受之间，本无限制，王金龙也曾在苏三身上花过三万六千两。如今只花了几十块钱，算得什么？只要把抢夺推个干净，只说是报效，客人便打官司也不会赢的。但妓女负不着抢夺责任，便可塞客人之口。所以这位假学生，虽然曾遭那人轻貌，心中不快，却因责任未尽，不敢不笑脸承迎。

那人想是因为损失太巨，心中不甘，所以仍然避着委屈，接受这假学生的假意虚情。但在这时，那假学生一张口说话，她的本色便非服装所能遮掩，把下等妓女的态度全提出来。那人大约向来未见过真学生是何模样，居然问她在哪里上学，女的答语在大学堂上学。当然她的年龄不但足够大学，真可以入到大学。大概她也因为自己芳年过长，说小学怕不仿佛，就说大学。小孩上小学，大人上大学，这理论本不错的。那人又问她念什么书，她回答念好些本书。那人要看她的书包，她死命按住不肯教看。书包还不定是什么天书，所以不敢给凡人瞧着。但她一面按着书包，一面低声向那人献媚，把他的注意力引入歧途，不但不看书包，连关于上学的话也不再问了。于是底下的情景就渐渐难看起来。

韵宜在起先只如看着趣剧，到这时才觉得难堪，红着脸转回身去。但旁边的王奶奶却不肯饶她，抓住手臂，扳着肩头，仍推她立在窗前，向隔空里看。好在那王奶奶立在后面，只能管住她的身体，却看不见她的脸面，韵宜就偷着闭上眼睛，拒绝那怕看的景象。但虽闭着眼，对隔壁的情形，也已看见大致，羞得心中乱跳，暗骂这个女的简直不是个人，竟如此无耻。但转想这是暗娼，里面的人是娼妓，原为娼妓的行为，就是这样。他们说教我为娼，莫非也这样么？想着通身出了冷汗。这时王奶奶觉得她已看够了，只听说了句你看见了，走吧，就又领她悄悄出了房门，回到楼上。

进了新房里面，王奶奶让韵宜坐在床上，递上一杯茶，她自己也坐在对面，喝着大杯的茶，笑说道："你这可都看见了，我们干的就是这种买卖，也许一天进几百，也许几天分文不进，你看见那个女学生，自然是假的，这儿哪会找出个真的来？可是这老大也太不像样儿，人家一看就知道冒充，好在这是捉老赶，还没什么要紧，就是弄个鬼来，也照样抢他的钱。可是若遇见不好惹的玩闹主儿，我们得规规矩矩赚他的钱。像老大这样的，可就充不下去了。若是你应这差，够多么好，用不着冒充，天然就是那么回事。打上辫子就是学生，梳上盘头就是少奶奶，打扮俏皮些就是姨太太。有你一个人，什么戏都能唱。我们就捉不着老赶，只仗着你，也足能引来些个花钱的。邢小姐你自己寻思着吧，明天若是愿意嫁纪二爷，那就没的可说，若是不愿意嫁他，那我们娘俩凑合了。我绝待不错你，别死心眼，这里面过的风流日子，说是伺候客人，其实客人还哄着你，每天吃好的穿好的，想怎样就怎样。现在我也别深说，让纪二爷知道了不高兴，反正大主意你自己拿，不是跟他就是跟我。"

韵宜听着，毛发悚然，从方才所见所闻，已明白为娼是这样不堪，这时又听了王奶奶的话，似乎并不关心替纪二做说合，只想教自己去下火坑，不由心理上生出一种反抗的力量。譬如某甲和某乙向西方走，某乙认为他别有居心，必是到西方于他有益，于己有害，就坚决不肯答应，但某甲若不反过口来，劝他往西走，说得格外殷切，某乙就会想到，必是他上西边比东边利益还大，而对自己损失更深，要不然不会这样忽然改口。想是又寻思出特别情形了，我这可还走东边，也不上他的当。这就是人心变幻无凭的地方。韵宜起初本绝对纪二深恶痛绝，心里存着一股盛气，一种成见，很难打消和摇动，所以纪二和王奶奶越是劝说，越加重她的反对心理，觉得世上最可羞最可怕的事，就是应允纪二，失身匪人。但到这时，王奶奶忽然口吻一变，并不深劝她应允纪二婚事，在言外好似希望她拒绝了。韵宜听着，立刻心情也随着一变，觉得王奶奶心存万恶，只打算陷自己落入火坑。同时也生出比较心理，觉得纪二固然也是火坑，却还面积较小，只容一个人。王奶奶要拉自己跳的，却是个万人坑。这样一想，就觉得王奶奶逼良为娼的恶毒主意，比较出嫁纪二还是条好道儿。跟王奶奶的混事，这么比较纪二还是个好人。这好点当然是狭义的，只就他对待自己而言。他口中的话，虽不可靠，但那水晶肘问他的言语，却不会假，欲由水晶肘口中，很听得出他是真心爱我。我自然不稀罕他爱，更不愿接受他这种爱，简直说我恨杀他的爱，没他爱还遭不了殃。可是事已至此，现在明放着这三条道儿，最好能逃出去，要不然就得嫁纪二，或是跟王奶奶做娼妓。看这没天理的地方，比强盗的山寨把守得严紧，想跑是没指望。只剩下两条路，方才眼见那个假女学生的情形，我若做了妓女，岂不跟她一样？那还不如死呢！实没方法，就嫁给纪二，也比做妓女强啊。

韵宜一念至此，心里已存下与其做妓女，不如嫁纪二的念头了。她这坚决心意，本不易转变到这地步，却是亏了王奶奶无意中做出这个奇迹。这种人，向来看人另有眼光，就和当铺老西儿似的，老在街上，看见行人穿的衣服，便代为估价。她却看见女人，就当作货物似的，研究够几等材料，有多大出息。因见韵宜生得美貌，觉得做生意必能赚钱，便想在自己手下生财，又因纪二说过娶了韵宜，便要抛却这缺德行业，洗手学好，她将失去好财东，所以很希望婚事决裂，便不自觉地把心思露出来，哪知反而替纪二尽了大力。本来是万语千言所不能成功的，她只轻轻几句话，竟把韵宜的心给转过来了。不过韵宜虽然因目睹为娼的可羞，逼出两害相较取其轻的意思，但想到下嫁纪二，也是大害。只于较为娼稍轻，若抛开为娼，单独看来，照样是绝望的事。这就和死刑与无期徒刑的区别一样，犯罪的人，竭力上诉，拼命辩护，以求免于一死，但到上诉得到减年的判决，把死罪改作无期，似可如愿以偿，但再想想，以后的悠长岁月，都要消磨于铁窗之中，任何人生幸福都被剥夺，较死刑又好到哪里？不禁嗒然若失，便要重生第二步希望，再为自己而挣扎。韵宜这时便有以上的囚人心理，先想到与其为娼，不如嫁给纪二，再想到嫁纪二的情形也如置身污秽的溷藩，不但痛苦难堪，而且终身毁弃更无余望。自己还在一朵花未开的时代，如此作践，实在不甘。但又无法脱免。

韵宜想着心中为难，就在床上屈肘支颔，闭目装睡。王奶奶看见，问她是不是困了。韵宜摇头，王奶奶道："你若困了，就脱下衣服，舒舒坦坦地睡。现在时候已然不早，又没你什么事，乐得歇着呢。"

韵宜在此时此地，怎敢脱衣安睡？就装作没听见不应。王奶奶却也明白她的意思，就道："你不脱衣服，也得盖上被子，别冻着。"

说时便由床头取下一幅棉被，盖在她身上，又用绣枕换了她的手，再把鞋给脱下，意致十分殷勤，大有痛惜儿女的样儿。伺候完了，才说句你歇着吧，我出去看看就回来。韵宜无言，等她出去，才睁开眼，望着床帐出神。忽觉颊下十分温软，低头向下看时，原来那绣枕是鸭绒所装，面儿也是最好的印度缎。这种软枕，曾在大百货公司玻璃窗中见过，价值甚贵，大概总得七八十元一对，这床上竟有四对。又见床上铺的床单，并不是绣花缎的，而是极美丽的毛绒厚毯。一叠被子，都是缎面绸里，非常华贵。心想只这床上东西，便值不少的钱，足见纪二对我十分看重，他的话并非虚假。那水晶肘还说他在家中为我大兴土木，更不知如何讲究。只可惜无论房舍陈设如何好法，也当不住他的人坏，便为我收拾出一座仙宫，我看着还不如和个对心思好人在茅屋土房中住着呢！但是他的心对我确是真诚，这倒看得出来。不过真诚又当得什么？

韵宜想到这里，猛然心中一动，起了个新念头。本来像韵宜这样未经阅历的天真女孩子，绝不会有诡诈的念头，这时忽然触机而发，可以说是逼出来的。俗语人穷则智生说，实在不错。鲁宾孙在荒岛上，自力建设了一个社会，许多创造，许多发明，都是他向来未曾想到的。他本来要做个航海家，不料命运硬派他做开辟者，孤身落到荒岛上，因为不造房屋便没得住，不种禾稼便没得吃，不造器具便没得用。于是情急之际，智力便因压迫而生，什么办法全都想出来了。韵宜一个天真女儿，向来没有诡诈思想，但一落到这异乎寻常的环境，逼迫一下，脑经受了异乎寻常的刺激，心理也就有了异乎寻常的变化，居然生出一种几乎不是她所能想出的念头。脑筋一转，似乎眼中看见一道光明，黑漆般的前途骤见豁然开朗。她就急忙捉住这个灵感，仔细寻思，呆想了很大工夫。听王奶奶进来，见她仍在睡着，就叫了一声，韵宜不应，王奶奶自语道："好，你睡我也睡，有什么事明儿再说。"

随也取下幅棉被，盖在身上，又自笑道："好漂亮的被子，若是出赁还不得一块钱一天？纪二爷倒是真不疼钱，只可惜今儿无福进洞房，我倒当了替工，先睡睡这三新棉被。"

韵宜听着，明白她是负着监守责任，故而在房中做伴，也不理会，只思索自己的事。过一会儿听王奶奶鼾声已起，再听外面人声静悄，心想她已睡了，不知外面是否还有人防守，也许他们以为我正在睡着，都不留神，也许可以溜出去，我且看看情形。想着就悄悄下床，溜到门口，掀帘向外瞧着。猛听耳边有人叫道："你看什么？"韵宜吓了一跳，转脸看时，才见在房门左旁尺许以外，有个伙计正倚墙而坐，一手把着只酒瓶，一手握着只大牛蹄，喝得眼睛通红，瞧着自己。韵宜毛发悚然，急忙退回。转脸又见王奶奶已坐起来，面上毫无睡意，另有笑容，向她问要干什么，韵宜又是一惊，知道身边都布满罗网，逃走是不用想了。当时就只得装作有事，向王奶奶问了句话，王奶奶回答不用出去，在房里就成。韵宜依言把事办了，重又上床。从此只得清心寡欲，逃走的念头再不来扰乱，只剩下一条道儿给她专心琢磨，直想了半夜，才有些困上来，便自酣然睡去。

直到醒来，已到了白天，看王奶奶已不在床上，房中阴阴暗暗的，好像初晓。但看钟却已过了正午十二点，才想这地方四面被楼房包围，又在最下一层，所以不见阳光。虽明如晦，先天下之夜而黑，后天下之昼而亮，简直就是地狱，自己犯了什么罪，落到这里，想着不由哭起来。但想起夜中所想的主意，便拭泪下床。那王奶奶本在外面安下个女仆照应，听房中有了声息，便走进来，见韵宜下床，急忙上前伺候。韵宜看这女仆，满脸横肉，精气十足，料着必是王奶奶一党，魔窟中的特别人物。虽觉得有点儿害怕，但因主意已定，就大马金刀地支使着她洗完了脸，坐在妆台前修饰。又发现在妆台上陈列着许多名贵的化妆品，就满不客气地使用，把脸儿倒洗得十分娇艳，浑如朝霞雪琢。还未修饰完毕，那王奶奶已走进来，见她居然自己对镜梳妆，便知道心里已经活动了，若仍似昨夜那样抵死拒绝，万不会自己上妆台修理容颜。但她虽然活动了，却还不知是向哪一边活动。王奶奶心里当然希望她能归到自己手里，但是纪二托付的事，却不能不如言照办。

当时笑嘻嘻走过来，向镜中端详着喝彩道："真好漂亮人儿，我活了这么大，还是头回看见。"

又向那女仆道："你瞧，邢小姐这眉眼儿，很有当初三宝班小凤宝的意思。"

女仆道："凤宝是个大嘴叉儿，还是大扁身子，哪及得她一停儿。"

王奶奶道："自然不及她，可是凤宝从家，她领家还落了三两万哩。"

韵宜一听望着王奶奶扑哧一笑，这才运用自己的筹策。

后事如何，下回分解。

第二回

逐鹿向情场妒妇定霸
哀燕待飞吉期成幻梦

却说邢韵宜被纪二困在淫窟之中，令王奶奶相劝，韵宜想思了一夜，想好了应付的主意，于是起身才去梳洗。王奶奶进来一看，先哟了一声，对仆妇道："你看邢小姐比凤宝还好呢。"韵宜听她三句话不离本行，又给自己寻出比例，定了价码，但这时听着已不在意，用手帕擦去身上粉屑，便立起来。

王奶奶道："你擦完脸了，这儿还有东西。"说着拉开妆台上面的小抽屉道，"这是纪二爷给你预备的，你择几件戴上，省得手上发素。"

韵宜看看，见屉内都是珠翠饰物，大小约有二三十件，就点点头，挑了一双翠戒指、一双金镯和一对珠耳环戴上。

王奶奶看着更喝彩不绝道："这一戴上长耳环，更显出脖颈儿来了，你的风头太好，真不怪纪二爷爱你。这儿还有他给你做的衣服，也挑件儿穿上。你身上的穿着睡了一夜，都弄皱了。"

说着又拉开衣橱门，韵宜见里面挂着十多件各色绸缎呢绒的旗袍和五六件长短厚薄的大衣，不由心中诧异，纪二给自己预先制下衣服，倒不奇怪，只纳闷他怎会知道尺寸，但再一转念，自己父亲早和纪二通局合谋，父亲既能悄不声地给我做衣服，纪二又怎会不能？现在可以断定，这些衣服都和我身上穿的一样，完全可体。想着就选了一件绿色丝绒旗袍，把身上原穿的换下，果然恰巧可体。王奶奶仍是夸赞连声，又说难为纪二爷用的这份心，你瞧通身上下，没一点儿不合适的地方，错了金裁缝没这好手艺，一件工钱就是十几块，纪二爷也真不疼钱。

韵宜这时好似和昨夜换了个人，一面对镜端详自己前身后影，一面开口说道："你们别只说纪二爷，可把他请来呀。"

王奶奶听着一怔道："怎么你要请他？"

韵宜道："对了，我跟他有话说，你快给请去。"

王奶奶道："请他容易，可是得问你答应不答应。"

韵宜道："你就不用管了，我见他再说。"

王奶奶似乎看出韵宜已有允婚之意，暗自失望，就又问道："你得先告诉我一声儿，到底愿意走哪条路，我好跟他说，你没听他昨儿临走时吩咐，除非你答应了，再去请他，他自己绝不再来了。现在不问出真章儿，我不敢请。"

韵宜知道是逼自己的话，就笑道："你为什么不敢，是怕他么？不要紧，你尽管请去，就说太太请他，看他来不来？"

王奶奶听着，哦了一声道："原来你是愿意了，那为什么不痛快说？还跟我斗闷子。哈哈，这就对了，你可回过味儿，真是伶俐人。本来为什么有福不享呢？我这儿先给你道喜。"说着拜了两拜，女仆也过来请安。

韵宜倒有些害臊，涨红了脸，心里知道王奶奶眼见事已无望，只好把私心收走，多说好话，便挥手道："你就快去吧，别麻烦了。"

王奶奶道："我就去，你还没吃点心呢，想吃什么叫她做去。"

韵宜心里本已开了，就说："只给我一盅高汤卧果儿就成。"

王奶奶应着，和女仆一同出去。过一会儿回来，告诉已给纪二爷去电话，跟着就来。同时女仆也把点心送进，韵宜慢慢吃完。女仆才把盅拿出去，就见纪二从外面走来，满面春风地向韵宜点点头，又向王奶奶道辛苦。

王奶奶笑道："我不辛苦，倒是二爷辛苦了，来得好麻利，错了是太太请，旁人成么？"

纪二搭讪着坐下道："谁请我也一样。"

王奶奶道："只怕一样不了，我说纪太太，二爷来了，你有话可说啊？"

韵宜只低头不理，王奶奶道："我知道这叫鼻子嘴全看不上，哈哈，我是专门的碍眼，得，我走，我可走了，纪二爷我原物交回，你自个守着吧。"说完便走了出去。

纪二见王奶奶走出，转脸看着韵宜，见她比昨夜更加美丽，越发爱心狂炽，就走近坐在她身旁，柔声说道："是你叫我么？我一听赶着就来了。"

韵宜抬头看了他一眼，又低下去，并未说话。纪二被她看得心神荡漾，又道："你怎不说话啊？既叫我来还不理我。"

韵宜这才把夜中想好的文章，按段落发表出来，先鼓着小嘴儿道："我说什么？哦，我请问你可看见我父亲了？"

纪二愕然说："你父亲我没见啊？我才从家里来。"

韵宜道："是啊，你既从家里来，总该看见我父亲。"

纪二愕然说道："这是什么意思？我家在大沽路，和你们安善里离着总有二三里地，怎会……"

韵宜接口道："我不知道你家在什么路，可是知道你不是从那个家来。"

纪二道："这真奇怪，我不从那个家来，难道还有别的家？"

韵宜道："怎么没有？就在我们安善里……不，那叫良民里，正和我家斜对过。"

纪二哦了一声道："你是说我从高家来啊，没有的话。"

韵宜撇着嘴道："你不用赖，我早知道，王奶奶就是从高家把你请来。"

纪二诧异非常，立时叫道："谁说的？这真是没影儿的事，难道王奶奶这样说？现在叫她来问问。"

韵宜摇摇头，一伸懒腰，斜倚在床栏下绣枕堆中，淡淡地道："何必问王奶奶，她也没说，我自己早想出来。昨天晚上，水晶肘吵了一顿，赌气走了，你也就慌了心，跟着就借个题目也出去了，那还用问，一定是赶到她那里赔情说好话。我再傻些，也看得出来，你就不用瞒着了。"

纪二听韵宜句句是吃醋口吻，昨夜她还不肯允婚，今日竟对水晶肘嫉妒起来，而且口角尖酸，宛然女人争风声口。心中虽觉奇怪，就知她心情已转，不特愿嫁自己，而且进一步主张做太太的权利了，不由暗自欣喜。只还有些纳闷，不解她何以一夜之间，竟好似变了个人。当时就正色分辩道："你这可太冤枉人，我敢发誓，没到她家去。是你想着，等着你的消息，昨天我对你说的话，实是出于至诚，只有了你，便和她断绝关系。你不要胡猜疑。"

韵宜道："我猜疑定了，告诉你吧，这是……"说到这里，忽又咽住，向门窗努努嘴，低声道，"你去看看，有人没人。"

纪二果然走过去掀窗看了一下，遂着摇头表示没人。韵宜又指通着坐室的侧门道："你把这门关上。"

纪二应命关门，又回到床边，笑嘻嘻地将要张手拥抱她，韵宜沉下脸儿，娇嗔说道："这么大人，真没溜儿，人家跟你说正经话，你倒嬉皮笑脸。"

纪二听了，忙正色后退道："好好，你说吧。"

韵宜眨了眨眼，才道："你知道我为什么请你来么？"

纪二道："你……我还不明白，你说好了。"

韵宜道："若按我昨夜的心气儿，简直把你当了仇人，看见就恨得牙痒，还会请你？不过从你走后，我自己寻思半夜，觉得你做的事虽可恶，对我倒像真有好心。你自己嘴里的话不算，水

108

晶肘跟你吵架时说的，王奶奶无意中当闲话说的，我听出点儿意思，自己寻思，一个人活在世上，难得有人真心爱惜，何况我从失了母亲便只挨骂受气，再没个疼我的人，你既这样真心，我还挑剔什么？又加你走后，王奶奶领我上楼，看见这里万恶的情形，她告诉我，若不嫁你，便得归这条路。我本是好人家儿女，怎能做这现眼的事？还不如嫁给你，倒是正经收缘结果。我直寻思了一夜，虽然这样打算，可是一想起你，心里又觉别扭。凭我一个姑娘，这样被你湮践了，实在委屈。再说我还犯恶……"

纪二听着接口说道："哦，你还是嫌我老啊？"

韵宜摇头道："不是，你岁数并不算大，模样又不难看，人也局面，若是生得丑鬼似的，年轻又当得什么？"

纪二听说，心中一怔，感觉她言中大有米汤意味，不由开口说道："今天你又夸我好，怎昨天……"

韵宜很快地接过说道："昨儿我心里恨你，把你当作臭狗屎一样，只怕沾到身上，恨不得立刻赶你走开，什么话都说出来。"

纪二笑道："怎么我又成了臭狗屎呢？你也太挖苦了。"

韵宜道："我一点儿不挖苦，就是现在，我也觉着你身上满沾狗屎，一想就要恶心，痛快说吧，我请你来，就为这个。"

纪二诧异道："你请我就为……为我身上的狗屎？我身上……这是什么意思？"

韵宜道："怎你还不明白，你跟那水晶肘来往，不就和在粪堆上滚一样？我可是个干干净净的姑娘，宁死也受不住你这污辱。所以我要问你，你昨天跟我说的话，是真是假？若是假的，就不必啰唪我，若是真的，你得说个真章儿，从此跟水晶肘永断葛藤，空口无凭，总得给我个真凭实据。"

纪二听着才要答话，韵宜摆摆手，又接着道："就是你给了真凭实据，我也不能立时跟你成亲，总得等些日子，把你身上的臭气发散发散。好比一只碗盛了腥臭东西，便是洗净了，也还有恶味，必得放在太阳地晒几天，等味儿没有了，才能拿着喝茶。要不然去不了疑心，总是讨厌。"说着见纪二又要答话，又道，"你先别掺言，等我说完。你就是全答应了，我也不能在这里跟你成亲。这是什么地方？昨天我看见的情形，真是缺德该死。世上大概没有比这里再坏的地方。你偏把我弄到这里来，还有着脸说怎样爱我，怎样看重我，怎样把我当正室夫人？我不明白你家里的规矩，难道凡娶太太都得先从这里走一遭么？"

韵宜好像越说越气，竟涨红了脸道："我昨天晚上还没理会，自觉落到强盗手里，还理会待承好坏，到夜里我自己把事看开了，打算答应你，再想你待我的情形，可就受不住了，气得哭了半夜。现在你说痛快话，若是故意要笑我，就趁早拿把刀来，教我快些死了，倒是积德，反正别打算我当你一个人的娼妓，或是当好些人的媳妇。你若真想娶我做太太，那就按太太待我，谁娶太太不在家里？有借旅馆的，还有借娼窑的么？你在这里立洞房，把我当作什么人？还说……"韵宜说到这里，气得哭起来，用手帕掩住眼睛，不住抽咽。

纪二望着她说话，本已越看越爱，见她哭泣，忙拉着旗袍袖口叫道："你别生气，我以前是怕你不愿意，恐怕出事，才把洞房立在这僻静地方，其实也没想住长，早晚还是回家。现在你既这样说，咱们就赶着回去，可是家里正在修理房子，暂时不能住人，咱们先在这儿对付三两天。"

韵宜接口道："什么咱们，我等十天八天全成，可是别提咱们。你难道没听见我方才说的话？你非得依我的主意再提咱们，要不然你是你，我是我，别看你厉害，把我的人关在这里，可是我的命还属自个儿管。"

纪二道："得得，你别尽说这恶话，到底打算怎样？你就一总儿说出来吧。"

韵宜道："我这是想了一夜的话，先打头里说，许你听不许你驳。头样儿，你先跟水晶肘断了。”

纪二道：“那是一定，我昨儿已经说过了。”

韵宜道：“口说不算，你得给我个真凭实据。起码也要讨她一张断道的绝字儿，交给我存着。”

纪二摇头道：“这可难，我怎么跟她说？”

韵宜道：“难就不用说了。”

纪二见她噘嘴扭过身去，不由吐舌说道：“这个，我去办，也许能成。你别怄气，咱们慢慢商量，我为你没有不尽心的。若能给你这个凭据，就可以成亲了吧？”

韵宜道：“还早着呢，你把这凭据给了我，再说成亲的事。你得当件大事办，不能这样马马虎虎，给我一世话柄。人家谁知道我这太太怎么来的呀？你得破费些钱，正式行婚礼。把你的亲友全都请来，在家里热闹一天，我就在那天进你的家，算你的人。还有我虽跟我父亲恩义断绝，没了娘家，可是也不能从这娼窑上花轿，不管是上花轿花车吧，反正得是个正经地方。若从这里出去，教人看着你这太太是从娼窑接来的，我一世不能抬头，你也难看啊！你想想我这几条儿，可全在理上？是不是额外跟你狡展？你看觉着我有理，就依着办，若觉着我不对，那就照你的老主意办，我承着。”

纪二听了，沉吟半晌，寻思韵宜的话，第一是要自己断绝和水晶肘的来往，第二是要自己为她举行隆重婚礼。这都是她决意下嫁的表示，所以第一先要整个爱情，不许旁人侵扰；第二要证明真实位分，免受自己欺凌。她若不是真心下嫁，绝不会要出这样条件，我对她本也不是假意，当然可以答应，不过第二条只于费钱费事，倒还好办，第一条却是艰难，水晶肘见我真要娶她做太太，已经不依不饶，若再向她要求断绝来往，更不知会有怎样麻烦？何况还要她写永断葛藤的绝字儿？她就会老实给写了么？想着方要向韵宜婉言磋商，但见她正扬着雪映霞烘的脸儿，望着房顶，小嘴闭得紧紧的，现着万分坚决、毫无商量的态度，不由把要说的话都咽回去，连念也转变了。自思凭她这样的漂亮姑娘，肯嫁给我，已经避着委屈，当然不愿再和他人共事一夫，弄成两头大的地位，何况水晶肘那样的人？她方才说我在粪坑里滚，其实难怪，本来她眼里如何看得下，心里如何容得开呢？我既安心跟她过后半辈儿，就咬咬牙依了她吧。好在我对水晶肘还制得住，拼着多费些口舌，也许能哄她写个字儿。只一办到，眼前这个美人，就是我的了。我现在已经家成业就，再不用做坏事弄钱，从此洗了手，抱胳膊一忍，有这样年轻貌美的太太陪着，玩玩乐乐，逍逍遥遥，那是何等福气？干什么还跟水晶肘裹乱？趁着这机会打断，倒是不错。想着就点头道："好，我依你，全依你。只要你肯嫁我，我什么都教你顺心。"

韵宜低头看着他，似乎查视所言是否由衷，同时哼了一声道："你既依我，干吗还犹疑半天？"

纪二道："我不瞒你，你也知道我跟高家的娘们儿已经好些年了，现在立时割断，恐怕麻烦……"

韵宜心想我正希望你遇到绝大麻烦，但口中却说："麻烦怎样？你怕她呀？"

纪二道："我何尝怕她，只不过……你就不用管了，反正我尽力去办，总给办到了就是。到我从她手里弄来凭据交给你，咱们就可以成亲了。"

韵宜道："还是早哩，说不定弄得来弄不来呢？等你真弄来了，那时再起手张罗也还不晚。"

纪二寻思一下，才点头道："好吧，我这就去，跟她交涉，今天办成，明天就张罗喜事。你可不能再推托了。"

韵宜道："什么话？你只办到了，到了结婚的时候，我自然没事可说。"

纪二立起道："我走了，你听信儿吧。"

韵宜道："等着，你得先领我出去，另安置个好地方，我不能总在这里怔呆着呀？"

纪二眼珠一转道："你也得等等儿，立时哪能有合适的地方？等我回来再说。"

韵宜听着，方要鼓嘴生气，但转想只这一席话，他未必便肯放自己出去，若太坚持，反恐惹他生疑，误了大事。好在自己在此绝无危险，不如姑忍须臾，看他和水晶肘办出怎样结果，再作道理。想着便点头道："好，你去吧，给我个结结实实的字据我拿在手里。到和你结婚时，你再给我立一张婚书，这两件东西，就是我一世的把柄，你再跟她有个藕断丝连，我就拿这两件凭据控告你。"

纪二听了，不由耸肩吐舌笑道："好厉害的太太。"

韵宜道："怕厉害就别娶我，我看你还是舍不了她，很不必在我眼前可装这英雄好汉，等见着她就许连话都不敢说，简直不用去了。"

纪二道："我怎么舍不了，你瞧着。"

韵宜道："我正睁大了眼瞧着呢。"

纪二听她语气俏刻，情致娇憨，一时情不自禁，冷不防要去吻她。韵宜忙一闪，羞得满面红涨，伸手就打，正着纪二颊上，吧的一声。纪二本来在风月场中惯于打情骂俏，这时并不觉得韵宜是气愤所激，反倒合了脾胃，哈哈大笑，通身轻快地跑了出去。

韵宜闭了闭眼，眩晕似的倒在床上，喘息不已。本来她是未经过事的女孩，只为情势所逼，生出急智，经过一夜的思索，才想出这样办法，好容易打着精神，费着心计，仗着胆量，咬着牙关，对纪二把这出戏唱下来。这就好似一个科班小学生，只仗着平日看他人的表演，演熟了词句身段，硬要上台唱他向所未学过的戏，居然勉强对付下来，未曾唱砸。但下场之后，他的疲乏惊惧也就可想而知了。

韵宜躺了半晌，方才心神稍定，自思这第一关已闯过来，居然把纪二骗住，真是侥幸。但以后还不知怎样，也只可听天由命了。想着见王奶奶又走进来，面上带着恭敬的神气，似乎把她看作纪太太，再不提过去的话，只陪着谈些闲白儿。又过一会儿，便开上午饭来，两人同吃。饭后无事，韵宜因不能出房，而且在这秽乱地方，也不愿出去走动，在房中闷得难过，就向王奶奶讨些书报瞧看。韵宜却是太高视这地方了，王奶奶出去半天，才拿进一叠薄本小书、一张小报。据说还是从对门赌场一个识字的先生借来的。韵宜看时，那书都是木刻的唱本儿，什么《十八摸》《摘黄瓜》《绣荷包》等等，只看了一篇，便红着脸掷一旁，再看那张小报，名叫花国新闻，上面除花柳戒药广告以外，便是几段猥亵的记载。另外两版，完全是短段消息，这段是某班某妓剪发天足，如花似玉，回眸一笑，百媚俱生。那段是某堂某妓，天足剪发，闭月羞花，有闺阁风，无青楼习。共有百八十段，都是大同小异的词句。韵宜看了半天，也知道上面所谈都是妓女，却不明白这许多人何以都是同样美好，人人如花似玉，并无差异。最奇怪的是剪发天足，也列为一条长处。现在都市中人，哪还有梳高发缠小脚的？看来这写字人必是来自田间，看惯村姑，所以一到都市，便觉都是摩登美女了。想着越看越觉没趣，也就掷在一边，倒在床上，过一会儿竟睡着了。

到醒时已然日暮，见纪二在床前立着，才知道被他唤醒，忙坐了起来。纪二也坐在床边，笑嘻嘻地道："你醒醒儿，我有件东西给你看。"

韵宜心中一跳，暗想莫非他已把事情办成了？就道："我醒了，你给我什么看？"

纪二道："我已经跟高家说好了，字据也拿来了，你看吧。"

说着从身上取出一张白纸，递给韵宜。韵宜打开一瞧，只见

114

上面写着几行字，大意是本人和纪某私妗，已有数年，现因双方情义不投，纪某又已另娶妻室，情愿从此永断葛藤，两不相扰等语，下面写着高王氏的名儿。

韵宜看着冷笑说道："别骗人了，你这是烦谁写的？拿来哄我，大概连水晶肘的面还没见着呢。"

纪二忙问怎么，韵宜道："我请问水晶肘会写字么？"

纪二道："她不会。"韵宜道："着啊！她既不会写字，这张字据当然是烦人写的，碍她什么相干？我才不上这当。"

纪二点头道："我明白，你且说上面没她的手印花押。可是我实在跟她说好了，她也答应跟我断绝关系，就托人写了这张字儿。我当时也想教她按个手印，可是又怕你不肯相信，疑惑是我闹鬼儿，所以与她定规，明天当着你的面儿再按手印，好教你放心。本来这上面的字，既然谁都可以替写，手印也照样谁都可以替按。我怕你犯疑心不肯相信，所以想教她当面印了你看。"

韵宜听了，对他的忠实不欺，颇为诧异，更不解那水晶肘何以如此听命唯谨，任凭摆布。心想着纪二这话口儿，他对我倒是真心实意，没一点儿弄诡使诈的意思。但那水晶肘怎就这样听他的说呢？便道："是么？这还不离，我本来就要个真章儿，想胡乱瞒哄，都叫白费。你教她当面按给我看，自然好极了。可是我不明白，她就肯这样办么？"

纪二笑道："你就不用管我怎么办的了，只承好儿吧。这件事也只我能对付，一半也在她怄气，一犯左性儿，就把事左成了。"

韵宜道："那么明天在哪里按这手印呢？"

纪二道："我想还把她领到这儿来。"

韵宜摇头道："你尽管领她来，我可不在这里了。"

纪二道："怎么呢？"

韵宜道："我一时也不能再住下去了，你若要我仍做妓女，我也没法往外逃，只可认头在这里我等死。现在你既真心娶我做太太，事情又眼看快成了，我可不能把干净身子，再在这臭坑里待一分钟。你总得立刻给另安置地方。"

纪二听了，还自踌躇，韵宜正色道："现在你还不放心我啊？告诉你，我若诚心跟你，怎样也是你的人。若不诚心，只怕你防也防不过来，这是一辈子的事。你难道永远拿太太当这里的妓女一样防着？难道我将来到了你家，也永远锁在房里，不见天日呀？若是那样，咱们方才说的全吹，我嫁人不是犯罪，凭什么永远监禁？谁家的太太都像囚犯一样？你若没有这种心，就从好先上来，别教我才对你有了几成好感情，跟着又打回去。"

纪二听了，点头说道："好，你既这样说，咱们就各凭良心，反正我是爱上你了，就让你有心骗我，我也认命。得，你说先上哪儿去？"

韵宜想不到他如此爽快，心中很有些感动，觉得像他这样的人，居然如此待我，足见所说的话都不虚假。他真是要做终身伴侣，一切都向远处看了。只是我实不愿嫁你啊！想着便道："你家里能去么？"

纪二道："你要上家里去……"

韵宜忽哦了一声道："不，我想起来，得到结婚那天，才进你家的门，现在去了算什么？还是你随便想个地方，只要不像这里就成。"

纪二想了想道："好吧，在南马路有座旅馆，也是我和朋友合伙干的，在那里开间房子住着可好？"

韵宜道："旅馆自然可以，只是你得弄个清静巨大的房间，我怕吵乱，不许闲杂人进屋里去。"

纪二道："这好办，自己生意，还不由着咱们？我在后楼开个豁亮房间好了。太太住的地方，怎能容闲杂人进去，还用你说？"

韵宜道："我几时搬过去呢？"

纪二道："随你几时都成，不过我看明天早晨去最好，现在太晚了。"

韵宜道："不成，我说过一分钟也不再在这里待了。你既有地方，何必还教我别扭。"

纪二道："好，你要去咱们就走，等我出去打电话，叫车。"

韵宜望着他的后影儿，呆呆地发怔，觉得自己计划出乎意外地得到成功，居然在一天内便逃出罗网，真是可喜可快。但心中却为了难，第一是纪二难于对付，他这样真心相爱，诚心相待，自己说出话来，全都百依百顺，一个自认不讳的坏蛋，在我面前竟变成君子。这当然由于爱情所致，岂不令人可感。何况他还决意从此为我学好呢？他既如此厚待我，深信我，还说出上当认命的话，难道我就乘着他的好意，反而使出坏心，出门走街上，喊巡警告他？还是趁他不能拦阻，自己逃跑，这样未免太狠些儿。第二我逃跑又向何处投奔？亲戚只有外婆一家，他们又都出门走了，朋友更没有一个，家中父亲和继母，都已恩断情绝，我绝不能回去。虽然逃跑，也依然没得活路，这可如何是好。

想着还没打定主意，纪二已走进来，告诉车就快来了，你收拾吧。

韵宜道："我有什么收拾的？说走就走。"

纪二道："你糊涂了，这屋里东西都是你的，别的不说，衣服总得带些件，好预备替换。等我叫王奶奶来帮你收拾。"

说着就喊了两声，外面有人答应，说正在楼上，就给叫去。过了一会儿，王奶奶进来，纪二便对她说："我们要搬到旅馆去了，请你帮着她收拾收拾。"

王奶奶瞧着，怔了一下，随招手把纪二唤到一旁，低声说了许多话。纪二摇头，似乎对她有所解释。韵宜看着，知道她必是反对自己搬走，所以对纪二说破坏话，教他提防上当，不由把心悬起，只怕纪二变了主意。哪知说了半天，纪二一直摇头，似乎坚持自己的意见。王奶奶却寒了脸儿，想见是失败了。最后又说了句什么，便离开纪二走过来，扬声问道："都是收拾什么，用哪只箱子装呢?"

纪二答道："你们瞧着收拾，先尽有用的带，剩下明儿再说。"

韵宜听着，更明白纪二是深信着自己，王奶奶的破坏，毫无功效。不由心中纳闷，他怎这样真心实意地待我呢? 感情不禁又为之一动，觉得若欺骗相信自己的人，实在太亏心了。

这时纪二又向她道："你自己看看，喜欢什么就装进箱里，这衣橱和妆台的东西，都是当用的，被褥也挑几床，另用褥套装。"

韵宜听了，便也自己动手，挑了些件化妆品和旗袍外衣等等，都装入两只箱内。在收拾折叠时，自然望眼儿瞧看，每件都看得真切，无一不是美好贵重。韵宜本是个小姑娘，对衣着装饰之物，自然注意，而且她自幼未曾度过奢华生活，母亲去世之后，更是无人照管，虽然名为小姐，却是萧然寒素。女孩儿有几个不是天性爱美? 因为自己不得称心穿戴，平常看着他人的富丽风光，自然不免羡慕，发生自己何时也能如此的私念，这本不是坏处，几乎凡是蓬门碧玉，人人都有此想。等于男人看见贵人的高牙大纛，便如项羽见秦始皇御驾出行，千官拥卫，警跸森严，因而说出"男儿不当如是耶"的话，是一样意味。只于韵宜并非出自小家，仅因处境不良，才如此寒俭罢了。韵宜这时看见许多东西，心中爱惜，就不免想到纪二相亲之厚，相待之重，同时在不自觉中，似乎那些东西对她发生直接吸力，纪二也对她发生间接引力了。纪二在她收拾时，又不断说起，还有什么衣服，尚在成衣店中赶制，未曾送来，还有什么陈设，因为搬运不便，已陈列在家中等等的话。韵宜听着，更感到眼前有许多享福等待自己，而且觉得纪二的深情，好似桃花潭水深千尺，使她涵泳其中，不得到底。于是心中更迷茫，不知所可。

及至把东西收拾完毕，装了一大一小的皮箱，另把被褥打了褥套，这时便见伙计走入，报告车已到来。纪二便叫他和另一伙计，扛出大箱和褥套，送到车上，自己提着小箱，又从妆台抽屉中取出首饰匣锁好，交给韵宜拿着。韵宜此际已穿上一件极新的薄呢大衣，低首一看，自己宛然变成个阔小姐，有生以来，未曾如此漂亮。但是从上到下，都是纪二所有，自己穿着人家衣服，戴着人家首饰，怎么能跑？一跑不成了拐骗了么？

想着纪二已催她一同出门。王奶奶随后相送，口中还说着客套话："只住了一天就走了，我真舍不得你，有什么慢待地方，纪太太可包涵我。"

韵宜心乱如麻，只得随口敷衍着向外走。这次是由前门出去，穿过院落，到了门外，韵宜见是一条较宽的巷，并不甚长，两丈外便是巷口，口外便是大街。堵着巷口停了一辆汽车，两个伙计在将箱子搬入车内。她在顾盼之间，只觉眼前异常豁亮，其实这时天已垂暮，只剩下落日余光，大概是由于心境关系。韵宜困在暗室中，还不到二十四小时，但她却自觉经时极久，这一出门，好像倍感光明，暗地吁了口气，我可重见天日了。这时王奶奶也跟到门外，说着我可不送了，改天再去瞧你。又叫纪二爷，你在路上可留神哪。韵宜听着，明白她的意思，在这有法律的地方，大白天的时候，坐着安稳的汽车，走着平坦的道路，有什么值得留神？她当然是指着自己，教纪二防范半路出事。想着见纪二似乎也听明她的话，现着一种不耐烦的神色，挥手说了句你请回吧，就和韵宜向外走去。韵宜感觉他这句请回的话后面，还含有一句不劳操心，只是没说出来。同时脚下一步步地走，心里阵阵地跳，自思费了许多心思，现在已到了成功的地步，一寸寸走近陷阱边沿，只差一跃就出去了。出了巷口，只要见着警察，发声一叫，纪二就得落入罪窟。要不然我迈腿就跑，他也未必敢追我。只是他对我如此信任，王奶奶送出门还给他警告，他反不耐烦，我现在当着王奶奶的眼，就给他个反嘴巴，这未免……想着已走到汽车门前，纪二拉着车门，让她上去，口中说你先上去，可留神别教箱角碰着。韵宜心中犹疑，我可怎么办？又举目一寻，见附近并没警察的影儿，忽然心中一转，我何必忙在一时，这里也没警察，还是到旅馆门口下车时再说吧。想着便走上车去，纪二也随着上去，和她并坐。车夫扳动机关，便走起来。

韵宜心中慌乱，很是不安，见纪二望着她微笑点头，就问："你笑什么？"

纪二道："我笑王奶奶，这才明白她的奸心。她愿意咱们决裂了，把你归她。所以你来找我的时候，她很不高兴，到我要和你搬开，她要反对说你昨儿还那样倔强，今天回脖儿回得太快了，只怕安心不善，咱们老鬼可别教小鬼耍了，顶好先留她在这儿，起码也得成了亲再放出去。"

韵宜听着，心想好万恶的妇人，差点儿把我害了，若依着她，我还有什么指望？就冷笑着接口道："真好主意，你怎不依她？"

纪二道："我若依她，你还能依我么？我压根儿不理这茬儿，只认定你两句话，既真心爱你，真想娶你做太太，就得该摆出样儿，教你信服。这是终身大事，只许从好上来。我昨儿说过，从一爱上你，就把心变了，只想以后能跟你平安度日，从正路上享福。既打算将来这样，把鬼祟奸猾的心，满都取消，大家实打实的。你说什么我都信，万一不安心跟我，我也认命。再告诉你，昨儿晚上，我不是跟你定规说，你若肯嫁我给我做太太，若不嫁我，就得跟王奶奶混事么？当时自然都是吓你，并没想真那样办，可是也没想不那样办。到我回家仔细寻思，觉得我既已打算收恶学好，干吗还缺这份德？再说我劳心费力，把你图谋过来，本是由爱上所起，如今爱不成，倒把你毁了，这又何苦来呢？所以打算今天晚上再来听个信儿，看你怎样，若实在不愿意，我也就歇心放你走了。你想我既安下这个主意，王奶奶说什么不是白费？她在我临走时，还说你一出门，准要出事，若是平安到了旅馆，把她的眼挖出来当泡儿踹。你没听见她喊留神么？那是甩腔儿，现在她可输了。你出门没一点儿事，满没教她料着，我也争过气来了。"

韵宜听了，方才明白他笑的缘故，是出于得意，又因听他所说，自己便不愿意，也不再逼良为娼，宁可放走的话，心中纳闷，他怎如此善心，岂不居然是个好人了？不知何以变得这样快法，难道真为爱我，把脾气心性都改变了么？这未免有些奇怪，可是也看不出虚假来，想着不由凝眸望着他，心中似乎更生出亲切之感，俨然像对于瞧得起的朋友的意思。

正在此时，车已在一座楼房前停住，纪二说声到了。才要推门，忽然有个警察，由外面代把门开了，还行礼叫了声二爷。韵宜方才在上车时，因寻不见警察，而抱憾失机，这时警察近在咫尺，她竟连喊警控告的原意想都不想了。因为纪二已说明并无强迫之处，陷害之意，一切都尊重自己。在这情形之下，自己已恢复自由，并且和他处在朋友地位，还有什么可控告的？当时随纪二下车，旅馆中出来许多人接待，齐喊二爷。纪二却先下车，立在旁边，伺候韵宜走下。韵宜才认识纪二在他的一角社会中颇有地位，而他居然如此敬重自己，不由心中又动了一动。及至纪二让她同登阶入门，韵宜见茶役把门拉开，还犹疑了一下，自思本想脱出陷阱才用了许多心计，如今也在街上走了一遭，又要进他的门了。但转想这是旅馆，不同那暗娼地狱，总不致犯法把人监禁。何况纪二已深信我，出入必可自由。而且我现在不进这门，又别无去处，只可暂且寄居几日，见机行事。他若侵犯我，再反抗或是逃跑，都还不迟。

她心里这样想着，脚上不由便走入门内。纪二跟在她身旁，向馆中司事吩咐给开间最好房间，还要在后楼清静地方。那司事连声说有，您跟我来。纪二韵宜随他上楼。那司事走着，还不住刷色，说："二爷今儿还是来巧了，若早一天，后楼的大房间还有人住着呢，今天早晨才腾下来。二爷真是福大命大，好似那位客人知道您要用房，恰当其可地就给让开了。您不知道，这是位常客人，已经住了两个多月了。"

说着已转过两条甬道，到了后楼。韵宜看这地方好像另成一部，知旅馆规模大不相同，是一溜儿正六间房，门窗都开在前面，门外甬道便是宽阔平台，上有遮檐，下临院落，但和前面旅馆只有一道门相通。这种建筑，虽是二十年前的旧式，但是开门可以见天，空气又较为清洁，比那种鸽笼式的客房，特别舒服，最宜于久住的人。那司事领他们走到平台尽头一间房门前停住，拿钥匙把门开了，让他们进去。

里面颇为轩敞，家具也应有尽有，只是式样老些。一张大铜床，还是高柱挂帐子的，韵宜向来没进过旅馆，不知道是什么景况。这时看着里面觉得和平常人家住室相仿，比自己家中卧房似还整齐，心中已很满意。纪二却是见过世面的，知道许多新式旅馆内部的富丽情形，便觉得这里过于简陋，未免委屈韵宜。本来这旅馆只是中等阶级，专备商旅居住，不同于洋场中纸醉金迷朝云暮雨的饭店，所以一切都不讲究。纪二只为方便，才把韵宜搬来。但到了房中，又看着这地方对不住韵宜。韵宜原生得秀美，纪二平日只看见她的清水脸儿，朴素衣装，已然惹情牵，如今她换了有生以来第一次的浓妆艳抹，落到纪二眼里，更觉绰约如仙，爱心狂炽，直不知怎样安置她才好。心里只想这样美人，得什么房屋才配得上？方才在王奶奶的低檐暗室，还不甚觉察，现在由外面一走，才看见她这样风韵妙曼，简直像电影里的洋姐儿，我能和她过后半世，真不知几生修来的福气。便为她败了家也不冤枉。我早就应该寻个好地方，给她居住，方才合派，这里只是那种有钱的老客儿的窝巢，跟她简直差着国度呢。

纪二想着，便问韵宜可能合意，若嫌不好，我们就上别处。

韵宜这时又看见门外数尺，便是明楼梯，直通下面院落。院中北角，还有道后门，正通外面小巷。心中更觉可意，便回答这里很好，难得这么清静。

纪二道："可是屋里太不像样儿。"

韵宜道："这怕什么？又不是长住。"

纪二见她表示满意，才不再说。当时又教茶房尽力收拾一下，才把所带的东西都拿出来，各按部位陈设好了，才安坐饮茶。

过一会儿天已入夜，纪二又张罗吃饭，在附近饭馆中叫来，二人对坐吃着。纪二便和韵宜谈说闲话，间或诉说家中情况，以及商议日后同居的事，却没狎亵之态。到了饭后，仍继续对谈，纪二说自己决意以后另做个人，吃些安心茶饭，过些舒心岁月，再不肯像当初那样胡闹了，而且自己虽闯荡了二十来年，有了名声，立下家业，却没离开过天津一次，久已觉得是件缺欠，以后可要上外面去开开眼了。等结婚以后，过三五个月我把手里的事全都调理清楚，把家产托给个妥当人照管，咱们就出去玩一次。现在时髦人儿，讲究结了婚就出门游玩，过个月期程才回来，叫作度蜜月。咱们不那样忙走忙回，破着万儿八千的钱，一年半载工夫，把有名的地方全走个到，算是度蜜年。你看怎样？

韵宜听着不由嫣然微笑，同时因为纪二的话，很可心意，韵宜本也有过海阔天空的痴想，希望能游历山川，开豁心目。所以这时虽对纪二的话并未认为可以实现，却因听着顺耳，也就跟着姑妄言之，姑妄听之。这样直谈了两点多钟，韵宜见纪二仍自嗷嗷不休，心中忽然发生忧虑，只怕他误认自己对他有了好感，竟生出妄念，打算取消原约，赖在这里不走。自己固然有话拒绝，但他万一缠磨不休，或竟使出强迫手段，那可如何是好？想着甚为不安。又过了一会儿，纪二仍无行意，韵宜只恐时间愈晚，他愈有词可托，就想不如趁早教他快走。但转念又怕催不动他，反倒惹出无理要求。不过他若果有此心，早晚也要表示，我还不如及早试探明白，倘若他真要留在这里，我就装作假应，跟着给他个冷不防，由后门逃走。

想着就举腕看表，随又放在耳边摇摇，似乎听它是否走动。这不啻提醒纪二，教他注意时间不早应该走了。纪二看见似乎想起什么，便问现在是什么时候，有十一点没有？韵宜答以十点三刻。

纪二道："这么快啊？我还可以待一刻钟。"

韵宜听他口气，确是要走，心中一松，又见他面色怅惘，似有不忍离去之意，不由想他走后，自己独居在这生疏空旷的地方，必很寂寞。像他这样安坐闲谈，无害于我，便留下做伴也没什么。但若真个留下，恐怕就麻烦了，还是请他走吧。想着便问："你回家么？"

纪二看看韵宜，似乎很怅歉地道："对了，我得走，今天有件要紧事，约个人在家里见面。"

韵宜眼珠一转，忽然有触，就笑道："我猜你不是回你的家，倒是回的我家……"说着故意把家字后音拉长，见他愕然欲语，就又接着道，"……对过儿，水晶肘那里。"

纪二脸上一红，才摇头说出没有的话四个字，忽然现出笑容，把话咽住。韵宜看他的神气，好像那种不善说谎的人，偶然说谎，便忍不住要笑，把实情都现在面上一样，简直不打自招了，就道："怎样，我说对了吧？你脸上已经告诉我了。还敢嘴犟。"

纪二皱着眉，好似十分纳闷地道："真奇怪，我今儿这是怎么了？"

韵宜道："我知道你怎么了？你自己愿意去，怎倒问我？"

纪二摇头正色道："不是这样说，我曾告诉过你，我本不是好人，什么坏事全做过。坑蒙拐骗，鬼混魔搪，神一套，鬼一套，满嘴跑舌头，满脸挂牛皮，就是犯罪当官，任他有十个问官，八个侦探，也别想能教我说句漏话，变变颜色。今儿在你眼前，我怎么变成这样儿了？还没等你问，我就忍不住，好像红脸汉子喝酒上了脸儿。真奇怪，这也许是我不愿跟你撒谎，不禁不由就露出来，要不然就是老天爷点化我学好，把人给变了。我平常可不是这样腼腆啊？"

韵宜听着，心里更觉忽然有感，想到他这种情形，实是由于爱情所致，世上尽有恶人，行事凶狠，但对于他所爱的人，驯若羔羊，全无能力。他自言久惯说谎，而对自己竟说不成功，由此可以证明他的真心，只是他自己头脑简单，想不出内中道理罢了。但他真心又将怎样？难道我就真嫁他么？想着便道："不管怎样，反正你招了。是上水晶肘那里去呀？"

纪二点头道："不错，你可别生气，我方才只为怕你生气，才不敢承认，并不是安心骗你。现在告诉你实话吧，你大概也能想得出高家的情形，只顾你出了题目，知道我做这篇文章是什么罪过？可费大了事了。白天到她那里，婉转着说出我的意思，她一听就又哭又闹，又要跟我拼命。我只可连哄带吓唬，说了上万句话。她哭得要死，只不答言。最后我说咱们已经凑合了好几年，现在岁数都不小了，应该各奔正路，不能尽往下混了。我要收心学好，娶妻生子，图后半世的归着。你也该做长久的打算，不能再胡混了。你已经把你丈夫欺侮了这些年，自己想着，岂不亏心？我离开以后，你正可以回心改过，补报你的丈夫。他见你居然把人变了，慢慢地也就会原谅你。你把他的心温过来，大家忘掉这事，同心合意地过后半辈儿，还有得福享呢。你我现在就是不散，日后也必有这一天。俗语说露水姻缘不长久，知疼着热，还是结发夫妻。咱们这几年也算风流够了，还不趁早回头么？你本有丈夫，我现在也得着可意的太太，正好是分手的时候了，你想开些吧。只得好离好散，大家留个想念，若是吵嘴置气，就没趣了。高家听了我的话，恨恨地说：'你不用花言巧语，只不过得了新欢，忘了旧好。还怕我啰唣，吵你们不得心静，所以非要一刀两断，好好，你心里既没了我，我还强赖什么？以后来不来凭你吧。'我听她口气松了，才又转着弯儿，说出要她立个字的话。她忽然哈哈笑起来，半晌才说：'散伙还要立个字儿？你真仔细，把我当贼防，还得给你字儿跟那新太太叩好去呢？'当时我又劝了许多话，她才答应着，起了张草稿儿，就是方才给你看的。我又试探着教她按个手印，她怔了半晌，忽然露出很难过的样儿，说：'咱几年的交情，就这样完了？你自然不在乎，我可难过极了。只是痴心女子负心汉，这是照例的。我又有什么法儿？以后你陪那新太太过舒服日子，多么福气，我可只剩下跟痨病鬼打交道，这一世就算完了。现在没别的求你，只要你再在这时陪我三天，过三天你掉头一走，咱们永断葛藤。'我听了心想这如何成，我已许着你再不沾她的边儿，怎么再凑三天？就用话推辞。可是她竟生了气，说：'你把我闪了样透苦冰凉我也认了头，如今临分手时你陪我几天，你就不肯，可见你除了新太太，再没我一星一丝儿了。咳，你教我伤心，我也不教你痛快，随你怎样摆制，我也不按这手印儿。'当时我实在没法，只可同她对付，她咬牙不应，我只为要她按手印，就答应今天晚上去守她一夜，可是有交换条件，明天早晨，她得随着我到王奶奶那里，正式立字据。当时我还没想到你搬出来，所以教她到那里去，当你的面立字据，也教你放心啊。当时她听了还很不满意，说了许多抱怨的话，才算答应了。我定规十一点整准去。哟，说了半天大概过十一点了吧。"

韵宜听着，知道他说的全是实话，但只纳闷那水晶肘怎如此贱气，男子已说出永断葛藤的话，可算义割恩绝，没有丝毫留恋了。你若稍有气性，稍懂羞臊，就不能再跟他过话。便是气愤吵打，不依不饶，也还说得下去。如今怎么倒赖着脸说好话，恳求他再厮守三天，做临别纪念？真乃一万分无耻。现在且不管她，我自己应该怎样？论理我还得装作嫉妒，不教纪二前去才对。但若拦他不去，就许他赖在这里，还得另想主意，往外开他。岂非自寻烦恼？

这时纪二已立起来，见韵宜沉吟，就又说道："我本来怕你生气，想着瞒你，但又不愿跟你说谎，才把实情告诉你。你可别想讹了。"

韵宜点点头，淡淡地道："我明白，你去吧。现在已经过了你们约会时间，快到十一点半了。"

纪二看着她的神情，觉得过于淡漠，只疑言不由衷，恐怕她是负气说的，自己走后，发生枝节，倒不敢走了。又说道："你倒是愿意不愿意？别嘴里这样说，心里又抱怨我做事反复，等我走了，自己别扭。你要想我是为什么，若是不依她，她不立字据，我就没法跟你交代。现在是为你……也别只说为你，是为咱们长久打算，只可拼着受一回罪，好在只一夜工夫，一到明儿早晨，就天下太平了。你要明这个理儿，别疑惑我自己愿意去。"

韵宜点头道："我知道你不是自己愿意去，你就去吧。"

纪二着急道："你这样说，教我怎样去？"

韵宜道："我要怎么说呢？"

纪二道："你这样懒懒怠怠、冷冷淡淡的，我简直测不透你的意思。万一是反话儿正说着，这真难死人。我简直不去了。"说着又坐在椅上。

韵宜看着他着急的样儿，不由也笑了，道："我说的正经话，教你去，你又犯嘀咕。我怎样说你才信呢？"

纪二道："我，我也没法说要怎样……我只问你可信我不是

127

假话，实是为你才上她那里去，你若准信，我才敢走。"

韵宜正色说道："我信我信，你去吧。"

纪二道："我可是请了你的示才去的，明天回来，你可不能跟我犯心思。以后也不能留作话柄儿，说我背着你做了坏事。"

韵宜笑道："你真想得周到，好，现在算我教你去的，只当替我办事，一到明天，咱们就前钩后抹，谁也不许再提。"

纪二听了，方才相信道："这可是你说的，阿弥陀佛，我这才放心了。"

韵宜道："可有一样，你这算又滚了一次臭坑，从明天起，起码得过一个月，等臭气去净了，再提结婚的事。"

纪二皱眉道："怎样，我还是脱不开罪过，你既明白我是无计奈何，别这么加狠地罚啊。"

韵宜笑道："这不是罚你，实是我犯恶，你现在不用商量这个，等明天回来再说。反正你得拿来字据，才能定结婚的日子。没有字据，还根本谈不了啊。"

纪二听了道："好吧，我走了，你可别那样罚我，我这才叫武大郎服毒，吃也死不吃也死，怎样都不得舒心。"

韵宜听着好笑，劝他快去，纪二还恋恋不舍，叫来茶房，吩咐替韵宜预备点心水果等物，又对他嘱咐两句，方才走了。

韵宜看着他出去，自己倚在床上，心中似乎怅然若失。觉得纪二这人居然不错，我把他看作恶魔似的，想不到他竟不是那样，对我忠实恭顺，没一点儿狡猾的意思、卑污的行为，这倒教我难于对付了。想着不由心中麻乱，一阵面红体燥，一阵意冷心灰。过了半天，仍是不得主意，回想昨夜此时，正在打算脱身之计，只经过二十四小时，计划完全成功，纪二服服帖帖放我出来，我倒不忙着走了。这是什么道理？难道被纪二哄住了么？当然不是，我只是自己不好意思罢了。可是不好意思又将怎样？我就委屈嫁他么？那是绝对没有的事。

128

想着就立起来，徐徐走到门口，推开房门走出，凭着平台的栏杆向下一望，见院中只有一盏电灯，阴阴暗暗，却可以照见全院。下面多是存储物品的空房和有限几间客房，都已熄灯睡了。向远处看，都是栉比的民居，也都灯火稀疏。想见人家骨肉，团聚一宅，过着有秩序的生活，睡眠也分外的酣适。想起自己母亲久亡，父亲已恩断情绝，只剩了孤漂一身，在这里受难，不由悲从中来，凄然落泪。忽听下面院落吱扭一声，低头看时，原来是墙角的后门，被人从外面推开，走进院内，把门关上，便直奔这边的明楼梯走来，上到半截，才看出便是方才那个茶房，纪二派他出去买点心，他图近便，由后门出入。由此看来后门毫不严紧，可以随便走的。

　　想着那茶房已到了近前，说声水果点心给您买来，一共用了九块多钱。韵宜看他手中所提的十多个纸包，总有三四斤重。心想这够我吃多少日子的，就信口说道："怎么买这么些呀？"

　　茶房道："纪二爷教这么买的，还没买齐呢，杨梅和藕铺子里卖完了。"

　　韵宜便教放在房中桌上。茶房走后，韵宜仍望着下面的后门，心想由楼梯下去，几步便到了门，鸿飞冥冥，弋人何慕？但是出去往哪里着落？世界虽宽，何处可以相容？世人虽多，何人肯加怜我呢？想着忽然一阵夜风吹来，猛觉拂袂生寒，悚然缩颈，同时栏杆也冷得冰人，不由退了两步，回到门口，倚着门槛，再一寻思，立刻把心变了，只觉得那门外的世界阴暗可怖，寒冷可畏，令人不敢窥足。但回视房中，光明可爱，温暖可恋，而且还有看不见的温情，弥漫其中，好似合成一种吸力，把她往里面吸，而楼外的寒风也把她往房里吹，于是不禁不由得便退入房中，把原来逃跑的意思，全消灭了。再看房中，好像住过多少日子似的生出很深情感，就关上了门，坐在椅上，自思我走也没处走，还是暂且住在这里吧，虽非久局，但也可苟安几时。方才和纪二说婚期推延一月的话，他虽叫苦，却未坚决反对，我想便不能拖延一月，二十天总还可以，容开日子，便好慢慢想法。又安知在这时间里，不能另得活路呢？倘若他不肯等待，径相侵犯，我随时都可以走，这是自由地方啊。

想着自觉也只可如此，就把主意打定了，心中也随而安静，就把买来的水果点心打开，见都是很贵重的东西。内中有几样是向来吃过的，有几样是自从慈母去世，至今未曾入口的，想见纪二曾费过一番心思，把时鲜果点却拣样地买来。但她并不想吃，只拿了几种零碎，用以解闷。又都包装起来放好，重坐在椅上，嗑瓜子儿。过了一会儿，伸个懒腰，抬头四望，只见房中的顶棚和墙壁，不知是因为夜半电力加足的缘故还是心理作用，觉得白了许多，空空旷旷的，令人感到房大人少，发生寂寞的心情，好像颇以独居为怯，恨不得有个人做伴似的。心中初而凄凄凉凉，继而变成火火辣辣，不由己地又想到纪二了。她忽然悚然一惊，立解自语道："我这是怎么了？好容易把纪二打发走，怎么还直念记他？好像又后悔把他放走似的？难道我就这样没把握？居然被他哄动，有了爱他的心了？不对，我如何会爱他，他哪儿配我爱，我只是寂寞无聊，不由想起他罢了。但我为什么不想别人呢？当然没的可想，父亲和继母，真是杀我的刽子手，还有什么记挂？除此以外，还有何人值得一想？"

她想到这里，不由涌起程雪门的影子，叹息一声咬牙说道："没良心的，害苦了我。若是有他，我这时还愁什么？咳，说什么有他，他心里何尝有我？不过拿我耍了一下，就回守着太太去了。现在他不知在哪里和太太共享家庭之乐，可能想到他所欺骗过的苦女子，正受着什么样的大罪？我身体虽未受到苦毒，但心里的艰难，真比身体受刑还难过呢。"想着不由心中从影事迷离又落回现实境地。同时雪门和纪二两个影子，似乎并立在面前。她想到少年英秀的雪门，似乎更把纪二比较得猥琐不堪，心里又冷了几成，但转念到雪门当日如何抛闪自己，纪二现在如何追求自己，立刻把雪门归并到父亲一边，觉得自己所一心热爱的人，都这样心狠意毒，毫无顾惜，如今只有个纪二能疼爱自己。可是自己又讨厌他，任他如何相爱，我也不能下嫁。可是我所爱的人，也照样讨厌我啊。这真是老天捉弄苦命人，将来要怎样结果，我又往哪儿归呢？想着凄然泪下。又怔了半晌，觉得头部昏沉，有些发疼，知道这两日思虑过多，刺激太甚，就关好房门，上床就寝。但躺在床上，又清醒了，反复不能睡着，直听前楼大挂钟打了三点，才得蒙眬入梦。

这一觉睡得很沉，醒来时已经将到十点，张目见房中甚亮，日影虽未射窗上，但反映的光线已甚充足。她知道不早了，但房内并没有钟，看手表也早停了，想起昨晨在王奶奶那里，带上这表，只随手上了几扣，怪不得在夜里便停住了。想着，穿衣下床，因为这里都是男茶房伺候，就自己把被褥叠好，又对镜整衣理发，才开了房门，唤茶房进来，先洒扫了房间，然后打水洗漱。完毕之后，茶房问她吃什么早点，韵宜只要了盅鸡丝面，须臾茶房端来，韵宜才相问现在几点，茶房出去看了，回来报告正在欠十分十一点。韵宜点点头，教他出去，随即把表对好。但心中却自诧异，纪二昨夜说早晨便可回来，还同水晶肘写立字据，怎到这时候还没见影儿，难道他被水晶肘缠住不放？我想那不会的，纪二正不知如何向我表形迹，绝不肯耽误，惹我不快。其实我绝不会因他迟来而有所不快，再痛快些说，我简直不希望他回来。可是他迷着一窍，并不那样想啊！即使水晶肘强留，他也不会安心守在那里，言要按时刻赶回。但现在竟没回来，是何缘故？也许他所谓早晨，是指着午前则言，只不过午，便算早晨。本来时间的名称，就依习惯而定，常有很离奇的说法。在前几年，父亲吸鸦片最多的时候，昼夜完全颠倒，巳时睡觉，酉时起床。他就把从黄昏到半夜这一节，当作早晨，把半夜到天亮这一

131

节，叫作晌午，把天亮到午前这一节，叫作晚上。纪二倒未必也有这样习惯，大概他的早晨，至迟限于正午，眼看便要到了。不过他来还没什么，水晶肘却是讨厌，我跟她说什么呢？但转念自己很不必跟她说话，有纪二和她答对便成。她当然不会知道我的本意，一定抱着恶感，但我也没法对她说明，只可任其自然。好在有纪二在旁，总不致教我吃她的亏。想着很不安地望着手表，听着外面声音。

哪知一会儿到了十二点，仍无消息。韵宜觉得纪二失信，不由有些生气，随又想到自己没有生气的理由，又不是真对水晶肘嫉妒，他便永久住在那边，再不回来，我岂不更得清静？但韵宜虽已这样想得开，却仍是放不下。过一会儿不禁不由又想起来，由午后等到日暮，还不见到来。韵宜不知怎的，好像心里长了草，杂乱难安，又像闷得难过，时时忽起忽落，立到门口张望，一下又回来倒在床上，心想这是什么缘故？纪二怎么没来？看他的意思，万不致如此。难道是水晶肘变了卦，不肯立字据，他没脸回来见我？但那我还得另想别法，总不致因此躲着我。若是水晶肘永久坚持，他也永久和我避面么？不对不对，他已是中年人，怎会那样糊涂？可是不为这个，他又为什么不来呢？韵宜左思右想，只想不出个道理，纳闷非常。同时对纪二也似乎非常盼望，虽然不知是希望打破疑团，所以切盼纪二到来解释，还是心中已对纪二有了不自觉的情感，所以如此悬悬相念，但这时确是满心都在纪二身上，一半犹疑，一半寂寞，真像有心思的样儿了。

哪知由日暮到了晚间，由晚间到了半夜，仍是消息沉沉，渺无影响。韵宜因疑虑过度，心火上冲，一天吃了很少的饭，到半夜因吃了只橘子，心中稍觉清凉，才有些饥饿，便把昨夜纪二给买的点心用了几块。看着点心又想纪二，和纪二昨夜临走的情形，心里更觉茫然无主，好像一个人和朋友搭伴，去到千里外的异乡，伙伴忽然失踪不见，只剩一个人独立苍茫，四顾无家的滋味。怔了半晌，忽听前楼的钟当当作响，低头见已到三点，觉得该入睡了，就去关上屏门，随手把铁销插上，但她心意不属，并未插好机关，就回到床上，也没脱衣服，就拉幅被子睡下。无奈比昨日还加不安，直转侧到天亮以后，先听到远处笛声，跟着是浴堂的云磬声，被风送来的晓市人声。最后随到街上辘辘的大车声和偶然一叫的汽车喇叭声，这两种车声，意致大不相同，一面是表示可怜服苦穷人，现在已冒着晓寒，出来劳动了；一面是表示夜间寻乐的享福男女，到这时才驾着安车，回去休息了。这两种声音，尚在连续未断，就听附近有说话咳嗽和哇哇的漱口之声，原来前楼旅客有的已起身了，韵宜才渐渐蒙眬睡去。但睡中仍多乱梦，不时惊醒，很久才睡沉了。哪知正在沉酣，忽然又做了梦，梦见她和雪门共坐在一只小舟之上，漂游大海里面。她心里好似还恨着他，不肯说话，雪门却不住软说温存。正在这时，忽见后面来了只较大的船，船上坐着她的继母，还带领十多个女仆模样的妇人，但是面貌狰狞，手持刀斧，相逼而来。她知道来意不善，忙教雪门撑船逃跑，后面的船还紧追不舍。幸而雪门善于使船，其行如飞，跑了好久，才把后面的船落下极远，渐渐不见踪影。但已到了个生疏的地方，前面俱是怪石横生，峙立水中，阻碍船的进路。雪门就把船左移右转，仍向前走，渐被怪石包围。她忽觉天地异色，阴惨可怕，正要叫雪门返棹，不料猛闻一声怪啸，就见从一块大石后面，探出个人头，脸庞比方桌还大，眉目却是继母，只多了满面的黑疙瘩，变成狞恶的魔鬼。她方吓得大叫，要向雪门怀中藏躲，但雪门已没有了，舟中只剩她一个。她就跌到船底，不敢动弹。随觉那个大脸，张开大口，向自己吹来。霎时狂风大作，小船颠簸不已，耳边风浪鸣吼，她知道船定要沉了，抬头再瞧，那个大脸忽然变成纪二的面目，跟着又变成雪门的模样，仍是不住吹气。由他口中喷出一片浓雾，把船罩住。同时风流更猛，那船左右翻滚，只见向左一翻，她身体已到了船的边沿，就将落到水中，但风又吹得来，船再右倾，她又滚到边沿，仍被风吹过去。当时吓得要死，喊叫无声，忽地急醒了，只觉得身体仍在动着。

原来有人正推着她，睁眼看时，那脸并不似梦中那样巨大，也不那样狰狞，而且甚为肥白，眼圈发红，口吻频动，不但是个人相，且还发出人声。韵宜才醒悟自己方才做梦，现时已醒。梦中的小船颠覆，是被摇撼的缘故。但看看面前摇撼自己的人，又有些离恍，似欲重复入梦，原来这人是水晶肘。只纳闷她何以在此，莫非还在梦中？但跟着想起立字据的事，悟到必是纪二领她来的，就张目四顾，寻觅纪二。哪知纪二并无踪影，正在茫然如痴，瞪目发呆，不料水晶肘已拉住她的手叫道："你醒了么？醒了快洗洗脸，跟我走。"

韵宜听她要自己跟她走，越发诧异，又觉着她的语声发颤，带着忧惶意味，就注目向她瞧看。只见水晶肘容颜大变，和平日颇为差异。她的面孔，原很丰腴，肌肤原很润腻，头发永远光致平板，身上衣服也总穿着紧绷绷俏生生，常保持一种徐娘风韵，没有差样。今日竟完全变了，面目虽未瘦下许多，但已失去了腴泽，添了皱纹，眼眉也抹得一塌糊涂，头发更蓬乱松斜，鬓角也不似刀裁那样整齐。尤其眼圈红肿，眼泡凸起，身上衣服污秽不整，脚下那双向来白如新雪的袜，都沾了块块污痕。看样儿她必是经日未曾梳洗了。韵宜自认识水晶肘以来，还未见她如此憔悴不堪，污秽不治。当时不由纳闷，暗想她怎变成这样？又独自找了我来，她跟我本处在敌对地位，现在要我随着同走，绝没好心，何况又不是纪二跟着，我万不可答应同去。这妇人既被纪二所弃，当然对我恨入骨髓，若得了手，还不把我吃了？

想着心中害怕，就摇头道："你教我去干什么？我不去。"

水晶肘看了她道："你别不去，我是请你来了，快跟我走吧。"

韵宜摇头道："不，不，我不能去，你请我上哪里去？我这里还有事，不能离开。"

水晶肘道："你别错会意，我绝没坏心，你在这里不是等纪二爷么？我就是纪二爷教来的。请你去跟他见面。"

韵宜听了一怔，暗想纪二怎么不来，倒派她来？这茬儿不对，而且她这神情，也教人可怕可疑，我还是不要上当。想着就道："纪二爷教你来的？他怎么不来？现在他在哪里？你告诉他，我不能去，他有事请上这儿来。"

水晶肘道："他可来得了呀？若能来还会教我请你？"

韵宜听了愕然道："怎么？他不能来？他到底在哪儿，有什么事？"

水晶肘做出央求的样儿道："你就不用问了，反正我不骗你，你跟我走吧。他那里念记着呢！"

韵宜听着，越发疑虑莫明，仍坚持着道："不成，我非问问不可，到底怎么回事？你说明白，我倒许可以跟你去，要不然莫想我走出这门儿。你趁早别麻烦。"

水晶肘见她执意不去，搔头踌躇了半晌，忽然坐在床边，发出低咽的声音，向韵宜悲声说道："纪太太，我对不住你，纪二爷被我伤了，现在正在医院里治，他一直昏迷不醒，到今儿才会说话，闹着要上这里来见你，可是他的伤不能移动，所以我来请你……"

韵宜听她说到把纪二伤了那句话，便觉头上轰的一声，大睁两眼，说不出话，半晌才发声叫道："怎么？你把他……他伤了，你为什么伤他？怎么伤的？"

水晶肘悲愧交迸地道："你不用问了，我自然是吃醋，可是做出来又后悔了。现在你不必问，快跟我见他，他正急得要命，等你去呢。"

韵宜这时心中才恍然大悟，纪二确没对自己说谎，他是完全依着自己心意，前去向水晶肘交涉，但水晶肘既难舍多年的情夫，又愤怒他这薄幸的行事，自然由妒生恨，就假意答应纪二的要求，却乘机要挟他再做一度厮守，以为临别纪念。纪二只为讨我的欢心，就应许了，并没想到她会存心不良。当前日由这里前去赴约，直如前去就刑。大概水晶肘也只出于一时妒愤，才决意行凶，及至做了出来，她又觉得悔惧，所以变成这样态度。看来她所言也不虚假。但她怎样伤害纪二，伤到什么程度呢？

想着就安定心神问道："这也难怪你，本来他太教你下不去了。可是你怎样……把他怎样伤了？厉害不厉害？"

水晶肘听着，面上绯红，倏又变青，摇头道："你别问，到医院一看就明白了。不过你可以放心，大夫说现在不致碍命。"

韵宜听了她一句话，感到事态严重，所谓现在不碍命，必是曾经性命交关，由九死一生的危境中闯过来。不由看了水晶肘一眼，又追问她伤害纪二的详情。水晶肘看韵宜的意思，似乎非得彻底明白，不肯前去。只得忍着羞愧，把经过从实诉说了。

原来她和纪二既是色中旧爱，而且纪二的事业财产，曾有过很大帮助，可以算是有历史的姘头。纪二这钟情韵宜，虽抱改过向上之心，但对水晶肘却是难辞薄幸。在她发现受了纪二欺骗，醒悟自己将被摈弃，自己愤恨难当，才当面责问，但不料被纪二用一种专门对付女人的手法，把她制得哭笑不得，委委屈屈地回到家中，觉得纪二将要从此不来，自己也没计奈何。正在悲苦万状，不料纪二倒又寻了她去。她还以为事有转机，哪知纪二开口一说，不唯要求永断葛藤，而且还逼她出立绝交手续。水晶肘实在受不住这等加料的侮辱，气得要疯。又加纪二软硬兼施，大有不达目的不止之势，逼得她由妒恨悲怒，以及灰心绝望的情感中，锻炼出来一股毒恶之念，就假意应允了纪二，只要求同居三日。她预备享受三日幸福光阴，最后再以致命的一击，宁可做同命鸳鸯，也所不惜。而纪二只许以一夜风光，水晶肘只可牺牲了要享的最后幸福专做泄愤的打算。

约定以后，纪二走了，水晶肘就把她那受气的本夫高义亭，叫到跟前，问他可愿意出门去玩耍一两天？高义亭平日本对水晶肘取放任态度，明为家主，实如做客。数年来以养病为名，独居厢房，上房倒成为纪二的老巢。水晶肘对他并没避忌的地方，所以这时他也想水晶肘有什么避忌的理由，何以忽然要他出门开心？而且他也无处可去，就很诧异地说："我上哪里去玩呢？再说我也不想出门。"

水晶肘听了，心想自己要遣开他，原为行事方便，就有他在家也无什么不便，何况他又向不出门，若定要驱遣，反惹疑心，就道："我是看你这几天总无精打采，所以教你出去散散心，你既不愿意，也就罢了。"

说着就自己换了衣服，坐车出门。到街上买了许多酒菜，回来又自己下厨，做了一席精馔，预备开永别之宴。做好放在一边，草草吃了晚饭，高义亭照平日习惯，饭后便到厢房安歇，他因水晶肘的情形可疑，既教他离家躲避，又弄了好些酒菜放着，不知为什么缘故？若是招待纪二，则纪二来往已久，向来相处甚安，何以单今天忽要避我？而且她为纪二预备茶点饭食，虽也十分经心，却未曾如此盛设。今天又不是谁的寿日，想着不由疑心水晶肘另结了高贵朋友，今天初次光临，才要特别招待，又不愿被我看见，因而向外开发。高义亭既犯了疑心，自然暗地留上了神。水晶肘却在上房刻意梳妆，打算把这临别式的前半段，做得尽美尽善，使一切达到最美丽最快乐的顶点，然后再骤然一跳，跳到极悲惨极凶厉的境地。及至妆成独坐，想到以往和纪二的恩情，不由珠泪潸潸，忙尽力忍住了。又转念只想他薄情可恨，等到约定的十一点，还不见纪二到来，她料着必是正和韵宜厮守，于是看看钟点，每见秒针一动，心里便被刺疼一下，同时每过一秒，便增一成气恨。等到十二点，她以为纪二失约不来，正咬得牙关乱响，手里把一方绸帕，撕成碎条儿。这时房门一响，她很快地跳起，暗叫居然来了。就跑出开门，接纪二进来。厢房中的高义亭，早已听到声音隔窗偷看，见仍是纪二，不由更纳了闷。水晶肘并没说话，悄然回入上房。

纪二看着她那新整晚妆还带着女为悦己者容的情意，不由回忆旧时，自觉惭愧，就搭讪着说："我来晚了，该罚该罚。方才和朋友商量桩生意，他尽自絮叨没完，真是讨厌。"

水晶肘却满脸笑容，倚在他身旁道："没关系，晚点儿就晚点儿，只要来了，我就知情。这本来得不易啊！"

纪二听着讥诮的软话很觉刺心，只得搭讪着说道："什么不易？又不是隔山越岭，总共几步路，只是被朋友缠住罢了。"

水晶肘又笑道："是啊，我也说是你被朋友缠住，不易来啊。"

说着推纪二坐在床上，走了出去。不大工夫，便端进一只大托盘，上面有许多酒菜，都摆在桌上。纪二看着诧异说道："你这是干什么？"

水晶肘把托盘送到门外，才回身笑道："这是给你预备的呀，快坐下，咱们只有这宵了，还不得找些乐儿？"

纪二想不到她会有此一举，心中越发不安，就道："你太……太……"只说个太字，就接不下去，觉得说她客气，或是周到，或是多事，都不合适，最后才想起一句含糊的话道，"太费心了。"

水晶肘笑道："费心不只也这一回么？以后我想费心，又往哪儿费去？"

说着便拉纪二就座，她也坐在对面，很恭敬地斟上酒，纪二见她这样，满身满心都不得劲儿，很明白她这一言一动，这桌上一菜一馔，都含有骂人的意思。不由心中惶乱不安，就也矜持起来，好像在席面上周旋朋友似的，欠身说道："你这样照应，我就更不安了。"

水晶肘哈哈笑道："你不安啊？我别教你不安，咱们痛快说，从现在起，谁也不许提一句正事，等这一夜过去，你几时要走，我再跟你去办你要我办的那件事，完全一分手，大家好里好面，好离好散，你看好不好？"

纪二本来恐怕她哭喊缠磨，无法应付，这时听她居然表示不提正事，恰合心意。又佩服她做事洒脱，白天还那样不依不饶，现在竟变成这样爽快，想是我走后，她自己想开了，才来个跺脚咬牙，真不愧是女光棍儿，看得开放得下。我倒有点儿栽给她了。想着说道："好吧，谢谢你。本来咱们为什么不找痛快呢？"

水晶肘笑道："好，你就快喝。"

纪二便端杯和她同饮，但觉得没话可说，水晶肘却不断提头儿，说些不相干的闲文，有时说到当初要好情形，她也竭力检点，不教牵连到现在的事。纪二见她果然遵守约法，就把忧虑的心，完全松开，又加几盅酒下肚，就也放怀谈笑。

两人嘻嘻哈哈，在静夜中自然声传户外，把厢房中的高义亭吵得更睡不着，暗自恨骂，这一对男女不知中了什么邪祟，犯了什么怪病，竟无故地半夜欢呼畅饮，这是向来没有的事。这样直过了两点多钟，方才渐渐安静，想是饮宴已毕，将要就寝了。高义亭还坐起由窗孔中向上房看看，见窗内灯光犹明，人影摇摇，映在窗上，须臾灯光倏暗，想是减却屋顶的灯，只留床头一盏，这当然是就寝的记号。果然听见隐隐有打鼾之声，不由诧异，怎才吃过酒饭，便睡着了？这未免对不住好景良宵。但这打鼾的是谁？纪二和水晶肘都不爱打鼾啊？想着就听有人低低呼唤，虽然含糊不清，但由声息上可以辨出是水晶肘。连叫了几声，才听纪二答应，却好像睡梦之中发着呓语。跟着听水晶肘咯的一笑，声音很是惨厉，听着脊背发冷。暗想这必是纪二醉了，唤叫他不醒，故而发恨，我还听这对男女做什么？快睡自己的觉吧。想着便又躺下，好在他已着到功深，善于制心忍性，平日对于家中一切，好似消失了耳目心口鼻息，见如不见，闻如不闻。今日他以为水晶肘情形有异，所以才注意的，不过事后他才想起，今夜似有一种警兆，使他睡不安稳，才会听见上房的声息。

他第二次睡下以后，不久便神思蒙眬，却还听到房中挂钟打了四点，钟声似有催眠力量，跟着便沉沉入睡。但心中方才入梦乡，立刻又被一种声音惊醒。这声音因发生在他睡中，到他醒来，耳朵的只听到声音的尾部，他迷茫中觉得是有人号叫，但又像兽类哀号，带着临命绝望的痛苦意味。他悚然一惊，立刻睁大了眼，倾耳再听，那高厉的惨号的声音已不可闻，却变成低哑的哮喘和含混不清的哎哟。似乎有人受了极度的惊吓、极度的劳累，只有一个人被什么可怕的恶兽追逐，舍命奔逃到了力竭路绝，跌在地下，眼看要被吞噬，才有这样声息。高义亭听着发怔，心想道是什么声音，从哪里来的？当然出于上房，平日纪二在此过夜，并没有这样乱过，方才又是谁叫？莫非他梦中发呓语，也许是我梦中的声音。高义亭正怀疑的耳朵，时而又听着外面，考察这哮喘呻吟的惨声，忽听上房中有人嗷的一叫，跟着又哭起来，随闻忽嗒忽嗒，似乎跳到地下，向外奔跑。高义亭听着，虽知是水晶肘，但声音全变了，换个人简直听不出是她。但和第一声惨号绝不相同，高义亭惊骇之下，也跳下了床，向外奔去。这时已听上房扑通噼啪，似乎开了门，把闩落在地下，水晶肘哭叫着跑到院中，喊叫义亭义亭。高义亭听她喊叫自己，知道必是出了事了，心中一跳，想到纪二莫非得了暴病？就应着奔出房门。

脚才踏到院中，只见一个黑影，奔了过来，拖住了他，连声哎哟，又抖颤着叫着："坏了坏了，你快……快……"底下的话，却抖颤得说不出来。

高义亭在黑暗中由来人的身体轮廓，感觉必是水晶肘，这情形好似受了绝大惊恐，才慌不择人地投到自己的怀里，自己可久已未曾得过这样抬举，可谓无妄之福。当时也不由惊骇问道："怎么了？"

　　水晶肘扑地坐在地上，叫道："你……你……快去打电话……请个大夫来，快……快……"

　　高义亭不知何事，还问怎么了，是害病么？水晶肘道："你别……别管，快……快去请请……"

　　高义亭道："你不说明白，我知是请中医请西医？是内科是外科呀？"

　　水晶肘忽然呜呜哭起来，却在噪声中含混言语，高义亭虽约听得是自己去看，他本不愿去，但因在自己家中，恐怕万一出事，将受牵累，只可向上房走去。这可挤得泥人也犯了土性，口中喃喃骂着："没脸娘们儿，你自己不做好事，出了毛病可麻烦我！"但也不敢大声，仅只自己听见。

　　及至进了上房，向床上一看，只见纪二爷仰卧床上，面色如同淡金，气息俱无。身上还穿着衣服，只在身边放着一柄利剪，剪上沾满鲜血，连床褥上也有许多血迹。高义亭不由大惊，只疑他已经绝气。大着胆子用手挨近鼻端，觉得尚有呼吸，再看那剪上的血，心中知道他不是害病，而是受伤。当然是水晶肘伤的他，方才还欢呼畅饮，怎又动了剪子？再瞧纪二身上，想要寻创口所在，但是露在外面的头颈都没痕迹，看一双手上有血，细看也是沾上的。又因他身上虽只穿着短衣，驼色的裤袄，也看不清血来源。继而才瞧出他股部下面的床褥，都已被血浸透，渐渐延展向外。方才恍然有悟。急忙拉开中衣一瞧，吓得目定口呆，嗷的一叫，向外便跑。

　　他这时所见的情景，实在不易描写，只可用戏篆解释。《霸王别姬》这出戏，是现在最流行的，人人看过，并且由唱片中常可听到杨小楼那句"大风折旗，乌鸦狂叫"的清脆念白。不过在戏台上，马嘶用唢呐代表，倒能像真，折旗恐怕实际不是那种样儿，料想必是营门一根大蠢，高有数丈，大风吹来，从中间折断。上部断的一节倒挂下来，却因木杆有表皮纤维联系，所以虽断仍连，两半段和地面搭成不等边三角形。当日楚营所见是这样儿，今日高义亭所见也是这样儿。他立刻知道该请何科大夫，一直奔了出去。

原来水晶肘本已安了狠心，当时和纪二吃过消夜，水晶肘把桌上清理完毕，也上床去，见纪二已经睡着，便摇撼着唤他。哪知纪二因连日兴奋过度，睡眠缺少，这时一喝多了酒，虽未甚醉，却已睡得极沉。水晶肘半天才把他唤醒，但纪二只说两句醉话，随又蘧然入梦。这也是天意该当，水晶肘虽然外貌雄悍，带着怔混混的派头儿，但她心内却未尽如何阴险狠毒。只见她过后的悔恨，便可想到她还不是那种心黑手辣的人。倘若纪二一直醒着，耐性儿对付，她未必下得了毒手。只为纪二睡着，屡唤不醒，才使她由眼前的急怒，激动了积蕴的仇恨，想到纪二昨日对韵宜所说，再不挨近自己的话，以为纪二的醉，虽非假装，但是醉却出于故意，为着借此免和自己纠缠。再想数年来自己独占的地位，一朝被韵宜夺去，眼前这个睡如死狗的男子，竟把自己当只破鞋抛弃，当作狗屎般的恶。在这最末的一夜，还故意装醉躲避我，试想他这时若在韵宜那里，可也醉么睡么？也这样叫不应唤不醒么？想着不由恶念陡起，笑了一笑，这就是高义亭听见的那种冷笑。她随又对纪二端详半响，暗自咬牙，下了决心，把原来预备早上实行的举措，提前办理。就将一只新经磨快的剪刀，拿了出来，一面发着妒媚声音，解开纪二衣服，做风折大旗的工作。这期间自然有许多细腻动作，但却不必做细腻描写，只说她冷笑后十多分钟，忽然把眼一闭，把牙一咬，右手五指猛然用力，纪二这时就似《刺虎》剧中一只虎，《刺汤》剧中汤勤的做派一样，猛然从梦中疼醒，居然不借手指支持，就把上身从床上拔起来。圆睁双眼，鬼号似的喊了一声，但却没有戏中一只虎汤勤那样做工繁重。又叫了一声，就眼珠上翻，又仰跌倒床上昏了过去，再无声息。

水晶肘在他坐起时，吓得手软，不由把手连剪刀一齐缩回，跟着便抖成一团。她在事先满腹怨毒，被怒气托着，只图一击为快，拼着和纪二同死，但到这时，不知是被纪二那惨号所吓，还是因事已做出，怒气已解，只剩了害怕。心中虽知道未竟全功，但她不特没胆量操刀再试，而且连现有的成绩如何，也不敢窥视了。当时抖作一团，好似发了昏，上下牙关相竞争，要哭哭不出，要喊喊不出，只不住哎哟，和牙响伴奏。过了半晌，她心里的怒恨全消尽了，只剩了悔惧。就想到自己做事太狠，现在不知把他伤得怎样，是不是已经丧命？想着又忆起自己手软情形，便希望他或未曾丧命，自己就可幸免罪苦。而且自己和他好了一场，到底把他害死，多么亏心？倘若能活，自己心里也可稍为安稳。当时一面自怨自艾，方才怎这样下得狠手，莫非后面有凶神助着，恶鬼催着？一面望着纪二，想要看他是否尚生，但纪二挺卧如死，纹丝不动，瞧不出确实如何。她忽然心中一动，就壮着胆子向前挪了挪，想看明他受伤到什么程度，哪知手才掀起隐蔽物，向里一看，那凶悍可怕的情形，使她想起小时所见的一幕惨景。在她十多岁时，常和女伴同在街上玩耍，一天忽见有成群男子跑来，到了近前，才见是许多看热闹的人跟着一辆洋车，车上坐个受伤的人，头颅已被砍掉，颈部只连着一半。鲜血流溢，不知死活。车后有一个老人手捧着那摇摇欲落的头，旁边还有一个警察提着带血的菜刀。两个警察押着个被绑的男子，想是凶手。再后面是两个妇人且走且哭，看情形定是吵架之人，送官究理。但这儿太可怕了，水晶肘看着吓得大哭，跑回家害了一场病。这时瞧着纪二，真是风景不殊，只举目有上下之异。她不知哪一部神经感受刺激，猛然狂号一声，就连滚带爬，跳下床去，向外奔跑，直对自己久住的房间，都迷了方向。被门槛撞得额角生疼，也不觉疼，又跌了两跤，才到了堂屋门口，开门时还被门碰了脚。她毫不理会，跑出去看见高义亭住的厢房，尚有灯光，心里觉得这时只有高义亭可以依赖，直把他当作救主，就一面喊叫，一面向厢房跑去。恰巧高义亭出来，两下遇着。她把高义亭抱住，央求相助，却又说不出什么，只教他自己去看。

高义亭看了出来，回到水晶肘面前，忍不住顿足乱骂："你这娘们儿害苦我了，这可怎么办？你自己惹祸可自己搪，我去叫巡警。"

高义亭这犯上作乱的话，若在平时，便吃了虎肝豹胆，也未必敢说，但这时眼看祸事已成，连摔带气，竟对水晶肘忘了惧怕。哪知水晶肘不但忍受不较，反而向他央告说："你千万别叫巡警，快请大夫来吧。你积德，你行好，我给你磕头。"

高义亭这时敢对水晶肘责骂，不过出于一时浮动之气，内心仍潜伏着畏惧的根性。听水晶肘一央告，反而悚然自惊，就不敢再抱怨她，只问请哪个大夫，水晶肘道："你看着办，街口洪济医院的丁大夫，曾给你治过病，有点儿交情，可以请他来吧？"

高义亭心想这丁院长本可以请，但因和他熟识，倒不便请了。他知道这是我的家，现在请他来到我女人的卧房，看见床上倒着个陌生男子，并且受伤又如此稀奇古怪，将要怎样猜想？我又怎样对他说？想着便说丁院长是专门内科，不会治这病，我看顶好请别位大夫。

水晶肘道："他自己是内科，院里还有别个外科大夫，去年旁边王家孩子摔折了腿，不就是洪济一位朱大夫治好的？你怎死心眼儿？现在又得请大夫立刻来，若不熟识，去了也白撞钉子呀？"

高义亭听了，知道她所言有理，自己心里的事，也不好说出来，只得应着走出去，到了门外，寻着一辆洋车坐上去，先奔另一家医院，费了半天功夫，才把看门的人惊动出来，听了许多闲话，结果只得着一句大夫不在的正式回答。高义亭实在没法，既怕耽搁太久，误了纪二性命，要跟着打官司，又怕对水晶肘无法回复，只得拼出脸面，仍到洪济医院。但也费了许多好话，才请得一位外科大夫同来。

到了家中，水晶肘仍坐在院中原处，哭得不能动转。因为在高义亭走后，纪二曾发过两次呻叫，水晶肘听着，知道他尚在生存，心虽稍安，但听那惨厉的声音，直如刀刺肺腑，不由哭得发昏。那高义亭陪着大夫进来，水晶肘好像得了救星，叫了声大夫可来了，阿弥陀佛，就想向前迎接，但身体已然瘫软，只爬了半步。

高义亭很不愿陪大夫进房看病，就摇水晶肘道："你陪着进去。"

水晶肘也是羞怯，只说："你先陪大夫进去，我……我……我就来。"

高义亭无奈，只得陪大夫进去。大夫经他指点，一看见纪二的伤势，也惊得失声哎哟："怎么伤的？"

高义亭红着脸回答不出，只指着床上的剪刀。其实大夫早看见剪刀，知道那是凶器了，所问的是行凶的情形和缘故，但见高义亭的窘态，明白必无好事，必有隐情，也就不再问。当时急忙先施用止血手术加以扎裹，又给打了针，这才对高义亭说："病者受创甚重，失血太多，颇有危险，现在必须赶着施用最新手术，还得设法输血，方能有几分希望。"

这时水晶肘已走到窗外，闻言就答话说，求大夫给尽力治，无论花多少钱全不在乎。大夫很犹疑地说："这样伤势，只有送到医院去设法，才有希望。不过他失血太多，简直没有把握，我们院里怕不敢收。"

水晶肘又尽力央告，大夫说："这事很难，病者若不输血，简直难有生望，可是输血不比用药，我们又不像别的国家，常有强壮的人，自动到医院挂号，预备随时把血捐给病人。现在我们就是花钱买血，仓促也未必能有卖的。再说身体强壮的人，大半优裕，万不肯卖血，肯卖的多是没饭吃的穷人，本来就在贫血，如何能分给别人？所以这输血简直难于办到。换句话说，就是这病者生望很少，不如教他安卧待尽，何必多受颠顿？"

水晶肘这时已走进房中，向大夫说："我若给他输血，就可以治好吧？"

大夫说："你若肯输血，自然有望，不过还得检查你的血球，和他是不是同型。若不同型还是没用。检查得到医院去，恐怕得叫车。"

水晶肘就要求急速送院，和大夫磋商半晌，大夫才答应先回医院和院长商量，他若同意，就派救护车来接。水晶肘无法，只得放大夫回去，但仍令高义亭随行，谆嘱务必要院治。

高义亭随大夫回到医院，又费了许多周折，才得院长应允派车前去。高义亭可真够了累，跟着来回奔波，虽然气恨她却也没法儿。到了天亮，才把纪二送入医院。这次却是水晶肘跟着，高义亭才得脱开套儿，改任后方留守。但他已经劳苦终夜，终算尽了夫妻之谊了。

水晶肘护送纪二到了医院，便检查血液，居然还和纪二同型，大夫认为可用。这洪济医院没有器具，还得到别处去借。到九时以后，器具才借来，便正式施行手术。水晶肘卧在纪二旁边，一条细管接连在两人臂上，果然血是人身至宝，力量胜于任何灵丹仙药。待手术完毕，水晶肘虽然身大体壮，也变得面白如纸，眩晕不支。但纪二那焦渣黄的脸，竟渐渐有了血色，现出活气。水晶肘包的是一间头等病房，十分清静。她对纪二不住流泪，只悔自己做事莽撞，虽然输血相救，仍觉补不过罪歉。而且也还不知是否果能转危为安，就直着眼看守纪二，等待转机。到了午后，纪二居然能发声呻吟，并且手脚也不住动弹。大夫前来看过，认为情形转佳，就又施行了一次精细手术，把伤口重新修理。水晶肘因不放心，就问病人怎一直不语，大夫说因为一直用麻醉剂，要他昏睡，否则他受不住这痛，仍要像初伤一样地疼昏，不过行完手术以后，只用止疼剂，大概他也快醒了，到那时再看情形，若是支持不住，还得继续麻醉一些时候。水晶肘本不通医学，只把大夫看作神圣，说什么，信什么，并且把希望全寄在大夫身上，好似大夫具有定人生死的妙术，任何危疾都能治好，只是不肯轻施其技。所以她每见大夫进房，便说好话央告，大夫都听腻了。

及至夜间，纪二才渐渐清醒，懂得睁眼看人，只眼光还觉散漫，显着非常困惑。呻吟了半晌，居然目光凝聚，看着水晶肘，说出了话，含混地问："这是哪里？我怎么来的？"

水晶肘不由伏在床前，痛哭自投，把行凶的经过说了，又表示现在恼悔欲死，倘若你没了命，我也跟着死，你若能活，我卖了自己，也要给你治好。到你痊愈时候，随便怎样处治我，我都情甘领罪。

她哭着说了半天，纪二若明若昧地听着，只说了两句你好你好，水晶肘知道他怨恨自己，就又把臂上针伤给他看，说你失血太多，大夫已不敢保，是我给你输血，把一腔热血都倒给你，才得了转机。你恨我自然应该，可是我后悔你也得明白。

纪二听着并没再开口，又咧了咧嘴，神情十分难看。水晶肘知道他是冷笑，由这冷笑，便可明他的意思，是不承这份情，好似说你现在便把肉给我吃，又当得什么？把人头给砍掉，再给上刀疮药，这能算是善心？有得起初别伤我，不比输血好得多？

水晶肘心中虽有满腹哀情，却无法和病人长篇大论地辩诉，只有哭着说："我实对不住你，你尽管恨我，只别生气，快好了病，哪怕杀了我呢！"

这时纪二已又闭目呻吟永不再理她。水晶肘才想起应该请大夫来，看看他清醒时的情形。就出去托一个护士通知，须臾大夫来到，诊看一下，告诉说情形甚好，不过还得教他再睡一会儿。就又给了些麻醉剂，方才走了。纪二又徐徐入睡，水晶肘也困乏极了，在沙发上打了个盹儿。不多时天已将亮，见一位白衣大夫，正在房中查纪二的热度，等他转过身来，才看出是丁院长。便问他怎样，丁院长说："病人伤这样重大，居然未曾发极度的热，实是少见。倘能如此下去，痊愈希望很大。"

水晶肘听着心中又松了些，便问大概得多少日子，才能痊愈。丁院长说："那也不一定，得看情形，倘若一直顺利，不发热度，伤口不化脓，有个半月可以好了。"

水晶肘又问他好了以后，将要落成什么样儿？可至于残废么？丁院长喘口气道："残废当然不能避免了，我们现在只能尽力保留他的一半功用。"

水晶肘问什么一半功用，院长说："我们只希望伤口不致闭塞，仍保留排泄的功用，至于生育，只怕是不可能了。"

水晶肘听了，红着脸寻思半晌，才想出适宜的话，巧妙地询问道："咳，他才定下亲事，还没过门，照这样说，他就不能结婚了？"

丁院长摇头道："当然不能，残废人本没有结婚的资格。在法律上说，便在结婚以后，有一个忽然变成残废，配偶还可以请求离异，何况还没结婚？她应该把亲事打退了才是。如若不然，日后也是麻烦。而且他既残废，若跟对方声明，婚事自然取消，若是隐藏真相，蒙混着结婚，那就是犯欺诈的罪，在良心上法律上，都说不过去，你想是么？"

水晶肘只可点头道："那就只好教他退亲事。"

丁院长虽认得水晶肘是高义亭的太太，却不知她的底细，见她居然来看这样的病人，心里早已诧异，料着她和病人若非骨肉，必有暧昧。但也不好询问，这时听她说话口吻，宛然像个长亲，才敢把所抱疑团吐露出来，求个解释。就问："这病人是你什么人啊？"

水晶肘对这句问话，早已打好回答的复言，应声说道："他是我兄弟。"

丁院长心想果然不错，除非亲骨肉，谁肯守护这疴病的伤呢？想着就做第二步询问道："你们令弟怎样受的伤？我做了十多年的医生，还是初次遇到这种伤。这当然因为我不是外科，不过也够奇怪了。"

水晶肘听着他的问句，觉得刺耳扎心，但又不能不答，只得装作生气地样儿道："我也不明白，反正是他荒唐惹出的祸。我只顾给他治了，还没工夫查究。昨天夜里，我正睡着，外面有人打门，义亭出去一问，就听外面说你内弟在朋友家得了暴病，他自己教送到这里来，义亭忙开了门，只见三个人搭着块门板，一直跑进院里，放下就跑。我和义亭见他在门板上躺着，急忙给搭进屋里，放在床上，叫他也不应，再仔细一看，才知道受了这样的伤。只可赶紧请大夫送医院，谁还顾得查问呢？"

丁院长听着觉得她所说和本院大夫的报告不甚相符，那大夫曾见着行凶的剪刀，由病人的情形也可看出是在当地受伤，现在她说是被人送回，难道凶手连凶器一并呈缴，以备取证么？想着也不便再问，就说了句真正怪事，向她点点头，走出门去。水晶肘还客气着送他出去，关上了门，坐在沙发上，寻思纪二竟已成为废人，他对那韵宜是白费了心思，自己也算解了仇恨。韵宜把我的人夺去，可是夺到手里，已经不是个整齐人了，看你得意什么？看你还教纪二逼我立字据？但再一转想，就又觉得嗒然自失，做了这件狠毒缺德的事，把人毁了，自己又有什么好处？不过落得被人痛恨，自己亏心罢了。而且纪二痊愈以后，万不会轻

149

易饶我，他便宽宏大量，不加追究，也要恨我一辈子。本来露水夫妻，有聚有散，有几个像我这心狠手辣的？虽说他不念旧情，把我抛闪，总没有要命的过节儿，我何至在死里照顾他呢？回想这几年的情好，又怎的就下这毒手？想着心中说不出的难过。这就是嫉妒心理的反应。好比兄弟争产，最末分到一只价值连城的宝瓶，谁也不肯相让，争夺的结果，宁可把瓶摔碎，但到真个粉碎以后，看着满地碎屑，也未尽不发生懊悔可惜的心情。以落个大量，博得好，这瓶若能用仙术还原，重归完整，他们的争心便重复发作，绝不相容了。

水晶肘正在想着，无意中抬头一看，忽瞧见纪二的两只大黑眼睛，不由吓了一跳。再一细看，敢情纪二已经醒了，侧着脸瞧看自己，眼眶中汪着泪，所以显得有些发亮，并不似第一次张眼时那样呆暗，脸上却带着冷笑。水晶肘本以为纪二正在睡着，却不料他已醒，而且脸上做如此变相，心里十分害怕，几乎叫出声来，连忙定了定神，挣扎着向他说道："你醒了，可要喝点水么？"

纪二点点头，张口欲语，却未出声。水晶肘忙倒了些温水，用小壶递到他嘴边道："你这时好些了么？"

纪二脸上仍带着冷笑，只看了看她，并不说话。水晶肘端详他的脸，心中猛又想到方才大夫的话，莫非已被他听见了，就又揪着心问道："你方才醒……醒了一会儿吧？"

话未说完，已由纪二的神色明白自己你是多问，他若不是听见，绝不会有这态度。纪二果然发出嘶哈软弱的声音说道："我醒了半天了，我全听见，很好很好，我谢谢你。"

水晶肘扑地坐到床边，震得纪二哎哟一声，水晶肘忙又立起，惊慌说道："怎样？震疼了你么？"

纪二冷笑道："不要紧，人都给毁了，还管我疼干什么？"

水晶肘听他说话，知道把自己恨入骨髓，自己无论如何殷勤护惜，就把心挖出来给他吃，也不易转换他的感情的。想着心中难过，待要分辩，但方才已经说过，再分诉也不过重述一遍，依然没有效果，便只剩了流泪。

纪二看着她，咬牙笑道："你哭什么？别猫哭耗子，现在你还不乐？把气全出了，外带杀人不偿命，把我毁成废人，却给留口气。这主意你怎么想来？相好的，交了你这些年今儿才认识。"说着把嘴一咧，脸上越发难看，好像把怨毒都发露出来。

水晶肘听他断断续续地说出恨话，面上又做出这样表情，直如刀刺肺腑，由床边溜下，跪在他面前，悲泣道："你说得不错，我实在万恶，起先怎样凶神附体，就把你伤成这样。我简直不敢想，现在也没法跟你说，反正是我伤了你，将来就把我杀了，也不算过分。可是现在……只求你信我，现在真后悔了，真亏心了。我心里的伤，比你身上的伤还疼万倍。这话也不求你信，只可别再生气怨恨，好好儿养着，我的罪已经定在那里，好比判完罪的囚犯，收在狱里，随时都可以处置。等你病好，用不着费事，只说句话就得，教我上吊，我不能跳河，教我抹脖子我不能服毒。你就暂时想开些，别跟我计较。我尽点心，赎点罪吧。"

纪二听着鼻孔中冲出一股气，冷笑道："好啊，你说得真好听，我谢谢吧。可惜我不能动弹，要不然下地给你磕响头了。"

水晶肘听他越说越腔儿不亮，知道再说也是没用，只伏在床边痛哭。纪二瞪着眼怔了半晌，忽然叫道："喂喂，你哭得不早些儿么？我还没咽气哪。"

水晶肘听了急忙忍悲住声，颤抖着道："咳，我知道已经冷透你的心，再说什么也不成了，你只往宽处想，别把我当我，只当是伺候病人的老妈子，成不成？"

纪二道："眼瞧着是你，怎能不当你？"

水晶肘道："就是眼瞧着我，心里别想我的过处，成不成，我这是为你啊？"

纪二冷笑道："我看着你，怎能不想你的好处？你待我太好了，德太大了。你可记得当初，我那去世的女人，生产头一胎孩子，因为难产，派人到你家叫我，你竟把来人给打发回去，连个话也不告诉我。到我女人生产难下，又没了人做主，直耽误到将要断气，又派人来找，你知道不能再瞒，才对我说。我赶回家去，人也不行了，赶着再送医院，可怜竟死在路上，一母一子，全断送在你手里。现在又把我弄成残疾，只是保住性命，也注定断子绝孙了。你不但害了我，连我姓纪的一家，全给绝了种。真不知前世有什么冤仇？"

水晶肘听着，想起旧事，觉得他责备得不错，自己确实断了他的后代香烟，不过在当初只为和他那个亡妻争醋，把住他不放回家。现在对韵宜嫉妒，把他当作禁脔，宁可毁坏，也不令他人染指，都只为一时快意，并没想做缺德事，哪知竟弄出这样重大的结果，自己实在罪孽深重，就是千刀万剐，也对不住纪二。但自己现在便死在他面前，也没了用，对他忏悔，也不能得他听信了。想着只有哭泣。纪二说完，似乎十分劳乏，闭上了眼，再不理她，随即睡着，又不断发出呓语。水晶肘似乎听出是叫韵宜，想起他从白天的呓语，便是这种语调，不过声音含混，自己未甚理会罢了。当时反觉刺心，又哭了半晌，越想越难过。自觉地位非常难处，对纪二空怀万分好意，纪二只记着仇恨，绝不领情。而且时时表示厌弃，想尽心也无法尽心。但是在情分上在良心上，还是必须尽心。这真太难了。又过一会儿，她还得挣扎着起来伺候。

跟着大夫又进了一次，给病人吃药打针，纪二被闹醒了，等大夫出去，水晶肘明知受不到好处，仍低声柔语，问他可想吃点东西，已然一天一夜没用饭了。

纪二看着她摇摇头，忽然现出和蔼的颜色道："我求你件事成不成？"

水晶肘道："你干吗说求？想怎样就告诉我。"

纪二道："我求你回家去歇歇，别在这里管我。"

水晶肘好似被打了个嘴巴，心中说不出地委屈，只得忍着说道："我……我走了，你……谁照顾你呢？"

纪二道："医院里有的是看护，就雇几个伺候，我也花得起。好在我这老绝户，有钱也不用给子孙留着。"

水晶肘又挨了个大嘴巴，眼泪直流下来，悲声道："你是跟我解不开这扣儿了，可是看护伺候你能……"

纪二接口道："她们就是不好生伺候，我还落个心里舒服，再说我还有人呢，你去把韵宜叫来。"

水晶肘听着初觉一怔，随即悟到他说的是韵宜，不由伤心叹息。纪二冷笑道："到这时你还嫉妒么？我这废人，还有什么指望？不过要见她个面儿，交代句话，至多她看守我几天，还会长得了么？你就费心去叫她一声吧，她来了，你就请回，不要再到这里看我，我说实话，就算你方才所说全是真的，本应害死我，只因没给害死，你倒把心变好了，对我疼爱万分万万分，无奈我的伤是你干的，你在眼前，我的伤口就分外疼，我心里也分外难过，该一月好的，半年也好不了。你自己想想，犯得上费力不讨好么？得了，我现在已不成个人，你何苦还跟我操这份劳，尽这份心？你若怕我病好了对你报仇，不得不装模作样，安我的心，那才叫没用。你砍掉人家脑袋，便给上十斤刀伤药，也当不了偿命。我若想报仇，又岂是这小意殷勤就能打消的？可是你请放宽心，要我立字据都成。"

水晶肘听他说自己的殷勤完全为着恐惧后患，更绝不信是出于后悔，更觉心痛。但纪二仍催她快去叫韵宜来，水晶肘无可奈何，只得答应，就问明韵宜所在，出房下楼，到院门外坐上车，直奔旅馆而去。

在路上昏昏沉沉，也没注意被途人指目议论，因为她的魁梧状貌，已易惹眼，这时又经日无眠，哭得脸上虚肿，眼泡青红，身上更揉搓得不成样儿，看着十分可怕。及至旅馆，寻到韵宜住室，敲门不应，就推门而入。见韵宜还在床上睡着，一副海棠春睡的样儿，令人生怜。粉融融的俊脸和美丽的衾枕，衬托生姿，大有新嫁娘的韵致。水晶肘看着，心里直说不出什么滋味，只觉羡也羡不上，恨也恨不上。怔了一怔，才向前推她。韵宜由梦中惊醒，看她的神色形容，大受惊吓，当时不问来由，水晶肘才渐渐地把实情述出，并且自陈悔恨之意。韵宜听纪二受伤甚重，大吃一惊。同时也甚为动心，但动心的程度，只如听到什么亲人的凶信，惊痛的成分多，而怜惜的成分少。因而对于水晶肘，虽觉得可恨，却不至于切齿。这就因为她对纪二只有感情，而无爱情，只是朋友，而非情侣。但水晶肘却以为她已和纪二有了特殊关系，恐怕要对自己拼命吵闹，心中惴惴不安。及见韵宜没有暴厉举动，才又凑近她身边，含悲低语，先向韵宜道歉，意思似已把韵宜认为纪二的正式太太，自言毁了她的幸福，罪该万死，又辩白自己怎样在当时好似凶神附体，不能抑制，才做出这样恶事，但事后随即明白过来，又怎样自痛自恨。不过纪二不肯相信，这本难怪他，倘若有人把我伤到这样，任凭说什么，也解不了我的冤仇。不过我并非怕他记恨，怕他报仇，你要明白，我现在万分亏心，很愿意把这条命报他的情，赎我的罪，绝没有把生死放在心上。现在所盼的，只是对他多尽点心，花我的钱，尽我的力，把他的伤治好了。到他出院那天，我死在他跟前，绝不皱眉。可是纪二绝不许我这样，只往外赶我。方才教我请你到医院跟他做伴，却不许我再回去。

水晶肘说着泪流满面，又哽咽说道："我实在对不住纪二和你，简直是你们的大仇人。现在说这话，你得打我嘴巴，不过我的心思，你也许明白，我活了三十多岁，曾嫁过三个男人，可是只爱纪二一个人，并且已经好了这些年。他忽然断义绝情，定要

154

抛闪我，我实受不住，才像发疯似的闹出这事。其实都是因为爱他，越爱才越恨啊。不过事后明白过来，我又怎能不后悔呢？可是后悔有什么用？我明白一切全完了，他伤我的心，就是神仙也转不过来。我算从此把他失去了，我没了他活着还不如死，何况还担着大罪。所以现在只盼望他把我当作个要死的人，既然好过一场，到这时候还得多看一步，伺候他的病，就算他在旁边送我的终。到他病好出院，我绝不再麻烦，他也不用管我是什么收场结果了。纪太太，你也别想我的坏处，只体谅我这点心，做点好事，替我跟他说句好话，留我在医院伺候，你只当我是……好比是犯死刑的罪犯，临到要正法的日子，还给有个特别怜恤呢。好太太，你可怜我吧。"

韵宜听着渐渐明白她的心意，暗觉惊诧。自思看这水晶肘不出，她对纪二竟然真有爱情，妒极行凶，以及事后追悔，都是爱的表现，而且由她语意中，可知对过去追求，对将来绝望，已经下了以死相谢的决心。现在所希望的，只剩给纪二守护，做最后的短时期厮守了。看来这人倒是有心，虽伤了纪二却未尝对不住纪二。可是纪二只怕不会原谅她了。想着倒觉得替她难过，便道："你别叫我纪太太，我和纪先生一点儿关系没有，谁是他的太太……"

水晶肘怔了一怔，道："怎么……难道你们还没……"

韵宜接口道："还没什么？你不要脏心烂肺，胡乱猜疑，你总知道我是被他骗来的，虽曾答应嫁他，也不是出于本心，这个不必跟你说，现在要我去看他，自然可以，他这两天对我倒是不错，至于你托我的事，我一定替你说到，不过他应不应，我可没把握。"说着跳下床，便喊茶房打水，匆匆洗漱梳妆。

水晶肘听了她的话，满腹狐疑，不知韵宜是何心理，她本梦想不到纪二在韵宜跟前，竟变成个极顶好人，硁硁自守，秋毫无犯，还以为韵宜已经实行就了纪太太的职任，如今听自己说纪二残废，知道实任变成虚衔，势成幻境，又想另做他图，所以矢口不认。水晶肘这才叫以小人之心，度君子之腹。但她也不敢多问，只寻思倘若韵宜对纪二变心，自己或可重收覆水，那时必摆脱一切，和他终身厮守，也教他明白自己的心，但现时终需求韵宜代为转圜，也不敢惹她不快。等了一会儿，韵宜梳洗完毕，穿上外衣，便和水晶肘一同出门。水晶肘在旅馆附近，雇了部汽车，立等着开出来，一同坐上，直奔医院而去。

到了医院，打发了车子，便走进病房。韵宜这时本已对纪二有了相当感情，未入病房，心中已觉凄惨。及至看见纪二的萎缩神情，不由触动女孩儿的柔软心肠，猛把眼圈儿红了。这时纪二正在睡着，房中悄然无声，韵宜和水晶肘并立床前，心想前夜从旅馆走时，还是那样健壮愉快，如今只隔了一夜，竟变成奄奄欲死，未免令人可怜。想着忍不住流下泪来。回头看了水晶肘一眼，意思是说这都是你干的，你怎么这样狠呀？水晶肘看她落泪，心中又觉诧异，暗想这女子看见纪二，竟难过得哭了，可见是已有了夫妻情分，方才她还跟我抛清，不说实话。但水晶肘哪里知道，韵宜这副痛泪，完全出于慈悲之念，常见好心肠的小姑娘，因为死了个自养的鸡雏，可以心疼得哭一天，家中丢了一只小猫，可以想得两天不吃饭。韵宜此际眼泪的来由，也是同样道理，和水晶肘所想的大相径庭。

当时水晶肘便低声问道："现在叫醒他么？他醒了看见我，怕要生气，要不我先出去，等你给说好了再进来？"

韵宜摆手悄然说道："先不用叫醒他，你也不用出去。"

说着便后退两步，坐在沙发上。水晶肘也坐在旁边，又低声诉说诊治的详情，韵宜又摆手教她不要说，自己低头沉思，纪二叫自己来为着什么，自己又该如何应付，但还是想不出个所以然。纪二已经醒了，他睁眼先看见水晶肘，方觉嗔怒，但眼光随又扫到韵宜身上，神经大为震动，再顾不得水晶肘，只觉胸中冲出一股热气，到了喉咙以外，变成挟带快感的欢悦声音，叫道："哎哟，你来了，怎么不叫醒我？"

韵宜正低着头，闻声举首见纪二已醒，正向自己说话，就立起走到床前。水晶肘也想跟着上前，但欠了欠身，又复坐下，看见纪二凝望着韵宜，满面都是欣慰神色，而且面上突由原来的死灰色，上面现出一层红光。虽然一瞥即逝，但已可看出他和韵宜见面，内心如何欢畅。同时可以明白自己必是适成反比，被他看见，不知如何厌恶恼恨？立刻爽然意尽，不敢上前了。

那纪二见韵宜走到床边，笑着说道："你可来了，我从一醒过来就念记你，方才听见信儿很吃惊吧？这两天在旅馆里，无人管你，一定很寂寞，我真想不到有这事……"说着面色突转凄惨，流下眼泪。但同时还点着手教她坐在床边。

韵宜本来心软，见不得人哭泣，又听他在这性命交关之际，还关心自己在旅馆寂寞，不由鼻头发酸，也陪着流泪。旁边的水晶肘看着，却觉心中泛酸，由酸生苦，也跟着落下教人知情的泪。床上的纪二看见韵宜流泪，心中难过万分，忍不住咧着嘴哭起来。

韵宜坐在床边，含悲劝他不要伤心，养病要紧。纪二哭了几声，急忙咬牙忍住，缓了缓气，才叹息道："我还养什么病？别人害多重的病，只要好了，还能复旧如初，我好了又将如何？咳，那混账女人害苦我了，我好比狐狸修行，眼看要成正果，哪知在升天的当儿，遭了雷殛。若在前些日给我这么一手儿，我都不恨，现在我已经得着了你，眼看要做好人，过好日子了，她偏在这当儿毁我，老天爷，简直不如把我一刀杀了，我再过十万年也忘不了她这好处。可恨死我了！"说着话眼光又转到水晶肘身上，喘着叫道，"我说你还不肯饶我？非得把人堵死了不甘心哪？你就积点德，快躲开我吧！"

水晶肘不敢作声，甚为瑟缩。韵宜只可说道："你别记恨高太太，她现在已后悔得了不得了，托我求你不要赶她，许她在这儿伺候。"

纪二听着皱眉咧嘴地道："得，你别说了。她现在便是后悔，不也把我害完了？便是替我做六十四天道场，再许上山拜庙，把世界的名山全都拜到了，我不是也就这样了么？但替我求求她别再拣好听的说了，只离开我比什么都好。"说着又向水晶肘道，"你快请吧，难道到这时还不肯饶我？"

水晶肘听着心如刀绞，知道纪二相恨的心，坚如铁石，万难移转。只是仍舍不得抛下他回家，而且觉得在这里强颜磨赖，纪二的白眼相加，毒口相骂，虽然比受什么重刑还要痛苦，但看着他总还能在万分痛苦之中，得到一分安慰。若是自己回家，独坐房中前思后想，恐怕一时也不能忍耐，不是发疯便得寻死。她因这样想着，就决意为厮守纪二所得的一分安慰，甘受万分痛苦，赖着不动，脸上现出好像教徒受难祷天的哀恳神情，双手合十，向着纪二眼泪好像泉水般涌下来。纪二看着毫不感动，只咬着牙骂道："你真没脸，还赖个什么意思？我我……可惜我不能动弹。"说着转眼望望韵宜，似乎想教她代为驱逐，但转念又觉韵宜面嫩心软，怕当不了这差使，反而害她为难。就叹了一声道："你是欺负我不能下床，咳，遇到滚刀筋，真没法儿，难道你自个儿也不嫌讨厌？我不知你赖在这里想干什么！哦，我明白了，你是怕我跟韵宜背地算计你，要不然就是想听听打什么体己。你也太操心了，我到了这时候，还有什么可说？更没有背人的话。我只是讨厌你，并不是背你，你不走就听着，好在我本没把你当人，只当一条死狗好了。"说着喘了一喘气，向韵宜要水。

韵宜立起寻水，水晶肘忙跟着张罗，纪二不理她，只向韵宜道："劳你给我斟吧，若沾了别人的手，我可不喝。"

水晶肘听了，好似触着冷冰，闹了个透心凉，怔了一下，只得把暖瓶所在告诉了韵宜。韵宜倒入杯中，递给纪二，喝了两口，他便拉住韵宜的手，教她坐在床沿，凄然说道："我找你来有几句话说，你好生听着。"

韵宜不知道他要说什么，只怔怔地望着，纪二未曾开口，又流了泪，悲声说道："你自然也看得明白，我是完了。天啊！我争了半世，现在才要改邪归正，安分守己地享受后半世，也别说我是先安下这种心，才拉你做伴，也别说我是因为你才生了这种心，反正我已经把咱们的道儿都安排好了，哪知在这时候会出了大错儿。好比才盖成一座大楼，里外全布置停当，只等搬进去住，恰巧就一阵天火烧了个片瓦无存。这不是命么？现在我什么指望全没有了，昨天咱们说定的话，全都取消。咳，你我的岁数，本差得多，你又是书香人家小姐，我是……我简直是街面上的局面混混儿，两下差着八千里地。你嫁给我实是委屈，我娶你是自己昧着良心。不过我实在太爱你了，明知不般配又舍不得放开，只可想法儿补我亏的良心，补你受的委屈，才决意从此学好，教你永远过舒心日月，并且尽着我的力量，教你快乐。等过门以后，把家产全交给你，由着性儿享受。这样还未必准能抵上我对你的亏欠。本来你是名门小姐，应该嫁给门当户对年当貌对的人，我好比狗屎，硬把鲜花往身上插，怎样也对不住鲜花啊！还是昨天的话，现在我更不如狗屎了，若再想作践鲜花，简直得遭雷殛。所以特意叫你来，把话说开，咱们定的婚姻，从此一笔抹销，你不用管我，自己另打主意。愿意回家就回家，若是因为你父亲对你丧了良心，或是讨厌你后娘，不愿回去，那你想上哪里去由你的便。用钱不必发愁，我有的是。再说句不该说的话，你若有可心的人，想要嫁他，我也照样帮忙。你还是不用客气，我无儿无女，自己又成废人，空有财产，又给谁留着？既爱了你一场，你就算我独一份的亲人。只有你配用我的钱。"说着见韵宜不语，又道，"我知道你脸皮薄，也不必问你想要怎样，也不必问你用多少钱，等我稍好些，就教人凑几万现款，用你的名字

159

存在银行，你拿了存折就可以走了。不过还得等几天。我只求你这几天里，留在医院伴着我，教我舒心适意地享几天福，省着讨厌鬼在跟前堵心。好在我已经成了这个样，总不致有什么嫌疑。你可能答应我么？"

韵宜听他说到半截，心中已感动，觉得纪二竟如此好心，以前为自己想得那样周到，现在一遭变故，立刻翻然改计，专为自己前途着想，不特自动取消婚约，而且尽力资助。由此可以证明，他对自己的爱情热烈真诚，丝毫无伪。他一个粗人，如何会能这样？在昨日我还难于相信，现在不可不信了。想着已泪流满面，最后听他说求自己保守几日，等凑齐款项，拿着银折再走。想到自己既发现他的真情，怎忍便走？何况他既因残废而辞婚，自己本来没想真嫁给他，但现在他已经残废，不愿再作践我的青春，才决意取消婚约，同时自伤幸福全丧，哭得这样可怜，我倒不忍舍开他了。韵宜在他没废以先，并不知他有这样真情，所以对于婚事，只认为是他的一厢情愿，连考虑也不肯考虑，只认为一切悬殊，绝无可能。现在他既残废，同时露出真情，韵宜大受感动，竟把他的劣迹缺点完全忘记，只觉他可怜可悯。寻思他本把全部希望寄托到自己身上，如今只为变成残废，就放弃本身希望，只替自己着想。可见他的爱情，深到什么程度？而且说得那样凄惨，预备尽力成全我得到良好结果，他自己却是万念俱灰，甘把余生付诸寂寞痛苦了。就因为他有这样好心成全我，我怎忍得舍弃他？他要牺牲幸福，我却不能教他牺牲。韵宜想着，已生了认为兄妹的心意。这心意完全仍由于慈悲之念和感情之忱，她那纯洁的心，绝没以残废为意。在她看来，纪二的伤，只如折损肢体残损面目一样，女子所要的是男子的真情，肢体稍有残缺，不足为病。若是因为残废有所嫌恶，那还是无有真爱。韵宜对于纪二本无爱情，更谈不到婚姻，只为发现纪二的真情，她也不由生了慈悲，以真情相报。虽知纪二伤创情形，却未介意，这就是处女和妇人的不同。韵宜又因纪二所说的话，想到自身无可栖止。第一家中已恩断义绝，万万不能回去。第二亲友稀疏，且也久无来往，万不能登门投止。第三自己本身生过爱恋的人，只有一个程雪门，又已回到他太太身旁，把自己弃于一旁。纪二所说三条，全是等于虚话。自己绝无可依之人，可投之处。在情在势，和纪二认兄妹最好。并且为报答他的情意，解除他的痛苦，也是义不容辞。至于自己前途不为牺牲，虽然年龄相差，但他有真心，我照样能够幸福。何况他曾立誓学好，还可以博个志趣相同呢？

韵宜想着，怔了半晌，尚未开口，纪二眼巴巴望着，以为她心意全变，连伴我数日都不肯答应了，不由面上渐露失望之色。水晶肘看着，真以为韵宜不屑和这病人做伴，心中暗暗称愿，觉得纪二把韵宜看成天仙，她连伺候几天都犹疑不肯。这倒很好，只盼她驳了，闹成决裂，那时你也许回心转意，用得着我了。

这时纪二已忍不住问道："你可肯伴我几天么？这是我最末后求你的事，并且知道这里很闷人的，不过……"

韵宜直着眼儿，摇了摇头。纪二心中完全绝望，知道她是拒绝了。水晶肘心中大为畅快，觉得韵宜如此寡情，纪二必将大受刺激，或者把心回到自己身上。哪知韵宜摇着头忽悄然说道："不，我怎能只伴你几天？我从此再不离开你了。"

水晶肘听了，猛然把眼睛瞪大了一倍，嘴也张大了一倍。纪二也信不及自己的耳朵，失声叫道："怎……你你……"

韵宜又重复说道："我要久伴着你，不是只几天，你方才说取消婚约……咳，我实告诉你吧，那话你说错了。本来没有婚约，说什么取消？你要明白，从前天你把我骗到王奶奶那里，完全用的欺压手段，我心中只有恨你，无奈你的罗网太密，我逃不出去，只可另打主意，才假装答应，想教你把我搬到别处，好得脱身。不过我很知道这事不大容易，只怕你不肯上当。哪知和你一说，你竟那样敬重我，毫不犹疑，完全听从。跟着就把我移到旅馆。我本想走到路上，便喊警察告你，不料在起身以先，王奶奶看透我的意思，屡次用话点你，你却全不理会，一点儿也没防备。我倒不好意思喊警察了。到了旅馆，我看你没有逼我的意思，自己又没处可去，就暂且住着，预备几时你一逼我，我就逃跑。所以我对你说的话，全是假的。我没一点儿嫁你的意思。你方才说取消婚约，这婚约在哪儿写着呢？至于我要你逼高太太立字据，那是成心难你。明知高太太也不肯写，你大约不能对她这样要求，结果必然驳了我。我借这碴儿，可以抵挡你，拖延你了。哪知你对我的话百依百顺，竟跟高太太真个说出口来，才惹出这件祸事，把你毁了。你现在把我叫来，开口就说取消婚约，虽然这婚约在我认为没有，不过在你却认为是有的，并且信我愿意嫁你，才说取消的话。我从这上面，才知道你是真爱我，若没这件事，还看不出来。因为昨儿你要娶我，还多半为着自己的幸福，今儿要取消婚约，便已将你自己看轻，只想成全我了。我就因为你这片心，待我太好了。再说我有家等于无家，有亲人等于无有，既然你说明此意，只顾为我打算，我有一句话说了出来，不许驳，还不许你说别的话。我打算拜你为义兄，你看顾我这苦命弱女，遂说是我个人的事，不能我自己主张，我不管你残废不残废。"

纪二梦想不到，韵宜竟将她的心意完全表白出来，才明白自己几乎被她骗了。在自己认为婚约已定之时，她并不承认，只想逃跑。直到今日，自己宣布取消婚约，才感动了她，反而变计认为兄妹，这真是离奇变幻。但纪二得到她这样好意表示，也并不能欢喜，反而怃然生感潸然泪下，怔了半天，才叹息说道："我明白你的意思，你是因为我的好心，才感动你的好意，决意不离我，可是现在又因为你的好意，更感动我的好心，我更不忍抛你了。你说的我全应你，等我好了再正式认亲。"

韵宜一听，不待他说话，就连鞠了三躬，叫了声哥哥，自己又道："这可有了亲人，有了依靠了。"

纪二说："你若可怜我，就多在这里伴我几天，我已经知情不尽了。"

韵宜微笑道："你好了以后，不是照样能够走路，照样能够说话？你放心养着吧，昨天你曾说，把原来干的不规矩营业，全都取消，从此改邪归正。并且你的财产也够后半世用了，无须再干什么。以后只带着我上各处游历，享受几年清福。这话是不是你说的？"

纪二道："是我说的，无奈现在……"

韵宜摆手道："不用无奈，我只问你，昨儿许我的话，和残废可有关系？不是照样还办得到？办得到就照样办。你不要变卦，我知你家里并没有亲丁骨肉，只剩了孤身一人。现在既不娶我，在日后也不会再娶别人。这样一直下去，岂不太可怜了？我呢也和你一样，只多个父亲，现在又断义情，在这世界上一点儿依靠没有，一点儿指望没有。咱俩同病相怜，就当是朋友，也可以凑到一处做伴，互相得些援助。你就不用多说了。"

纪二听了道："韵宜，你还是小姑娘，不明……我说的话。咳，你还年轻，好似一朵鲜花未开，怎能跟我已半死的人过一世？你别傻吧。"

韵宜摇头道："我一点儿不傻，你要明白，这次是谁害你的？"

纪二道："那还用说，狠心的女人不就在你身后坐着？"

韵宜道："你指着高太太么？只怕不对，你若仔细想想，就明白不是她了。我若不迫你跟她要字据，她就会做出这种事？所以我承认这完全是我的罪过。也可以说是我把你害到这样。我自己做的事，应该自己承当，你就不用管我，我这是凭良心，自己愿意。"

纪二听韵宜情词恳挚，不由从感谢中又生希望，他本不是有学问的人，有道德的人，这次对韵宜的好心，虽出于爱情，却是由于一时的冲动，并不同于有学问的人抱定宗旨，始终不摇。他起初因爱韵宜，不忍作践她的青春，才提议取消婚约，及见韵宜说出认兄妹的话，他虽劝导了几句，但心中却不免感动了，觉得韵宜既甘心情愿，自己又何必苦苦推辞？再想到她孤身无依，正需要他来照拂。世上尽有耄耋老夫，娶少女为妾，和兄妹又有什么两样？虽自己有缺陷，但有大量财产供她享受，并且一切任从她自由，足可补上这缺陷了。何况这又出于她自己情愿，并不是我威胁强迫呢？再寻思自己前途，有她共同生活，便是柔乡乐土，有机会拣人貌相当叫她嫁人。

　　想到这里，再不肯坚持，向韵宜看着，叹息说道："你说了半天，全是替我想的话。当然我没有你不能过，你认我为兄的福气大了，可是你也该替自己想想，认个残废人有用么……"

　　韵宜接口道："我不用想，我说个比喻你听，在我十来岁的时候，正在私立的洁修学校上学，校长就叫陈洁修，已经是四十多岁的老姑娘了。她有个亲姐姐，比她大两岁，自幼便得什么软骨病，瘫在床上，不能走路。姐妹此外又没有近人。陈洁修因为关心姐姐，恐怕自己出嫁她便无人照管，势必折磨致死。而且女子嫁人，在理又不能带着个残废姐姐，同上花轿，便是能带着同去，夫家也未尽长久相容。于是她就决意不嫁，创立一所学校，白天教学，晚上和姐姐做伴。外人都非常敬重她，有的还希望娶她为妻。陈洁修每逢有人做媒，就回答说已经出嫁，媒人问她嫁了谁，她说嫁了姐姐，预备从一而终，永不变志了。我在小时就十分佩服她，并且看她过的日子也非常快乐。现在你就算陈洁修的姐姐，我就是陈洁修。认了兄妹不用再说，我要在这里，谁也赶不走我，你就老实养病，不要劳神。"

　　纪二听着眼泪汪汪地道："你一定这样，我可说什么？咳，我本来看着自己，已和死了差不多，觉得以后只不过是个带气儿的死人，世上的事都没我的份儿了。现在叫你这一说，好像是我从地狱里提出来，觉着还活得过儿。反正我以后只仗着你了，过一天好日子，也是你给的。现在我同你立誓，等我好了出去，就将家产全交给你。"

水晶肘这时在旁听着，纪二和韵宜，一个好心，一个好意，好换好儿，竟仍好在一处。纪二因关于韵宜的幸福，宁可自受凄凉，定要取消婚约，韵宜却可怜纪二的孤单，居然认为兄妹，定要维持她以前并未认可的约言。两方一推一让，看着真觉恩情美满，意致缠绵。但入到水晶肘耳目之中，便完全变为讽刺，觉得男女之间，敢情还有这样一种境界，自己却只懂得抢夺男人，争风吃醋，吃醋不已，继以行凶。如今看着他们的情形，才知自己太没趣了。韵宜这样行事，纪二更要把我看得不成个人，而且他们现在已经决定维持兄妹，我原来所希望的，更算完全断绝。人家兄妹一向情愿，我就想在这里伺候，也不可能了。想着又悲又愧，忍不住又失声哭了起来。

韵宜回着看看她，知道她因听了自己和纪二的话，绝望伤心。在未来时，自己对纪二还处在超然地位，所以许着她代说好话，恢复感情。但现在自己和纪二正式认了兄妹，却不能再教纪二收容这个外妇了。不但我自己有地位维持，有权利需要保护，就是纪二，为着我的缘故，也万万不肯沾染她了。韵宜想着眼望水晶肘，深感无法应付。纪二也明白水晶肘的心意，就向她叫道："喂喂，你哭什么？莫非听见她认我为兄，你觉得白费了力？并没有把我害死了，才这样难过么？哈哈，你岂止没害死我，倒把我成全了。你没听见妹妹说，以前一直是对我哄弄，几时我一真要追她，她就逃跑，现在经你这样一来，她才看出我的真心，正认我为兄。这不是你成全的么？得了，现在我们大局已定，你还有什么道儿？就是像方才我说的，因为伤了我觉得不过意，想要在这里伺候些日，自尽其心。现在，这里已经有了韵宜，她伺候我也是正理。你若不是成心搅和，可就应该避嫌。我们虽不同胞，但人家兄妹同居，你这外人总不能胡乱说话，若还说没脸的话，拉扯当初的关系，赖着不动，我就教医院的人往外赶你。要明白咱们的关系，已经被你用剪刀剪断了……"说着缓了缓气，又道，"你若还是安着歹心，想要再抽冷子给我一下，我现在有韵宜看护，你也没机会下手，就趁早死了心，去你的吧。人有脸，树有皮，你也得知些意味，还教我说什么？"

水晶肘听着怔了半晌，知道他对自己绝无原谅之望，莫说谅解，便再想停留片刻，他也不肯允许了。其实自己并没别的指望，只是懊悔做事狠毒，想要对他稍尽尽力，以补罪过。如今他既执意相仇，毫无转圜，料想我这片心永也不能使他明白。水晶肘知道希望尽绝，并且在这情势之下，也实觉凛乎其不可留，就立起说道："你不用赶我，我走，我这样低三下四，是为什么？你都给想讹了。可是也不怨你，谁教我害了你呢？不过我为什么害你，你也该想想，方才韵宜说得明白，若不为她，我怎么也做不出这件事。实在是为……咳，这些都是废话，说也白说。我只伤心白跟你交了这几年，到头儿落了这样结果，你还一点儿不体谅我的心，只记我的仇。我这一肚子委屈，真没处去诉。其实你现在又跟韵宜把亲事说定，莫说我还在你们身上做损阴骘的事，就是没做这事，我也得赶紧躲开，不能在这里强赖。你放心，我走是准走，不过在我走的时候，你可以给我个好脸儿，说句不再恨我么？这样我以后再回想今天，可以心里舒服些。你可别疑惑我蹬鼻子上脸，你现在给句好话，日后还要跟你纠缠，那是万万不会的。我还可以给你立个永断葛藤的字儿，只要你说不恨我。"

韵宜听着水晶肘的话，心中十分感动，才知她不特对纪二具有真实的爱情，而且还有悱恻的情怀。由此更可知她的伤害纪二，确由于爱的冲动。事后万分愧悔，而终得不到纪二的谅解。

如今情势改变，她已完全失望，还央求纪二给个笑脸，说句好话教她留个最后的美丽印象，借以温慰凄凉的心。就和昔日在影片上所见，一个人亏负朋友，因而绝交，但到那个朋友病重将死，他竟不远千里，赶到病榻之前，说明忏悔，请那朋友恕他，以解除良心上的担负。那朋友也发动人类高尚的感情，允许恢复友谊。虽然这友谊十分短暂，两个人互相握手，一个泪流满面，一个含笑而逝。在凄凉空气中，构成一幅最感人的图画。凡是稍有知识，稍有情感的人，都觉这幕比男女恋爱的哀情表演动人，自己曾落了很多的泪。现在水晶肘和那影片中人虽然不同，心绪却很相似，只是没有知识说不出所以然，但很叫人感动了。纪二实在应该如其所望，给句安慰的话。她这时太可怜了，想着就转脸望纪二，希望他说些宽大的话。但哪知纪二却没有这样高尚思想，他听了水晶肘的话，只觉诧异，心说反正是跟你完了，临别的好脸歹脸，好话坏话，这又有什么关系，而且你既把我害到这样，我恨你还恨不过来，又怎说得出好话，做出了好脸？你说得我原谅，以后回想可以舒心，这才叫扯淡，你害得我终身残废，我还管你以后舒心不舒心呢？大概你还是恐怕我将来报仇，所以要从我口里讨句不究的话，好得放心。我本来不想报仇，可是若这样叫你放心，那未免太便宜了。

想着又见韵宜转面相看，目光莹莹，似乎含着殷切的盼望，纪二又会错了，以为韵宜既和自己既成兄妹，立在同利害的地位，她也必深恨水晶肘，现在对自己祈意，必是不教答应水晶肘的请求，就冷笑道："我说高太太，你也太精明了，昨儿是切掉了脑袋，给上刀疮药，外带猫哭耗子，现在你又来这里套杀了，不许喊冤。好比戏台上诸葛亮把王平打了四十棍，王平还得谢丞相不斩之恩。可惜我不是王平，你害了我，就记住你害了我，要我赔笑脸说好话，我还没那贱骨头。得，你就别磨烦了，快请吧。"

韵宜听他一说出和自己意思相反的话，不由爽然若失，看着水晶肘很替她难过。水晶肘这最后的小小请求，也被拒绝，不由满心冰凉，再也不想留恋，立起点点头道："好，你是跟我解不开这扣儿了，我还有什么可说？咳，我自己不再麻烦，方才我忍气吞声地赖着不走，还是想要表表我的心。现在我知道没指望了，还麻烦什么？我走了，从此以后，你自然不肯再见我，我怕你讨厌，也不敢再见你。这就叫各自东西，越走越远。我只盼你们俩永远这样有情有义，白头到老，别落到我这样的结果。"说完转身就向外走，到了门口，又回头望望纪二，更不作声，就悄然出门而去。

　　房中二人见她走了，似乎都有些心动，呆然相视，过了半晌，纪二才吁口气道："阿弥陀佛，她走了。"

　　韵宜摇头道："我瞧她真有些可怜。"

　　纪二道："怎么着？她害了我，我并没奈何她，你怎倒说她可怜？"

　　韵宜道："她做事虽恶，都是被咱们逼出来的，何况她已经后悔了。我看她心里的难过，比给的伤害或者还重得多，所以在临走时，央告你说句好话，你却只是不肯。我看着都怪替她伤心。"

　　纪二道："怎么你还替她伤心？也不想想她做的什么事？倘若告到当官，大概这罪比杀人小不了多少！"

　　韵宜想着自己和他说也说不通，何必白费力气，而且便能说得他同情了水晶肘，又有什么道理？现在自己已成为纪家人，怎好还替他的旧情人进言呢？想着便道："她害了你，我还会不恨她？不过我看她这回也很够受了，你就别再记她的仇吧。"

　　纪二点头道："你这样说倒还在理，我本没想记她的仇，只是教我不恨她，那可不成。"

　　韵宜道："你要恨就在心里恨，好在以后不会再见面了。咱们也不必提她，从此以后你也都把安善里良民里的人，全都忘掉。等你病好了以后，咱们把家产变卖整理整理，就按你原来打算的话，去过咱们的闲散日子。倘若寻着较好地方，咱们都在外面落户。我对天津这地方，除了伤心生气，没一点儿好感情。"

纪二道："我在本地成家立业，自然说不上恨她，不过，经了这回事，我也觉得没趣儿了。我以后只听你的，你愿意怎样，我都随着。"

韵宜道："你干什么随着我，兄妹不会商量着办？"

纪二道："商量自然可以商量，不过我自己已经承认你是我的妹妹了，好比我是个奴仆，现在卖给你了。自然要永远听你调动。"

韵宜想不到纪二居然也会说出这样的话，不由笑了道："你这话是从哪儿学来的？凭什么卖给我做奴仆？"

纪二道："这是我心里说出来的，没有一点儿掺假。实在你待我太好了，我却没一丝一毫对得住你。就是做奴仆，我还抱愧呢。"

韵宜道："得了，请你顶到这儿，往后再不许说这种话。你要知道，我的命比谁都苦，家里继母不能相容，父亲又跟着坏了良心，真不知道落到什么地步。如今遇着兄长，得到依靠着落，也算歪打正着。我已经很知足了。若不是你真有好心，我也许落到那位王奶奶的手里，永难翻身。若不然也就能自己逃跑出去，也不知向哪里投奔，恐怕难免不受苦难。现在你不但收留我抬举我，还替我想到这样周到，我这苦孩子，才算得着安居，怎能不念你的好处？所以你不能只想我对你好，你对我更好。这叫好换好，一句话包总了。往后谁也不许再提什么感激抱愧的话，我得立个罚约，谁若犯了，就罚他半天不许开口。若是连犯三次，就把他锁到一间小屋里，一天不许出门。"

纪二笑道："好，依你依你，我再也不说了。"

韵宜道："我看你不止不消再说，你得睡一会儿，这半天很够劳神了。"

纪二道："我本来还很昏沉，从你来，才觉精神大长，连疼痛都不大理会了。现在还是不困，咱们还可以谈谈。你不知道我心中多么高兴，直好似一个快死的人，被你救还了阳。"

韵宜道："你高兴也罢，好在往后日子长着，尽有的谈。现在只听我的话，闭眼睛睡觉。"

纪二道："我睡了你多么寂寞。"

韵宜道："没关系，少时我出去买几本书看看，我可以解闷儿。"

纪二笑道："那又何必去买？你给南局三百零一号打个电话，找吴先生，告诉他我在这里养病，你愿看什么书，就告诉他送来。"

韵宜知道他所说的吴先生，就是助纣为虐、帮他图谋自己的那个坏蛋，但这时也恨不上来，就依言去打了个电话，那吴先生不大工夫就跑来了，问候纪二。纪二却没肯告诉他实在情形，只说自己突患腹疼，据大夫检查是盲肠炎，只可入院开割。现在已只剩了静养，大约有两星期便可出院了。吴先生因纪二介绍韵宜是自己义妹，不知他用心用意怎么认了兄妹，就恭维了一阵，又问想看何种书籍？韵宜说了句凡是可以消遣的全好。吴先生走后，过了没一点钟，便派伙计送来整车的书，摊了一地。韵宜看着好笑，心想若在医院住上二年，这些书也足够看了。

从此以后，韵宜就陪纪二同在医院，尽心守护。每日在纪二睡觉时，便看书消遣；纪二醒时，便互相谈笑，倒也处得情感融洽，不觉寂寞。但过了些日，韵宜渐渐感觉纪二有时说话见解和自己全相背拗，常常听着不大顺耳。起初因为感情关系，也能隐忍着表示同意，以后渐渐想要辩驳，但还能忍着不说。到十天以后，她就忍不住，常要给纪二讲说。其实倒并非准是纪二的错误，不过他二人由不同的环境生长，纪二是四十岁人的见解，韵宜是十几岁女孩的见解；纪二是有阅历无学问的见解，韵宜却是由书本上得来，和她自己本有的幼稚见解，所以不能说到一处。韵宜起初还能忍耐，但过了客气的时期，到了熟不讲理的阶段，她就有时把自己心里的话说出来了。幸而纪二很能以年长者的涵养对待她，无论她说什么，纪二都抛弃自己的意思，服从她的主张，所以处得仍是极好。韵宜对于侍疾，一直尽心竭力，只纪二常常忘了罚约，每值韵宜伺候，他有时便忍不住说出感谢话。韵宜照规定办法处罚，但不能坚持到底，说是半天不许开口，但过上半点钟，就许宣布特赦了。

纪二在院中直将养了一个多月，才得大夫许可出院。纪二要韵宜一同回家，韵宜不干，仍要先回旅馆暂住，等认了兄妹再进家。纪二也无不依从。但他急于完成俗礼，好去享受恩兄义妹的幸福，于是在四尾期以后，便要出院。大夫因他伤势尚未完全平复，加以劝阻，他却以为医院生意清淡，想要自己久住，以便多捞些钱，就婉言拒绝，说家中清静，一样可以休养。但到临出院时，他要医院正式开账清付费用，医院却回说医药各费，已全由高太太付过了。而且护士和仆役等都进来向他道谢，辞色甚恭。纪二才知水晶肘不但代付了各项费用，连侍役的赏犒也给得特别丰厚。这倒是没想到的事，心中很不愿承她这份情意。但水晶肘既不在面前，又不好叫医院把她的钱退还，改收自己的，就和韵宜商量，问她应该怎样。韵宜以为这水晶肘一片忏悔苦心，对纪二说不必绝人太甚，就接受她这点好意，使其稍得安居也罢。但纪二不知是对水晶肘抱恨太深，还是故意对韵宜表示忠实，以为对水晶肘稍有一分顾虑，便是对韵宜有一分缺欠。何况他还恐韵宜有心相试，故而坚持着不许，只答应不和医院直接交涉，表面上作为接受水晶肘的好意，却要向医院询明她代付的数目，日后原数给水晶肘送还。韵宜不好多劝，心中却觉纪二冷酷无情。这就是她对纪二没有爱情的缘故，若有爱情维系，她绝不会有此感觉。因为人是有感情的动物，即在普通人互相对待，也常常说是与我善者为善人，与我恶者为恶人，何况男女之间？只一有了爱情，就很容易变成盲目，毫无理性可言。譬如甲男遗弃了发妻，恋爱乙女，乙女只有得意自己恋爱胜利，绝不会运用理智，思想甲男对发妻尚如此寡情，露水姻缘恐怕更难长久。这就因为有爱情维系，即使偶然发动理性，想到这层，也要被爱情蒙蔽，别做一种想法，以为甲男虽对发妻残酷，对自己却是特别情重，万不至此，或是拼了出去，以为自己既爱了他，便是日后遭受遗弃，也自甘心。这是恋爱场中常见的事。虽然局外代为焦灼，局中却仍懵然罔觉，怡然自兴。但若乙女真能完全运用理智来对甲方观察，抛开他对自己的恩情，径做公正的判断，那必是对男子已毫无爱情可言。世上女子，并没有一个能在爱情的迷雾中，睁开她的慧眼，只若睁开眼，必是她的爱情已经消灭了。

韵宜对纪二本来毫无爱情，只有感情浓厚，也能发生类乎爱情的作用。对纪二一切，只有屈为谅解，但相处了一个时候，韵宜陆续发现纪二说话行事以及习惯态度，都和自己差异，有时竟到了互相反背的程度。虽然每有意见不同，总是纪二放弃本身主张，屈从韵宜，但从无一次解始便是英雄所见皆同，相视而笑，莫逆于心的。本来他们两人一切都有着很大的距离，一个市井，一个闺秀；一个过了中年，一个尚在妙龄；一个满心存着从万恶社会得来的经验，一个满心存着由书本上得来的幼稚而纯洁的思想；一个半生处在市井，学得的鄙俗习气，已然习与性成，现在虽然竭力戒除勉学风雅，但本色仍时时流露，一个却是方离学校，仍是一贯的活泼天真，而又在女子青春期中，添了一种少女的幽思和心绪上的敏捷。试想这两人中间要有多么大的距离，于是韵宜的一切，纪二既不能领略，也不能享受，纪二的一切，韵宜却只觉得隔膜，只觉得逆耳刺目。二人本已有了名分，韵宜也把他当作兄长看待，平时存有依靠，喁喁私语，但两人谈不到一处，纪二每值爱心发动，便对韵宜叹息自己残废，总把对不住的话挂在口头，然而韵宜却向未把他的残废放在心上，只希望他能像普通常人似的以美妙的言语，给自己以精神慰安。本来一个纯洁少女，所希望的不过如此，纪二倘是个解事的人，对韵宜很容易应付，他的残废简直不成问题，但无奈纪二并没这种思想，他把爱她看得太具体化了，永远忘不了男女两字。所以一向闲谈，他就说出许多的话，闹得韵宜倒不敢和他接近，时常保持相当的距离。

这样过了些日，韵宜对纪二的心情，便日渐减退。但她自己并不知觉，不过每日虽仍照旧谈笑，照旧伺候，心里也照旧自居为纪二同胞之妹，毫无改变。但暗地添了许多毛病，第一她不和纪二做正面谈判了，有时纪二说话行事，她觉得不对心思，就只冷笑一下，或是耸耸肩，置之不理。虽然明知自己若加辩驳，他必听从，在起初还因他的听命唯谨，觉得可笑，以后渐渐看出他的从命，并非真的以自己道理为然，只于像哄小儿似的，以顺从为宠爱，就也看作无聊，不愿多费话了。真到出院这天，纪二因水晶肘的事，和韵宜商量，韵宜凭着直觉，替他做这宽大的主张，不料纪二百事依从，偏对这事上，因恐韵宜存着嫉妒的心，故意相试，自己若接受水晶肘的忏悔，将被视为余情未尽，只对韵宜表忠实，竟不纳她的意见，却没想到在韵宜心中，倒生了相反的作用，以为他既有今日，何必当初。他和水晶肘多年交好，是人人皆知的事实，这次启衅，也由于他的突然变心，才惹得水晶肘铤而走险，事后水晶肘又是那样愧悔，连我这处在敌对地位的人，也替她可怜。纪二却只记得仇恨，丝毫不肯谅解，可见他这人思想浅陋，并且对兄妹毫无理解。韵宜由这次对纪二更多了一层认识。

韵宜又经过一度落潮，但仍无其他意念，照旧和纪二筹议后来的事，预备认为纪二妹妹。在出院以后，韵宜只不愿以尚未分明之身，出现在家庭之中，给他人留遗话柄，就驳了纪二的请求，仍回到原来的旅馆去住。纪二本打算教韵宜先以主人资格，主持家中宅舍的修理，新房的布置，好得遂心如意。但是韵宜不肯，只得独任其劳，先把韵宜送回旅馆，才自己回到家中瞧看。敢情他在病中时候，家里本无人主持，一切工程都已暂时停顿。纪二甚为恼怒，把在家中做主管的一位亲戚给痛骂了一顿，问他既已定好修建计划，又有足用的钱财，为何半路停工？那位主管却有话说不出口，因为他所得纪二害病消息甚为凶恶，觉得人尚不知死活，还修什么房屋？而且他还有着私心，希望纪二死了，便可以把保管的钱没入私囊，于是视同己有，舍不得再用，才把工事停顿，静待下文。如今纪二活泼泼地回来，他已然没话可说，纪二却是急于修成新房好认兄妹，眼见这一耽误，又得多推延月余工夫，总计便得两三个月。但着急也没有用，只得叫那主管人急速召集匠人，兴工赶筑。从此以后，他便在旅馆另开了房间，和韵宜隔室而居，表面很保持兄妹的礼节，实际却是无可奈何。他很明白便是认兄妹之后，也恐怕要这样下去了，每日早晨便到家中监工，晌午回来，和韵宜一同用饭，厮守闲谈，直到晚间。有时也一同出去购买新房用品。

这样又过了些日，纪二觉得和韵宜日渐融洽，宛如夫妇居室，熟不讲礼，就把以前所认韵宜是大小姐，是女学生，自己是个粗人，总得谨慎矜持，不要被她看轻的心理，渐渐泯除了。于是渐渐说话不假思索，做事没有斟酌，而且自恃阅历丰富，常常像展才似的，对韵宜发表他的意见，或是讲论什么事情。在他并不见觉，但到了韵宜耳中，便觉他把面目可憎、语言无味八个字，着实表现尽致。这种情形，在年龄相同，程度没什么差异的青年男女，还时常有得发生。例如一对男女，初相识面，互相看着中意，都想攫取对方，做永久伴侣，于是各自小心留神，一面

174

竭力隐藏本身的弱点，一面竭力迎合对方的意旨。比如女方爱好清洁，厌恶吸烟的人，男子虽有很大烟瘾，在约会之日，也许预先戒除一时，并且漱口刷牙，消灭气味，预备接吻时免使女子皱眉。比如女子爱好修饰，厌恶衣冠不整人的，男子虽平日极度生活没有秩序，不修边幅，但到见面的日子，也必理发修容，熏香敷粉而往，好得女子的爱惜。比如男子是个稍有成就的人，爱向女子夸说自己事业或是学问，女子虽然是世界上第一个喋喋多口的人，也必能暂时伸制她舌头的活动，使男子得以快意尽其所言，以博他的欢心。比如男子天性不喜吃猪肉，女子却特别嗜好，但她也必随着男子，说猪肉污秽不洁，除了吃蔬菜以外，只用些微牛羊肉类，于是每同餐她便约会到西菜馆。因为以上种种，双方只显情投意合，一点儿寻不出扞格的地方，结果自然走上婚姻的路。但至结婚以后，双方都已达到目的，得着所要得的人，觉得大局已定，不会动摇，关系已成，不愁变化了，就都渐渐放得大意，不知不觉地把本相全露出来，丈夫再不作伪巴结太太，每日尽量吸着纸烟，满口熏臭，还要强迫太太接吻，胡子留得老长，经旬不剃，身体也许多日不浴，一双臭脚发出恶味，成天熏着满身香水、满面香膏的太太。太太自然也不似当初，从早至晚，喋喋不休，再也没有丈夫插口的份儿，而且她以主妇资格派饭，每天是燉猪肉炒猪肉，以及各种的肉，丈夫不爱吃，她反正绝不再屈己从人了。诸如此类的情形，一经发生，过些日以后，双方都感觉受骗。男子以为所娶的是另外一个，并非当初那情投意合的女子，女子也以为所嫁的是个陌生人，并非当初那处处可心的男子。于是感情日疏，怨恨日积，结果只可归于决裂。常见有很配合的男女，结成很适意的婚姻，看着可以长久美满，但经过短期同居，便因此仳离的，十有八九，是中了这种病。

纪二对于韵宜，虽不全和那种人一样，但他在初见韵宜时候，有着种种维持，竭力掩藏自己弱点，并且看着韵宜神色行事，以图符合意旨。所以他的个性和本色，都不大显露，使韵宜只于自觉平淡，还不受什么刺激。及至久处惯习，他一放得大意，渐渐把原形露出来，又因年龄关系，有时不免把韵宜看作小孩子，便遇事大肆发挥，希望给她一点儿经验。在他是炫其所长，但在韵宜只见其所短，觉得他的见解行事，无处不是浅陋鄙俗，而且无聊。既不愿听，也懒得驳辩，希望他能在外面多逗留些时，自己便得清静一会儿。但纪二不愿出门，每日早晨出去三两点钟，自午至晚，总在房中厮守不离。韵宜便向他说，打算搬家后，稍过几日就到外面旅行，希望纪二仍照原样，把不正常营业完全结束，正当营业也托付妥人代管，在这等待整理新房的余暇，正好着手办理。纪二对她的话向来百依百顺，于是又加了一番忙碌。每早晨回家监工，晌午回旅馆吃饭，饭后歇息便又出去清理各种事业，总得日暮才能归来。韵宜因之得到整日清闲，但到这时候，她仍丝毫未曾变心，虽觉得纪二彻头彻尾怎样也寻不出可取的地方，但终念他待自己的情义深厚，而且兄妹已定，万无背弃之理。仍是死心塌地，等着做一世的妹妹。这时旅馆中的仆役，有的记着纪二吩咐，还称她作邢小姐，但有新来的，认为她和纪二已有过夫妇之名，很莽撞地称为纪太太。她不以为然，羞口不应。她认为自己总是纪家人了，也不理会与婚姻的区别了，不过她很明白终身已无幸福可言，自现在以至日后将要永远敷衍着这不对心思的日月了，度着平淡无味的光阴。但她也不后悔，也不变计，只无精打采，委心任运，好像说既已落到这样，就这样下去吧。

她当然也有时顾影自怜，对镜出神，一种寂寞的心情，充满胸臆，觉得自己好似一朵含苞的鲜花，却被放到幽冷的暗室，永也没想有欣欣向荣盛放色香的日子，简直不待开放，便先朽了。想着自不免有些悲痛，但转念便用一种极鄙俗的思想，自做安慰，觉得自己是个薄命儿，本不该有什么奢望，世上称心如意的事，绝没有我的份儿，但求不致奔波劳碌，沦落无依，能够平安生活，也就足矣。回想当时落到那王奶奶暗娼中，几乎终身沦陷的时候，和这时相比，岂不已从地狱升入天堂？虽然纪二太不对自己心思，但他还不成心相逼，固然这时的感情，已然变成可厌的事，好在还不致痛苦。世上尽有苦命女子，嫁个粗蠢的丈夫，还朝暮受着打骂的呢？韵宜这样消极地安心认命，自然为着她本来环境便已恶劣，由继母跟前，落入纪二手中，好比从席子上滚到地板上，并没有突然坠落的自觉。同时也因为年龄幼小，对于男女爱情，并没有经验，自生以来，只和程雪门经过一度恋爱，但为时极短，还落了伤心的结果。所以她可以说是未曾认识爱情的奥秘，也未深尝爱情的滋味。就和一个人自幼饭蔬饮水，尚未吃过珍馐美味，虽然听说世上还有燕翅鸡鸭这种贵品，但因未曾吃过，也不能想象是怎样好吃，所以并不希望。偶然吃到普通饭菜，便要鼓腹而歌，倘然有一次被他吃着珍馐，尝到滋味，以后莫说再不满意于窝头，便给以普通吃菜，他也要嫌平淡无味了。

韵宜就等于久惯吃蔬饭饮水的人，虽有一次曾经看见珍馐，却未曾入口知味，所以这时和纪二同居，好比降升一等，吃着精米白面，虽然米面都已污朽大有邪味，她因没吃过再好的，又回想当日苦咬菜根的景况，于是对这污朽米面，也特加原谅，预备长久吃下去了。不过她心中终是郁郁不乐，表面却不露出。因为纪二对她百般忍让，委屈温存。虽然纪二不加心疼，随自己吃喝穿戴，自己不能使他发生坏心，但也不用小心预防。有时不乐，还得矫为欢笑，因为纪二对她曲尽兄长之道，她也只得尽其妹妹职分。每日把纪二的起居饮食，照顾得十分周到，到晚间纪二回来，有时一同出去置买东西，顺便吃顿小馆。纪二体察韵宜心思，知道她爱看电影，常常同到影院，自然坐到最高贵的楼上后排。但纪二兴趣较低，向来只爱听评戏，京腔他还能将就，电影便十分隔膜。陪着韵宜同坐，常常睡着发出鼾声。有时候谈论影片情节，更是驴唇不对马嘴，令人发笑。韵宜在这种洋化的娱乐场中，虽然不觉兴趣，但看着左右座客，多是摩登男女，成双配对，西装革履的少年和描眉画眼的明星式少女，并肩依偎，小语喁喁，好似每一对都是年貌十分般配，精神十分活泼，灵魂十分融洽。只有自己和纪二，虽然一样并肩依坐，中间却好似隔着万丈深渊，尤其看着他那长袍马褂的假老成假尊重的样儿，不由想起自己小时，在正月里和父亲同去看戏的光景，自然觉得很不是滋味。尤其在休息时候，纪二忘其所以，信口开河，胡批乱讲，惹得附近坐客全都转过脸来瞧看，韵宜更要窘得无地自容。看着人们讥笑的眼光，她似不止鄙薄纪二，连自己的身份也看低了，好像讥笑自己怎和这粗鄙无知的人同坐，并且猜疑纪二和自己的关系，必有人说是父亲和女儿，或是丈夫和姨太太，大约没人当是正式兄妹。他们的眼光，恐怕更加重了诧怪和讥笑的程度。韵宜每当这种时候，便感到精神痛苦，如坐针毡。只可假装身体不适，中途退出。以后便把电影院视为畏途，渐渐连其他娱乐场所也不愿去。她既有了这种心理，只要和纪二出现人群之中，被众人眼光盻注，就感觉惭愧，直如受了侮辱似的。所以最后不大和纪二一同出门，便有纪二强邀，情不可却，若是闲游，她只肯上僻静地方，若是到街市购买物件，她便要坐车代步，因为这样，她出门的时候更少，闲在房中的时候更多。但当白天纪二出门的当儿，她也不愿独自到外面开心，于是更显得时光难度，寂寞无聊，镇日倦呆呆，打不起精神。

纪二为要引她高兴，多方设法，给买来许多消遣的东西，因韵宜都不需要，只在平淡生活之中，想要寻些微细的刺激，竟跟纪二学会了吸纸烟。其实她向来对纸烟深恶痛绝，认为是污秽之物，尤其对于少女，不但足以毁损健康，伤害容貌，并且足以影响高贵纯洁的风格。譬如一个少女，修饰极为雅洁，被人看着，全要发冰清玉洁一尘不染的印象，倘她忽然取出一支纸烟，衔在口里，大肆嘘吸，旁人对她的良好印象立刻便要打个折扣。虽不致怀疑她的人格，只不免觉得她既接受了些小的不良习惯，便可看出是个易受诱惑的人，日后还得接受更坏的习惯，更堕落的可能，所以她最反对纸烟。然而这时因为后顾茫茫，毫无光明可睹，她便把自己看轻了，同时也改变原来的意志，和男子前途失志，坠入废途，是一样道理。不过她还不致像男子那样放纵，只由细微处显露出来。有一日闲居无赖，看见纪二留下的纸烟，想起人们吸烟时悠闲自适的样儿，好似内中有什么兴趣，就燃了一支吸着试试。初觉咽得难过，继而由麻醉中感到一种刺激，似乎有着说不出的意味，由此她更对纸烟生了爱好，一到闲时，便拿起一支吸着。但她整日都在吸着，于是吸量渐渐增加，居然每次能吸一支，每日需要十支八支了。她觉得在无人之时，自己躺在沙发上，一手拿着小报或是小说，一手夹着香烟，昏错悠悠，迷迷醉醉，可以神游物外，忘了现在什么地方，不想过去，不想将来，是自己所能得到的唯一安慰方法，从此便算学得一种不良嗜好。

又有一次，因为她胸怀拂郁心气不舒，偶然犯了胃疼毛病，纪二认为延医服药，不如用特种法，收效迅速，就向旅馆中命人借来一副鸦片烟具，烦一个会烧烟的茶房伺候，教韵宜吸两口，准可立时见效。韵宜向来看人吸鸦片，就等于人说非洲人吃用苍蝇制的饼，发生同样恶感，认为绝不是人吃的，吃的绝不是人，但对她父亲也不加原谅。她这时见纪二拿来烟具，她竟在痛苦中望烟具，冷笑半响，一言未发，等那茶役烧好一口，递到口里，她就吸了起来，不过因初次尝试，腹中不能容受许多，只吸了一口，还喷掉多半，就再吸不进去。她吸过睡了一会儿，胃口居然完全好了。鸦片这样东西，很是奇怪，若偶然用作药品，有时真是神仙一把抓，可以有特别奇效，若是长期吸食，便变成了可怕的魑鬼，万恶的小人。它先把小忠小信迎合人的意旨，人要它发生什么功效，它就给你什么功效，要它提神，它便教你精神兴奋，要它助力，它便教你能力倍增，要它止疼，它便教你痛苦尽失。人们因此把它看作好朋友，愿与亲近，它便渐渐把人把持住了，到了功行圆满，不可须臾离的时候，它见势力已固，你再也没法驱遣它了，这时就似恶奴似的，既以小忠小信哄住主人，得到信任之时，深知主人内中秘密，能够制其死命，就要一变从来面目，要以奴欺主了。它对人不但再没有好处，而且生出相反的效果。人到吸上了瘾，它便再不能提神，越吸越打盹儿，再不能助力，越吸越疲软萎缩，再有痛楚，吸多少也不能见效。到这你知道它是没良心的白眼狼，后悔不该用它，虚糜薪资，无益有害，想要驱除，却已不易了。它一走开，便要似恶奴那样挟嫌谋害，教你大受痛苦，日不聊生，结果还得卑礼厚币把它请回，以后更要骗恣不法，主人势必受害终身。反本溯源，自然得归咎自己误近小人，使它起首功能卓著，用必有效，就和小人迎头说话必信，办事必成的诱惑本领一样，很容易引人上当，任何聪明人都逃不开。韵宜所以甘心要用鸦片，本是自行戕贼的意思，她由此便认识了它的功效，以后每逢胃疼发犯，居然自动要吸了。真个人生就怕失意，常见有留学外洋，饱受新知，怀抱大志的英俊之士，一遭失意打击，竟会堕落到无所不为。何况韵宜一个少女，心灵脆弱，更禁不住打击呢？然而她和纪二相处，也不过一两月光阴，回想当日初见纪二受伤，发生同情之感和仗义之心，就不厌一切，轻易允许兄妹，到现在曾几何时，已经受害至此，这虽然由于自己弱点，前途无望，使自己心灰意冷，感到失败无望，但她的热度未免退得太快了。不过细想来也不能全怨她，自来两人相处，有时一句话不能投机，便要发生情感不能忍耐。韵宜对于纪二，却是处处不对心思，时时受着刺激，若按那句话不投机半句多的俗语来说，这几十日的光阴，已经太长，很够她忍受的。由此可见凡事都需要慎重考虑，尤其婚姻问题，更不可只凭一时情感冲动，轻易应允，否则终必后悔。像韵宜在当时任性行事，牙清口白的，自动地认纪二为义兄，直如作茧自缚。如今口沫未干，已经这样意冷心灰，虽然未生异念，却已貌合神离。只她是不自觉呢，在精神上已对不住纪二了，这该怨她还是怨纪二呢？

韵宜从此以后，好似变了个人，凡是在闺阁时代所反厌的事务，都渐渐加以尝试，除了吸纸烟以外，还学会了喝酒，晚上教厨房做点好菜，三杯小酌，醺然一醉。每有些不舒服，就把鸦片烟具摆上，虽不致正式上瘾，却已时相亲近。纪二有时见她闷倦无聊，强拉出去游散，无意中走到评戏馆门前，就进去买票稍坐。韵宜看见里面多是下级社会的人，胡喊乱叫，颇足以引起兴奋，却并不刺激感情。台上的淫声荡态，村言俚语，可以博人开颜，可以使人忘却愁闷，得到醉生梦死的感觉。于是她在这向不屑听的玩意儿，反中了意，又因里面座上很少摩登少年，男女大都粗俗，反把纪二显得彬彬文雅，于是她就爱听了评戏，每逢纪二提去看，她都不拒绝了。又从戏围里养惯那一等女性的华丽装束，她也渐渐改了爱好清雅的学生心理，学着浮华，教纪二给打了许多金珠饰物，做了许多漂亮衣服。每一出门，就打扮得珠光宝气，花朵般似的。但一回到旅馆，就都脱剥下来，仍恢复乱头粗服的本色。平常若不出门，绝不修理，连脸也许经日不洗。韵宜到这时候，已宛然成为堕落女性的模样了。

纪二都看不透韵宜的内心痛苦，只看着外面变化，倒觉得她渐渐脾气随和，行止脱略，合了自己所习惯的派头。只于有时不大高兴，还以为是住在旅馆，起居不适的缘故，等新房告成，正式进家，她做了妹妹，百事称心如意，就可以振作精神了。就也不甚理会，仍每日出去办他的事。再过些日，家中房屋将修竣，一切营业也清理就绪，他知道回家将近，格外兴奋，又接着筹办他事，自然不免劳累过度，忽一日晚间，突觉旧创复发，过了一夜，竟红肿疼痛，不能行动。他在医院调治之时，自己以为已经平复无事，大夫却说并未痊愈，尚需将养几时，否将恐有后患。因急于出院，只疑大夫借词拖延，以求多得收入，就不听忠告，径自移出。住到旅馆以后，就每日出去奔走治事，并未休息，但也没发现什么变化，他还以为证实了大夫虚言恫吓，常对韵宜说着取笑，却不料在经过三四十日以后，竟应了大夫的话，重创复发。他见来势甚凶，才害了怕，急忙又进医院诊治，但他不好意思再进原先那家医院，就别寻家有名的南德医院。

这医院所以命名南德，是因为院长赵某曾在德国学医，毕业之后，到德国各处旅行，走到一处叫慕尼黑的城里，住在一家靠近贫民窟的小旅社里，睡到半夜，忽然附近贫民窟中起火，烧伤了几个人，当时被人搭到旅社里面，要延医救治，却因医生住得很远，半晌未来。受伤的老妪呼号欲绝，她的女儿抱着痛哭，抱怨医生怎这样迟延，难道这里就没有一个大夫，能救我母亲么？赵某听着，忍不住动了同情心，上前毛遂自荐，说自己是个医生，可以效劳。那女子见他是黄色的，虽不愿意，只不忍母亲久受痛楚，只得请他动手。他幸而带有用具，施行急救手术，把老妪治得十分熨帖。及至本地医生到来，他已治完了两个人。那本地医生看见他的成绩，十分赞美，和他握手，居然结为朋友。过几日还约他吃饭，当着许多绅士，诉说他的见义勇为。他回国以后，永远记着这件事，认为无上光荣，到创设医院，便想把院名叫作慕尼黑，以资纪念。只因这三字译音洋味太重，不大合宜，就改作南德医院。因为慕尼黑在德国南部，名异而实仍同，不过他终不肯湮没自己的盛事佳话，就特烦了本地名士的娄友梅，把这段慕尼黑的故事，用大块文章记了出来，又托鸭蹼篆名家邢簃庵用大张宣纸篆了出来，再用大号特制镜子挂了出来，又出巨资请名画家申冷秋画了幅重洋悬壶图，也画的是同样的事。接着又在院中请了一班读过《唐诗集解》，看过《诗韵合璧》，会把方块

182

字凑成五字一句或七字一句的雅人，到医院中做一次雅集，当众展览这一文一图，席散取出特备的斗方，散给众人，请加题咏。结果收回二十几幅，虽然内中十分之九都是念着很顺口，唱着也好听的七绝，却多半音韵铿锵，不但掷地作金石声，而且若讲诸乐府，加以管弦，准比大鼓词开首所谓八句诗篇还加美妙有味。只有两篇稍差，一篇把慕尼黑的黑字押了韵，按着律音归入灰堆辙，而且平仄不分，纯乎天籁，原文是某名士咏留慕尼黑，泱泱古国有光辉。重洋万里施仁术，试问何人可比美？但在美字下面，还加了读平声的三个小字，可见他并非不解音韵，不知平仄，只是一时寻不到个平声字替代美字罢了。一篇原文是，堪笑西医术，徒夸新法良。还须中华客，青囊出高方。这位诗人不但头脑冬烘，而且眼光蒙昧，把事实给看错了。他竟把这位赵院长当作了中医，好像他挟技出洋，在德国遇害奇症的病人，西法百医不效，倒被他用中国医术给治好，却忘了这赵院长也是西医。不过这两篇虽有一半不能认识，就不管好歹，兼收并蓄，都用镜子挂起来，连同一文一图，陈列在待诊室中，和那些妙手回春，挽我沉疴等等软硬匾额，纷然杂列。

至于他这医院初开，尚未治过多少人，何以有许多匾额？这是疑问，不过匾上人名，也并非子虚乌有，谁也不能说是伪造。此外他又请了许多名人介绍，在报纸上登长期广告。在十多年里，凡新闻人物，都好介绍相士医士，不过多是在野的，好似既称新闻人物，就永远不能离开报纸。在得势时姓名出现在新闻栏内，到失势时，便移到广告栏，也一样得要出头。到近年来，这介绍相士医士，已不由新闻人物专利，尽有草茅下士，也出头胡乱介绍以求自列于名人之林。这等人当然用的是辩证法的三段论法，同为名人介绍医士相士，凡介绍医士相士的都是名人，我也介绍医士相士，于是我当然也是名人。这就等于那等气迷心票友的特殊心理，因见谭老板爱用鸦片，成剧界大王，刘鸿升是个跛足，也成为闻派名伶，制霸梨园，就赶着学吸鸦片，用石头砸折了腿，认为他们既以烟鬼跛子而称王称霸，我也照样学样岂不宛然谭刘？他哪知即使喝鸦片中毒身亡，或是把四肢全给弄掉，也是满不相干。这道理本很浅显，无奈看不透的还是很多。而且退一步说，这介绍二字，也大有问题，俗语说荐卜不荐医，相士原可以介绍，因为他们不过掉弄口舌，说些不着边的话，除了破费钱财，尚还无大关系。医士却是性命攸关，一服药吃下，是死是活，可以立竿见影。报纸上列名介绍的人，或者连医生的面尚未见过，更莫说曾受诊治，只因情面就胡乱负责介绍，倘若病家看报纸，因信任名人而连带信任了医生，竟延请医治，结果把人治死了，试问介绍人是不是应该担负些责任？固然法律总未曾载有这种条例，连医生还不管偿命，何况介绍人？但在良心上总不能没一些亏欠，而且那被误治丧命的冤枉者，倘若泉下有灵，那么他在那医生家索命之时，也未必不顺路去惊动介绍人稍诉冤枉吧？若说介绍人本身曾领教过医生的高明手段，不忍自秘，才公诸同病，那么难道许多常在报纸露面的真假名人，都是成年害病，终身害病？居然像神农尝百草似的，遍试诸医，一一加以品评介绍么？所以有些人宁可信医生自登广告的大言，却不肯信介绍文字的吹嘘。就因为医生自登广告，虽也唱名浮夸，却还是自己说自己，不致过于支离；介绍文字却全出于情面，往往只由外行人信笔一挥，徒夸神奇，毫无实际。但是这位赵院长所托的名士，都没有这种观念，而且他直接托的不过一两个人，并非真个得着全体同意。例如列名介绍者共若干名，他只和一位甲名士说好了，甲名士就把他的朋友开上几个，再加上自己，告诉他就照这人名去登广告好了，以后甲名士见着朋友，便补说一声，某大夫托我介绍，我已把你姓字都开上了，或者竟不通知，他的朋友在报纸上发现自己忽然和一个不相识的医生发生关系，就能猜出必是友人代为列名。好在这是露脸的事，谁也不会具函更正，惹得骂声你好不识抬举。这位赵院长，又善于运用，拉拢了许多朋友，请求他们把朋友人名开列出来，加以统计。譬如一共有一百个人就分作十批，用在广告上面。头批登上两个星期，便换用第二批，如此轮流调换，因而复始，长年永远不断。教人看着，好像南德医院不但生意兴隆，天下之病皆归焉，而且这百数名士，全曾和他有过交往，不是本身，是家中老幼，亲友邻里，曾经他妙手回春，才肯这样长期介绍。于是世上尽是不求实际，只图虚伪的呢，受了他的宣传影响，都去求治。南德医院因而信至实归，渐渐干出样儿。

纪二也是个受惑的人，只因每日看报，常见南德医院这个文字和许多耳目中名士摆在一起，日久自然有了深刻印象。就连韵宜每日闲暇，翻看报上评戏院的剧目和电台广院的节目，也常看到南德医院。及至纪二旧创复发，商量进哪家医院，纪二不愿再到原先那一家，势必另寻别处，但他又没有这种常识，不知哪家医院较好，结果便想到这南德，觉得这医院既有许多名人介绍，想必真有特长。而且那些介绍人也必曾经领教，深知院中大夫技术高超，否则凭那班文士先生们身份，总不肯当众说谎，把自己没把握的事，教别人去上当的。这样想着，就和韵宜商量，韵宜更是不懂世情，认为报上介绍的话，一定不错。于是二人同意，就进了南德医院。经过一切应行手续以后，又缴付费用，纪二看到价目表格，半晌矫舌不下，才知道这医院贵得出奇。韵宜在待诊室看到父亲墨迹，大为伤感，再经纪二示以缴费表格，更吃一惊。就向纪二说，自己曾在待诊室看到一篇文章，敢情这里院长是位出色高手，咱们中国也很多信服外国大夫，这位院长却在西洋治过德国人，德国是医术最发达的国家，居然肯叫中国人给他们治病，可见这院长能为大到什么份儿？俗语说高价出头，怎怪这医院费用特大呢？纪二想觉得也对，价钱若贵，但若能手术高超，从速治愈，该一个月好的，十天便好，总算起来，也不吃

185

亏。又想这医院也不能不贵，整年在各报登着大块广告，这笔费用便够可观，不向病人身上收回，难道有家产往里赔么？纪二想着，已承认这医院费用昂贵是应该的，决意挨受竹杠。好在他的力量，还是能应付。

不过说到居住几等病房，二人意见又有了差异。因为病房只头等可以独占一室，二等便须和人同住。纪二的意思，自然希望韵宜仍和上一次那样，留院伺候，自然得住头等。无奈这南德医院的头等病房，定价贵得离奇，这自然也是一种道理，向来行医的人，常说对穷人无妨稍行慈善，对富人也无妨多加剥削，两下互相抵补。这就是贫汉吃药，富人还钱的谚语。有些地方，药肆把同样的药，定出差等的价钱，来应付各级主顾。例如牛黄清心丸，普通每服八角，加料的每服一元六角，特制的每服三元二角。据内行说，三种材料和效力，并没有很大差异，只于高价者装潢华贵一些。穷人财力不及，只可是普通的，药肆定价太低，也许没有利润，或者还要稍赔几个，但富人听说定价高尚好的道理，必然买特制的，其实所收效果都是一样，药肆也由此得到抵补，并且无形中做了好事。南德似乎也仿效这种办法，不过价目差异太大了些。头等也是一样房间，只于设备好，待遇优，竟比两人同住的二等病房，贵了六七倍。纪二虽觉心疼，却是要韵宜相伴，情愿吃亏。无奈韵宜心理原和上次不同了，她这时虽把纪二看作兄长，情愿尽其做妹子的职分，觉得留院伴守本也应该，只是她和纪二中间，已有了一种隔膜，同时心中也有了一种说不出的异感，说厌恶不是厌恶，说害怕不是害怕。而且这两月余工夫，在旅馆已造成了一种习惯，每日纪二有很长时间出外办事，韵宜在这时间里，好似可以逃避现实，由寂寞中自己寻求安慰，享受暂时的清静。每晚间纪二归来，再强打精神，耐着性儿敷衍。便有种种不快，也还容易熬过。这就好比一个人做着不合个性的职业，以文人而做清道夫，工作时虽很痛苦，等下班时，还可以读书散步，精神可以调剂。但若令其长期工作，永不休息，恐怕就不能忍受。因为所苦的不是工作，而是没有调剂啊。韵宜这时就和清道夫长期工作一样，若留居院中，便须长日守着纪二，再没有独居时间，逃避现实，调剂精神了。所以她想仍居在旅馆，每日把大部时间守纪二，只夜间离开些时，稍享清静趣味。但这话无法明说，只可借口房价太贵，不犯这样耗费，主张纪二住在二等，只多一个人也没什么不便，自己每日在此做伴，只晚间回旅社去睡，你有同室病人可以闲谈解闷。纪二却不愿离开韵宜，又不忍她来往奔波，独居孤寂，仍坚持要住头等，有病就多花几个钱，不算什么，何苦教你赶早赶晚地跑来跑去。再说每晚回到旅社，孤孤单单，连个说话的人也没有，多么难过，你还是住在这里，不用介意花钱的事。但韵宜何尝真的疼钱？她所希望的只是晚间离开纪二，自图清静。纪二却以为她没有自己陪伴说话，好感痛苦。双方心意的差异，可为南辕北辙。无奈韵宜却不能直抒所怀，只得借题发挥。但纪二已把她所借的题抹倒，韵宜便不好再说，只得委屈服从。于是缴了照章费用，住头等病房。

纪二的病症，经大夫仔细诊察，认为虽无大碍，但因上次尚未复原，便得劳动，以为内部发生肿痒，必须再施手术，开割出脓，割后更须静养，以免重陷覆辙。纪二听着，知道自己算遭了劫数，只有任从宰割，这场病不知要花多少血汗金钱，但已无可奈何。在入院第二日，行了手术，经过颇为良好，但终觉体气并伤，昏睡了两日以后，仍是缩弱不堪。

韵宜在这时间，尽心守护，仍和上次一样，她把心神全注在纪二身上，也忘了闷倦。纪二自然更是感激，觉得只有己亲，终身相倚，才会这样关心，于是又对韵宜说了许多感恩知谢的话。

韵宜这时用另一种眼光看他，好似慈蔼的看护妇对待病人，一切都体贴谅解，便有什么失礼言动，也认为是被病所磨，不加计较。这时韵宜把纪二看作病人，自己职在伺候，应该设法叫病人高兴，任他说什么，也耐着性儿敷衍，只是也把他说的话当作病人呓语，不大入心而已。又过了几日，纪二的病已过紧张时期，痛苦渐失，精神渐长，人也恢复了平常状态，只是大夫叮嘱最少还得住院一月，否则仍有危险。

这南德医院完全洋式，一切都带洋气，在外洋医术开明的国家，医生对病人有着无上权威，发言为令，病人须绝对服从，因为大夫对于病者，常说是我的病人，这四字表示无限负责，担着病人生命安全的责任，自然要病人完全服从命令，否则便要无法处理。但病人敬重医生的道德技术，也情愿奉令维护，把医生的话当作法律。但向来外国的良法美意，一到了中国，便常常被利用做取巧舞弊的捷径，这事也是如此。少数害群之马的大夫，便利用病人需要服从医生一条不成文宪法，施展剥削的伎俩，托看护用心伺候，也是一样舒服，何苦把许多钱便宜医院呢？有时病人实已痊愈，大夫本该告诉不必再来，但为想多赚钱开付家中电灯费，硬教病人多跑几趟。有时病人应该出院，但医院因为后补的病者尚未光临，不愿空着房间，就设词教病人多留几日。病人既入医院，便得听受大夫的命令，不能反对。而这南德医院，尤其善于板起面孔，给病人以令出法随，言不二价的印象。但病人也有些贱骨头，例如纪二，上次在那中国式的医院，便轻视大夫的善言告诫，不肯服从，但到了这里，看着医院的势派，大夫的气焰，先已发生敬畏之心。又加大夫每一说话，必沉着脸儿，现出神圣不可侵犯的态度，而且言语中夹杂些听不懂的洋话，纪二更感觉他们伟大而又神秘，简直不敢有违抗的念头。大夫说最少得住一月再看情形，他就认命安心地住下去。

但过了半月，韵宜却不能安心了，因为纪二创虽未愈，却已将近复原，活泼日渐充盈。无奈大夫不许他下床，每日倒着，新生的血力，既不能从肢体上发泄，就全部移到舌头上面，除了睡眠时候，便是刺刺不休，和韵宜谈长道短。韵宜本来怕听他那鄙俗的议论，这时竟要无日无夜受着絮聒，而且又守在一间房内，无可逃避，只入浴入厕的时候，可以稍为离开。但浴室厕所，又不是可以久处的地方，于是加倍感觉痛苦。再加她已在房中圈了半个多月，初来时还有病人需要伺候，可以当作一种职务，倾注精神，不觉寂闷。这时病人已好，无须用忍耐了，起初她偷闲瞧看常来书报，还可以暂时神游物外，稍得自娱，以后竟看不下去，只觉肝气旺盛，时常无端发急，好像自己和自己怄气。急起来便恨不得向墙壁撞头。但她也知自己是因为长日伴守纪二，抑郁不耐，才发生这种情形。细想起来，这当然不是伺候病人所该有的，我已算他的妹妹，他有了病，我不守着谁守着？这时着急发气，当得什么？若被他看见，必要难过，他本很爱我，我嫌恶他却是心里的事，虽出于自然而然，并非故意如此，但以他待我情形来说，我很应该抱愧。现在若再急皮怪脸，形诸于外，岂不更对不住他？

韵宜每一发急，便这样自警自劝，力加检点。但当不住纪二长日和她厮守不离，心倾意注，仍被看了出来。他倒没作深思，只以为韵宜久居房中，心中郁闷，难免有这情形，不但深为谅解，还怕她闷出病来，就对韵宜说："你在这里守了许多日子，一定闷得难受，我只顾自己，竟忘了你，真个糊涂。以后你不要在家里闷着，有工夫就出去玩会儿吧。"

韵宜听着觉得正合心意，径直承认，只说自己有些不大舒服，并不是闷得难过。纪二却不由分说，当日便教她出门。韵宜也就半推半就地出去了。到了外面，虽觉通身轻快，精神倍长，但因时间不对，寻不着好玩地方，而且也不好意思在外久留，只在马路上走了一点多钟，便回了医院。纪二还嫌她回来得太早。又过了一天，吃过午饭，纪二又劝她出去。韵宜就独自看了场电影。自此以后，晚日总要出去一次。纪二只怕她不如意，打电话教人给送来许多钱，交给韵宜作为零用。

韵宜渐渐越玩越发野，因在外面开豁，更觉医院郁闷。每日出来如同野鸟出笼，回去时如罪徒返狱。起初还惦记纪二，一到时候，便强制着自己速赋归与。但过了些日，便渐渐管不住自己，只想在外面再多留一会儿。先只在看完一场电影或一场戏以后，便赶着回家，继而又在马路或花园闲步些时。有一次她在外觉得饿了，自己进饭馆吃了一顿，觉得比在医院陪纪二同吃，分外舒适。以后便常常独下小馆，回去对纪二只说在外面饿得难过，就寻饭馆随便吃了些东西。纪二感她伺病殷勤，以为应该教她畅游些日，以解多日积郁，对她行止并不多管。

但韵宜的心已一放而不可收，竟在娱乐场所认识了几女友，虽是正经良家妇女，却多风流放纵的人物。韵宜原已落到堕落的边际，对于任何娱乐性质的享受，一触便生兴趣，于是不多几日，便学会了打牌，常常被邀到人家去玩，直至午夜方归。偶然还跑跑回力球场以及其他俱乐部。那几位太太小姐，均是放荡不羁，男友甚多，有时由于她们牵扯，韵宜不免和男性间接交际。例如某太太邀她吃饭，座上有两位男客，韵宜也不能谢绝退席。但她在这种地方，却是很好，时时记着自己是孤苦无依女子，纪二又是残废之人，不可背负。只要男性在座，便沉默寡言，不假辞色。她的美貌本易惹人倾慕，自然有些男子对她追求，韵宜都严厉拒绝，并且向来和坐者通名，必报明是纪太太，暗示好花有主，不容采折。这种居心，和那班已经出阁妇女，实为太太，却仍对人自称小姐，表示无所统属，门户开放，可以自由贸易的，真相差天渊了。因此她虽表面放纵，实际绝没对不住纪二的行为，只是日渐学得浮华，把纪二的钱花得很是不少。纪二也觉得她挥霍过度，暗自心疼，但韵宜所费的钱，在服饰上居其大部，以外便是赌钱输的，不过她每次赌钱，都要报告纪二。纪二仔细考察，知道她确是结识了富家女友，被牵扯得学了浮华，也渐渐添了嗜好，此外却没可疑情形。虽然学浮华已不是好事，但也不能怪她，自己已然许多地方对她不住，她在家中得不到乐趣，到外面寻一点儿幸福，本也应该。若连这个也得不到恐怕反要逼出她的意外行为。好在自己有钱，就让她去花几个也罢。自己所亲只她一个人，将来希望全在她身上，有钱不给她花，留着做什么？纪二这样一想，不但不加管束，反把一个存折给她，二万八千元，由她随意提取，以免偶然不便，在女友面前显得难堪。

纪二对这个义妹，可谓仁至义尽。韵宜也觉不胜感念。但她却不能因感念而收束已放之心，每日仍是照样出去。她的女友都是交流广阔，连环介绍，所识愈多，酬应也愈来愈繁。今日张太太请在家中打牌，明日王小姐邀在士林吃饭，饭后看戏，后天马太太请到宁园划船，顺便吃西餐。韵宜初入交际界，觉得兴趣无穷，有约必赴。不过遇见男性做主的局面，或是男女烦女友转邀她赴什么宴集，都辞谢不去。因此有些女友都笑她思想古旧，不像二十世纪的人，她也不理会。但韵宜在外寻乐，本为解愁，由交际得到乐趣，就认为逃避现实，忘却忧闷的佳境，才这样流连不返。但她终是心事在怀，每易兴感，有时看见人少年夫妇，或是听到某小姐的未婚夫，将由外国卒业归来，即成佳礼，尤其女友因她躲避男子，就取笑说纪太太和你们先生不知何等恩爱，才把世上男子都看得不值一顾，我们很想看看纪先生多么漂亮，可是他怎不陪太太出来？韵宜每听到这种话，便觉心中如刺，只可答以纪先生正在医院养病，但自己也知不能自圆其说，因为既是恩爱夫妇，先生病在医院，太太却长日在外交际，似乎说不下去。但因此不免触起心绪，怅然不乐。有时在众人欢笑之际，忽然独自出神，于是有人看出情形，便猜测她的身世必有隐痛，不是夫妇失欢，便是在情爱上受过打击。就有些男女，由她的沉着态度，知道不是绝无经验的人，非平常手段所可诱惑，就另布远局，用欲擒故纵手段，假装好人先求她敬重，再做第二步进攻。但韵宜对于旁人议论，既不理会，对于男子矜持作态，更视如不见。简直遇见男子，根本不抬眼皮，只是对女友特别随和。一天有位朱小姐邀她到舞场，她也去了，而且很快学会跳舞，不过只和女友同跳，男子见她肯进舞场，认为是接近机会，但一邀请她同舞，仍遭拒绝。韵宜虽只和女友同跳，也上了瘾，偶然还自动提议到舞场去。

这一天正值天气凉爽，一位张太太邀韵宜和一位马小姐在家打牌，给她的老女仆募局。因为现在世风日下，生活日高，就是做仆人的也要在工资以外，寻觅外快。但有些中级家庭，力量不足应付，就请朋友每月打几次牌，把所得头钱，赏给仆人。这样本身所费不多，却足收联络之效。但日久习而成风，有时很朴质的家庭，竟被仆人带得时常开赌，家中人耳濡目染，渐成癖好，以致发生不良结果。在现在已成为中级人家普遍的危机，也是值得研究的社会问题。

这位张太太家道很富，只是为人小气，故意跟人学样，一面凑趣，一面也得省钱。至于另一位被请的马小姐，却是小鱼上大串，她丈夫只是个小职员，收入甚微。她却爱好浮华，只和贵妇名媛来往。她勉强巴结，势必成为上吊之势。因为圣人说过，以吾从大夫之后，不可徒行。穷不入富豪之群，自然不敢寒俭，必须竭力追随。否则将如鸡入鹤群，羽毛不类，便要遭到抛弃了。譬如人家手上戴着钻石戒指、宝石戒指，她起码也得来只赤金戒指；人家或是今天在丰泽园请吃饭，明天在大华请吃饭，她起码也得偶然请一顿咖啡红茶的晚点。就只如此，已经疲于奔命，够她应付的了。不过这位马小姐却是神鬼难测之机，仗着交游广阔，常能挹彼注兹，摘东补西，既不露出穷象，还能不失小姐身份。她的特殊的手法，便是广交男友，却对每一个都保持着不即不离的，做得恰到好处，使每一个朋友，都感觉她把自己认为知己，特别要好，自然更要竭力追求，做进一步攻击。她却只许他们停留在同等一阶段上，不令他们再越雷池一步，在其间再施展一些推迎擒纵、闪转腾挪的技术，使那班朋友都如醉如痴，做着美梦，各怀将来舍我其谁的希望。这马小姐就在他们的远望之中，收取近效。她有一本袖珍日记，在上面开列自己在各月份中的若干生日，每一日期下面，都注上一个朋友的名字，她有五十以上的朋友，一年便有五十多个寿日。例如对张三告诉是一月五日生辰，对李四告诉是一月十三日生辰，对王朝告诉是一月二十日生辰，对马汉告诉是一月二十六日生辰。只一月便有四个生辰，以下月份也都照样排定。这些朋友大概都是互不相识的，不愁对证出来，所以把日期人名记入日记，只为着长期可以利用，只要这个朋友不死不恼，不出远门，每年到了日期，总可以得到收获。倘若失去一个，还能另补一个。她的做法就是分别宰割。例如预定一月二十日宰割王朝，就在前两三天寻个机会，和王朝做一次长谈，谈到分际，便发生感慨，叹息自己命运不佳，家庭中既有隐痛，在外面也不能可心。王朝听她对自己说心思话，正觉心中荡漾，忽闻提到生日，自然要问是哪一天。她才装作自悔失口，随即现出既已泄露，就说了也罢，好在对方是唯一可以告诉的人，何必隐瞒的意思，就说幸而对你说走了嘴还没什么，换个人多么讨厌。不过你也不必问是哪一天，我在二十日晚上，请你到浪花餐馆，订个雅座一同吃饭，只你我两个，不邀别人。我要你陪着我，静静地过半天，纪念我这二十年失去的青春，你一定要到，可千万不要客气，否则我要不欢喜的。那王朝听了这一套，觉得她把自己当作唯一知心人，才要陪着同过生日，享受诗意的爱情。这简直是情有独钟心无二念，一切一切，尽在不言中了。怎会不受宠若惊？虽然说明不许客气，结果必要悉索敝赋，买几件名贵的礼物，自表寸心。在王朝心里，以为送礼不但可表祝寿之诚，还隐寓同心之约，一材两用怎会不力求其美具佳馈，以昭郑重？倘若家中开着银行，真能安上四只小轮，连大楼都给推来。只可惜他并非己有，力与心违，但经一番罗掘，或者连衬裤也入了质库，于是马小姐所得礼物，也就不菲。她这样宰割了王朝，再宰割马汉，以次轮及张龙赵虎，其他朋友。虽然朋友们境况有贫有富，性格有豪有啬，情意也有深有浅，她所收礼物，因之有厚有薄，总算起来，每月做四五次宰割，便足敷她的用度，有时还大有余裕。所以最欢迎的礼物，自然是合现金或同等物值、同样便利的首饰，其次就是衣料化妆品。若那不得人心的朋友，送些不能应用、不能换钱的玩物陈设品等，她只得留着，等机会应酬别人。但日久存得多了，她觉得不是办法，就要设法和几家大百货公司大食品商店大绸缎庄的掌柜或是主任，设法接近。至不济也要交结上一位同人，她便向朋友间常表示，只爱用这几家的物品，朋友自然要迎合意旨，于她的运用，越发得心应手，任朋友送什么礼物，她都能化无用为有用，能把礼券换成现钱，把洋娃娃换成高跟鞋，把洋酒罐头变成衣料，最伟大的成绩，是把一个奇蠢朋友所送价值三四百元的大缸热带鱼，变成小巧玲珑的宝石戒指。即使有人和她玩笑，送一打月经带，她也能变成一瓶香水。就因善于运用，她追随富人之后，才能不露窘态，而且惨淡经营之下，常常显示特别余裕。例如一班太太小姐，都保守着用现钱的习惯，她却在身上永远带着支票簿，每逢打牌输了，便临时开支票付给。虽然银行中存款有限，她还绝不空头，旁人便测不透她的真相了。不过由此也能得着便宜，每逢和朋友出去吃饭跳舞，她表示做东，临行开支票，在较生疏的店肆，常常迟疑不敢接受，旁边的朋友看着情形，就用现钱付了，她实际省下了钱，表面还骂这商店太不开眼。教人看着，她虽没破费，却在精神上已做了一次东道，还得知她的情，诸如此类。她的智计真可谓巧夺天工。

这日张太太邀请打牌，除韵宜马小姐以外，还有位男性，是张太太娘家兄弟的同学的表弟妇的姨兄。这是绕弯儿的关系，若抄近儿说，他是张太太的干娘的小儿子，再加减缩，就可称为干兄弟。虽然只是张太太的干兄弟，但是一班熟人，也以张太太为中心，都这样叫他。于是这一打牌引起程雪门露面，韵宜失恋自杀种种节目。

后事如何，下回分解。

第三回

阉伤重创哀燕舞宫巧遇旧相知
游子无依小榭题壁欣逢和事佬

张太太邀马小姐与假冒名的纪太太邢韵宜，还有自己娘家兄弟的同学的表弟妇的姨兄，这绕弯的关系，还真不好论。简言之，不如称他是张太太的干娘的小儿子，再一缩减，就称为自己的干兄弟。因为张太太与自己的干兄弟很好，这与她相知的小姐太太们，都以她为忠，大家也以干兄弟称之。

今天张太太提起了打牌，韵宜才高了性子撺掇。那位有名无实，外强中干冒牌的马小姐一听，心说这可糟了，知道人家都是有钱的阔人，自己是向来一贯主张，瓷公鸡根翎不拔，可是常身上带着钞票本子，若是有人逼得紧了，还是立时就开支票，大家所以谁也猜不透她是没有钱，可是她嘴里不说，心中还是不愿意打。

她不愿意，其中还有一位比她还更加不愿意，这就是张太太的干兄弟了。他一听张太太说要来八圈，纪太太又这一撺掇，马小姐不拒绝，这八圈准成无异，自己想输赢倒不在乎，就是个口气难喘。这因为什么呢？他今天犯了迷信了，常听人说，三男一女同座打牌，是三堂会审，当然是女的大吃其亏，三女一男，称为三娘教子，今天自己若是与她们三位同桌打牌，那不成了小东人啦？

他心中犹疑的当儿，那就被他的干姐姐张太太给看了出来，

196

说道："你怎么了？头疼么？"

干兄弟借阶梯说道："头倒是不疼，就是有点儿晕。"

张太太又是牌迷，一见人提说打牌恨不能立时就座，自己和下三四个满贯连着坐七八个庄才好。今天她又犯了牌瘾，纪太太又一撺掇，自己瘾得有点儿浑身痒痒，不知如何是好。她见马小姐无有表示反对，当然是愿打，空气立刻沉默，她回头一看干兄弟怔着了，故此才这么一问。她一听说是头不痛，是晕了，她才吩咐仆妇去拿四瓶可口的汽水。工夫不大，汽水拿来，于是每人一瓶，也有都渴了的，也有未渴了的，韵宜倒是剩了一少半。张太太这才命仆妇将牌桌收拾好了，干兄弟只是委屈不愿就座。

张太太一看，说道："你只管打罢，钱不够有我呢。你先打着等人来了，再换你。"

干兄弟不敢驳自己爱人心欢，只得委屈着坐了下来，四个人落座，韵宜的庄张太太的南，马小姐的西，干兄弟的北，四人就耍起来了。三圈过了，你说可真怪，就是三家输一家赢。张太太一家输的多，韵宜不相上下，马小姐伤本不多，干兄弟一家赢，自然是高兴。

他这么一高兴不要紧，末一把他连坐了三个庄，马小姐道："我不信这一把不会下庄！来，拉庄二元。"

干兄弟道："马小姐这不是有拉庄么？怎么你还再……"

马小姐道："你只坐着了不动，不许我们特别拉庄么？来，咱们大家一同拉他的庄。这次二元你若再和了，下次四元，跟头着涨。你有能力只管和。"

韵宜也下了二元，张太太一看她二人都有了，自己也得跟着，不然还许叫她二人说我与他打通牌有什么毛病呢，于是也下了二元。你说也怪，这把干兄弟又和了，跟着一连三把，特别拉庄涨到十六元了，把个马小姐气得好像张飞捉耗子，大眼瞪小眼。自己打嘛人家吃嘛，跟着他的牌打，人家和门前清，气得自己也无了主意。这一次特别拉庄可是三十二元，自己算着吧，这一把赢不了输得可真够受。自己一核计银行存款不到百元，今天他们若逼迫，自己的支票教银行给撞了回来，岂不将自己的行藏道破？不算吧自己已经输了这么一大堆，再说祸是自己惹的，带累人家输钱也不好意思不算了。于是狠了狠就又打骰子，这一把立起来韵宜一看自己的牌乱七八糟，心说我认命了，放下家张太太和了吧。先打一张二条，张太太碰了，转过又打了一个红中，张太太又碰了。过来张太太又抓了一张财神，她一看自己手的牌是五反牌的希望，她一高兴，就眉开眼笑不似方才那么沉寐了。她还催着马小姐快打，马小姐的牌是一色筒子，摸了别牌毫不犹豫就打，她一看庄家的牌，三副条子下了地，她手中拿着八条正在犹豫，有心打又怕包庄家三反，不打吧，自己不圆牌，她被张太太一催就一慌神，将那八条给打了出去。韵宜哟了一声，干兄弟一犹豫，就这我再吃一张。原来他是一对七条一张九条，一张三条，他和不了，才放下了一张一条，一张九条。张太太说："这还不和么？"

干兄弟道："不和不和，我还未有圆牌，上哪去找和去？"说着话揣想了好半天，才打出一张三条。

张太太道："真不和呀？可是四副落地了，马小姐，他若自摸和了，你可得替我们输一半呀。"

马小姐手中是二五八的筒，心中仿佛有把握似的道："那当然了，怎么打怎么输，我打和了他，我自己替你们二位输，何必还多问呢？"

张太太撞了一鼻子灰，也就不言说了。转过来韵宜手中是成了两副牌，自己是希望不大了，可是攻她什么牌张太太也不要，心说她还未圆牌么？恰巧一手摸了一张白脸，心说庄家和了一反，他和了三反，可是特别拉庄还省下三十多元呢，故此毫不犹豫地就给张太太打了出来，下家张太太不和，又碰了。干兄弟一哼，张太太道："你和么？给你。"

干兄弟一摇头道："不和，不和，我看是你和了至少是四反牌，你不和那得看看谁和了。"

张太太一听心说我近下打吧，一看手中是五张牌，二张七条，一张三筒，一张幺筒，一张六条。接近下里打，得放六条去嵌二筒，无奈六条太生，还得包庄，自己还得落打通牌的嫌疑，不得已才打出一张三筒，反正条子不能打，光放张筒子吧。马小姐一怔神，就伸手抓牌去了，一看是张六条，心说可怎么打，打了人家和了还得包庄，一端视庄家的牌，方才打了一张三条，就明明是吊条子，否则决打不出三条来。发了半天愁也未打定主意。

这工夫张太太道："快打呀，庄家坐了七个庄了，这次是一色，又是四副落地。"

马小姐道："你不要催我了，若不是你催我四副也包不了，不然我……"

张太太道："你倒是打呀，不然不然，就算和得了么？"

马小姐被她说得无了主意，不得已才打出了一张三筒，干兄弟换了一张，一看是张六条，毫不犹豫地就打了出来。马小姐一看，咳了一声说道："不和呀，可真把给亮透了，三和的叫张太太逼得也扔了。"

韵宜抓了一张是八条，当然不敢打了，张太太也摸了张八条打了张幺筒，才对付着圆了牌。马小姐噘着嘴，心中老大的后悔，不该折了和。摸了一张是张风头，随手就打出去了。干兄弟也未接着和，韵宜摸了一张六条更不打了，如是转了数圈，结果韵宜也圆了牌，马小姐强摸张八条，也圆了牌。她也不似先前那样了，转过去干兄弟一摸，看是张幺条，自己一看牌市里，不见幺条，一看自己的牌，七条已经吃下去二张，按说应当打七条吊幺鸡了，他又仔细一想，上圈马小姐打了一张三筒，我打了一张六条她后悔得了不得，想必是她摸了张六条未敢打，才拆了和，方才她这么一快乐，想必是摸着圆牌了，我打七条她准和，不是四七条就要嵌五条，我不会撞她一能挨劫也不给她这张七条。于是将幺鸡打出去，真未人和。他才放了心。又转三五圈，也已到了谎的期间了，每人还有三二张牌。

张太太道："谎了，谎了，看着点打呀。"

大家摸来摸去，就剩一张牌了，正赶上海底捞月加一反的和，轮到庄家去摸。张太太把牌一推道："这一把太可惜了，我是五反呀。"

马小姐摸了一张白脸，也说道："可不是么？三反来等，嵌了一张七条，见了二张就不见。"

韵宜见她二人亮了牌，也亮了说道："谁说不是？不敢打了才落了一点点的圆牌。"

马小姐与张太太一看，也是嵌七条。张太太教他们一看，三人才哈哈地大笑了。

干兄弟一看说道："你们先别笑，请看这是等什么？"

张太太一伸手给他反了起来，一看正是七条。张太太道："你和不了，四张七条，你手中有三张，那一张不在落底呢，还有你这一张他就是七条么？"

干兄弟道："那可没准。"于是他涨涨精神，一伸手自己摸索半天，道："你们看这是什么？"

众人看正是张七条，乐得他不知如何是好了。马小姐也瞪了眼，输赢倒是不在乎，无奈看着很气不顺的，张太太更知所为了，于是说道："咱们不打了，拉了，输了认命，我也觉着饿了，你二位想怎么样？"

韵宜是随众不随一，道："输得真憋气，若不咱们先去吃饭，回来接着再战。"

于是大家才离了座，干兄弟说道："今天提出十分之三四请客，大家以为如何？给你们输家顺顺气怎么样？"

张太太道："谁要你请客，人家二位不在乎这点，小意思，你也别过意不去。今天我请客，你们说到哪去吃？"

韵宜一看钟，才十点，天还甚早，马小姐提议去吃夜宵，大家商议到什么地方，张太太主张上维也纳，那位干兄弟提议上狗头饭店，韵宜笑道："我可不去，这名字多讨厌！到那里就成狗了。"

张太太道："本来这年头专兴这种无聊的事，我家里仿效欧美风气，连商家都爱起带洋味的名字，普通人也爱好新奇，趋之若鹜，不管是什么意义，只要带洋味的就好，比如维也纳是西洋传说中一位神的名字，开店而用这三字，就有人说漂亮，若是换上一位中国神的名字，假如叫作二郎神或是玄武爷，管保被人看作庙宇，不愿进去。再看新近开的海盗食堂，海盗是多么可怕的名词，国际法有着治海盗的条例，在当年每个国家，对海盗都极严厉，捉住就要在船桅上吊死，真算够得凶惨。但是只为带洋味，人们就不觉了，可是倘若换个同样意义的中国名词，叫作绺贼，或是抢犯食堂，那就准保门可罗雀无人敢去吃饭。这是一种风气，你也没法讲理的。"

马小姐笑道："我就和纪太太一样，反对这狗头饭店。不但现在，就是当初小的时候，有一家西洋唱片公司，商标是小狗听留声机，我就说这明明骂听的人是狗，立誓不要听。到长大些，才明白狗在西洋是被尊重的，这商标并没侮辱意思。可是中国向来把狗当作骂人的话，他们的唱片既在中国销行，就该入国问俗，否则西洋人向来把驴当作坏话，我们国人却不怎样轻视，倘若在西洋开的饭馆，起名作驴子座，试问他们肯不肯照顾？"

张太太拍手笑道："好，算你说得有理，无奈说半天也不能解饿，你倒请在哪里吃呀？"

马小姐道："我提议上七夫人饭店，你们可赞成？"

张太太点头道："我赞成，这饭店我在开幕时去过两次，家常风味，倒是不错。"

韵宜道："我还没去过，正好去尝尝新，这饭店怎么叫七夫人饭店呢？莫非是谁家行七的太太，或是七姨太开的？"

张太太摇头笑道："全不对，你真是摩登老赶，连这个也不知道？这是七位吃饱饭的闲得难过的太太开的。提起来大半是阔人，她们都自觉能干，都自觉会做两样好菜，又都守着钱没处花，闲着工夫没得干，不知怎么凑到一处，就商量着开了家饭店，一共七个人，每人拿出三千元，举一位顶精明的寡妇太太做经理，其余六位分作三班，排日轮值，每天一位照应客人，一位下厨做菜。其实厨房早请下掌灶的师傅了，只遇着客人要到太太司菜手的，才肯亲自动手呢。每逢某位太太当班，就把她拿手的菜写在小纸牌上，叫作今日菜单。在她们初开幕的第四天，我和人去吃过饭，见座人拥挤不动，就进厨房去参观，看见那位王太太正在当班。她是总长的大姐，银行行长的太太，居然身上围着白围裙，满头大汗地守着大灶口做菜。她告诉我说，生意太好，要她动手的菜，已有客人点了二十多个，她实在赶不过来，恐怕今天要累死了。我心想你本是自寻其苦，平日被人伺候惯的，现在出来伺候人，如何能受得住？正在这时，只见那位在前面照应座客的景太太来了，催她快做，说外面的座儿有的等了两三点钟，还没吃到一样菜，有的只吃了一样，就又停住，隔一两点还不见第二道菜上去，起急得乱叫。有的竟只付给小费走开到别处吃去了，这样慢可不成！王太太说自己手头并不慢，在家里每做一个菜，不过二三十分钟，这里要得太多，才显着慢了。我听着就说，你二三十分钟做一个菜，现在还有二三十个菜要做，岂不得做到明天早晨？王太太一听才搔了头，喊着道这可受不了，就叫掌灶师傅替她动手，自己解开围裙到旁边喘气去了。我那天的饭，足费了五六个钟头才吃过的。第二天又去，见那当班的吴太太，根本就没动手，全是男厨子做的，简直成了名不符实。不过我从那两回以后，也有一个多月没去了，现在去看看她们干得怎样了？"说着四人便分别理妆着衣，坐着张太太的车出门，直奔七夫人饭店。

到地方下车进去，到了里面，大家都觉一怔，只见客座中灯火稀疏，人烟冷落，只近门处开着两盏灯，账桌上开着一盏灯。那位经理兼司账的朱太太，还坐在她的原位上，悄无声息地正织毛线衣。在近门一张桌上，坐着个穿白衣的小童，正打盹儿。他四人进门，才惊动了账桌上的朱太太，抬头看见，便放下活计，下座招呼。她向来是帅不离位的，今日想因无账可算，无钱可管，才借机会运动身体。张太太便问："怎这样清静，莫非不卖消夜了？"

朱太太是个短小精悍的瘦女人，据说实在年纪总在四十开外，但一看装饰却像二十来岁，这样两下凑合，互相抵折，本该像个三十上下的人。但不知怎的，反而生出特别情形：若从前面看，可以引起人们争论，近视眼说她不到二十岁，好眼睛的说她过了五十岁，因为黄色胭脂最能显示皮肤枯皱的程度，而半裸的新妆，把瘦瘠肢体毫不留情地暴露，不给遮盖；但从后面看，都一致公认为十六七岁，发育尚未完成的小女郎，因为她的体格已消瘦得有些返老还童，再加上两条小辫，谁敢说是成人呢？不过她虽这样爱美趋时，人老心少，但是品行尚好。她丈夫去世已有十多年，但她没有随从伴侣以及干兄弟等类的人。她本身却并非无意于此，只为迫于情势，才成全了她的好名。她丈夫曾给她留下相当可观的财产，居孀以后，自不免被人觊觎，不过她的姿色稍差，一班有钱的儿郎，既无所希求，自不犯和老妇周旋，飞班追求她的，全都是希图人财两得的穷光蛋。偏这朱太太又是极悭吝的人，坚守老寡守财的原则，把家产视如性命，不肯放松。所以她虽也曾结识几位临时伴侣，都很快地断绝了。有时是男子对

203

她要求钱财，或是巧语诱惑，教她拿出钱做什么生意，都被她严厉拒绝，男子知道遇着瓷公鸡根毛不拔，也就畏难而退，不再和她怄气。有时是她在和腻友相处中间，忽然感有失便宜，因见旁个女子都受男子供养，自己的腻友，不但对自己毫无进奉，反常常设法剥削，好像把自己当作冤桶，于是一阵愤怒，便和腻友绝交。

最妙有一次，她和一位银行小职员要好，到了相当程度，那小职员就把她的家当作自己的家，镇日盘桓。但到了月头，她发现多费了若干米面、若干菜钱，竟心疼起来，当时就和那小职员说，要他按月把薪金交出，贴补家用。那小职员和她交往，本非慕色，只在谋财，正在梦想她把家产都拿出来开座银行，自己好做经理。忽然听她反向自己索要薪金，好像连供给两餐都觉心疼，这还有什么指望？而且那小职员的薪金，养家还苦不够，也实没法应酬她，于是就从她家溜出，再不见面。

朱太太从此痛恨男子，认为没有好人，就断了求侣之念。同时外面男子也都知道她的悭囊难破，直甚于坚城难攻，谁也不肯再来尝试。因之朱太太居然门庭清肃，座无杂宾，到如今已有六七年光景，朱太太再没发生过风流故事，人们也渐渐忘了她的中间一段历史，都承认她是个规矩妇人。朱太太却把心情都寄托在游乐上面，交了一班年轻的太太小姐，陪同吃喝玩乐。不需花费，那班太太小姐只要她凑趣，也并不斤斤计较。朱太太还借口在家请客，预备些不值钱的饭菜，请女伴赏光。饭后便摆了牌桌，收取比饭店多值几十倍的头钱，由此也颇得利润。

不过智者千虑必有一失，这次太太们提议开饭店，要她担任一股，她虽把三千金看得极重，但想到这些太太真是有财产而没算计的人，自己加入其中，握住大权总不失却便宜，于是就在做经理管账目的条件下，加入股份。哪知一经着手开办，那六位太太都是眼高手低，而且爱漂亮好铺张的，她一人居极少数，拗不过众人意见，因为在未开张前，便被装潢门面购备家伙等事，耗费了资本的三分之一，又加各位太太对生意完全隔膜，还得另派人经手，又被人剥削个不轻。开张以后，生意虽热闹一阵，仍是赔钱。过了没几日，先是太太们畏惧劳苦，都不肯亲自下厨，只令男厨司动手。食客们知道，已减少许多兴趣，大半裹足。再过几日，太太们也失了兴趣，先是景太太因害了嗜酸好倦的病，任丈夫嘱咐不许劳动，第一个告了假。接着是王太太，赶上马场开赛，她是个马迷，每日前往马场，自然没精力再到饭店工作，也请了短假。吴太太却是因为她的老母从上海到天津来，她母家本是有名富户，财权全在她母亲手里，她为着日后承继问题，自然对母亲极尽孝道，每次到天津来，她照例抛开一切家务外务，专心在母亲面前随侍承欢，当然更顾不到饭店了。于是半月以后，饭店里只剩下朱太太巍然独坐，很少见别位太太的芳踪。食客也和股东成为正比例，凡是来过的，全不再来二次，但还有些未曾观光的，震于七夫人的大名，仍陆续前来尝试，才得勉强维持局面，不过已很少了。

朱太太看着生意日衰，资本已快赔光，恐怕自己的三千金付诸虚耗，大为焦灼，就召集股东会议，要求大家想法，并且埋怨其他六位太太，做事无恒，毁了生意，如今眼看不能支持，你们都是财主，赔点钱不在乎，我这寡妇的钱，就是命产，若赔尽了就不能活。你们别装没事人，得打正经主意。那六位太太没法缠她，一同表示放弃股东权益，大家退让，把饭店一切生财家具，全送给朱太太一人承受。她们六人本不在乎这区区数千金，从入股那日，便是游戏性质，这时放弃也不心疼，只当是打牌或买马票输去了。朱太太却得其所哉，独占了铺产，就励精图治地整顿起来，想把生意干好，赚到的钱，全归自己，再不愁他人分润了。但是店名更改太费手续，而且怕失去号召力，就和那六位商量，仍借用旧名，只在下面另赘上朱记二字，又另立了手续，以避免日后纠纷。

她自接手以后，只想一任整顿，便可生意兴隆，行见食客满堂，金钱满柜。却不料结果适得其反，第一因为外面都知道七夫人饭店有名无实，货低价昂。起初来照顾的，也只抱着好奇喜新的心理，并非求快朵颐。以后饭店本身把引人兴趣的都消失了，来尝试的无不失望而去，生意已衰败不成样儿。及至朱太太接手，在报上大登广告，吹了许多革新改良的话，有些食客被引了来，哪知到了饭店，毫不见异状。所谓七夫人仍无踪影，菜肴还是那种味道，账桌上还是那个少女打扮的小老婆儿，于是全大呼上当而去。两天以后又恢复了冷落的原状。厨师因为朱太太天性奇吝，她的整顿办法，一从省俭入手，每日自己上市买材料，却又没有锦则，今天把材料预备齐全，足敷用人的需要，但临时只卖了二十客，剩了许多，不免糟蹋，她自然心疼。明天就减少材料，不料忽然上座满堂，弄得这样菜没有，那样菜不够，使客人大不满意。到第三天，她再多买材料，偏又不上座儿，总是弄不恰当，因而材料常常剩下，她舍不得抛弃，就借客人的肠胃做垃圾箱秽水桶，替她收容臭鱼烂虾，还得出大价钱。因此除了外乡旅客偶然经过，被店名引诱进来以外，本地人简直绝迹了。她见生意不好，越要节流，首先节省电流，把灯光减小，门灯只开一盏，店内只开近门一盏，跟着又裁员减薪，前后只用三人。所以食客由门外走过，看着幽暗灯光，真不知这饭店是否尚在营业，推门进去，看见冷落光景，更疑惑已经收市，常有却步退出的人。朱太太还得喊叫请回来，有饭吃，有座儿。就像抢命似的把客人喊回来。但到人家坐下之后，看看菜牌，要虾虾没有，要鸭鸭没有，要鳝鱼丝，堂倌赔笑说请您换个梭鱼段吧，要烧翅根，堂倌说请你换个炒肉末吧，简直要什么没什么，问真了只有鱼肉两事，还不新鲜。客人忍耐着吃完，觉得还不如起码的小馆，等开上账来，却可以使心脏衰弱的人受惊致命。人家上过当以后，下次便在梦中也不会再来。朱太太这样做法，怎会不愈来愈糟，但她也自有其独知独觉的理论，她常说生意虽然不好，挑费却不能减免，我总不能再掏腰包赔垫？所以每日的挑费，总从客人身上找出来。这话倒是有理，只可惜昧于情势，譬如店中每日要三十元挑费，每日能上座三十人，向每人身上赚取一元，倒是顺理成章，毫无困难；若只上十个座儿，每人定要剥削三元，这就大有问题。但近日店中常只卖一两个座儿，而且她不肯预备高贵肴品，人家所吃只是贱价东西，在旁所费有限，她却要客人分担固定挑费，好似加了百分之千的无名捐税，客人便是最老实的，也得提出抗议。朱太太却由经验上知道客人都是无情无义，来一次绝不回头，所以也不想拉拢主顾，坚持不让，宁可教客人大骂而去，也不肯稍减税率，因为若一放松，损失便落到自己头上，她是不吃这亏的。

但到了这日，竟而终日未曾开张，朱太太坐在账桌前，含愁衔愤，咒骂那六位夫人，无端拉自己下水，受这份云南大罪。虽然她们把店面盘归自己，好似占了便宜，但接手以后，生意更清，虽然自己善于操持，教客人担负每日挑费，表面未甚赔累，只是细一盘算，房租电费也欠了一月，还有许多零碎债务。这店里装潢虽曾费了不少的钱，但都涂在墙上，安在店外，拆下来一文不值，至于这点生财伙具，所值也很有限。现在眼看支持不住，若一倒闭，恐怕把店面兑给别人，尚不足抵偿亏空，自己的三千股本，等于是渺无声息地完了，还白赔上许多精神气力。想着不由悲酸欲绝，流了半天眼泪，但终是无可奈何，只得取起毛线，织着解闷。熬到半夜，她不住望着店门，暗叫阿弥陀佛，祷告老天保佑，快给送来几位食客，否则转瞬落灯，今天的亏空就得落在账上了。

不想她的祷告居然有灵，不大工夫，便闻门口汽车声音，跟着便进来一群客人。朱太太抬头一看，她和张太太本是熟人，马小姐也曾见过，只对韵宜素昧平生。便下座相迎，周旋一会儿，张太太问起是否还卖消夜，朱太太忙着说有。但她也知道厨中所备，绝不能满这几位太太小姐意，就跟张太太诉了阵苦，告了阵穷，说得好像被别人害得她倾家破产，现在只可守着这残败局面受罪，最后才说到今日所备材料不多，都已卖净，只可随便凑几样点心，请你们看在老姐妹面上，包涵着吃。张太太听着只得答应。朱太太跑进厨房，待了半天，才又出来陪她们说话。韵宜在旁坐着，很觉气闷，心想无端来到这倒霉地方，我还以为有七位花枝招展的太太，造成美丽环境，散放芬芳空气，不知怎样繁华醉人，谁想竟是这样有名无实，人也没有，灯也不亮，冷落得足以使快乐的发生愁烦，愁烦的人更得绝望自杀。再加上这小老太婆哓哓诉苦，真有地狱风味。自己再坐上一会儿，点心端上来也吃不下了。

想着忽觉耳中清静得奇怪，后面厨房竟没一点儿声响，好似无人工作，不知点心几时才能端上来，使我们逃出这里。正在想着，忽见一个堂倌从里面走出，端着大盘，走过来放在桌上。大家看时，原来是一盘饺子、一盘春卷、四个炒面，不由都皱了眉头。朱太太才说声夜里东西缺少，请对付吃吧，就退回账桌去了。这里大家举箸欲食，马小姐眼尖，先看见那盛饺子的瓷盘十分粗劣，而且污秽，就教众人注意。张太太也看见盛炒面的盘子上，烧着"十香斋"字样，也指给别人看。大家这才明白，本店厨房并没开火，只是从外面转买来的。

张太太干兄弟就说："十香斋是对面一家小馆，而在转角处有家包子铺，是专做车夫小贩生意的。"

张太太听了先放下筷，便低声骂这饭店真倒了运，连菜也没有，点心还是从外转买，堂倌竟不肯多费一点儿气力，换上本店的家具。韵宜说咱们还得谢谢堂倌，他若换了盘子，咱们还许马虎着吃了呢？马小姐正把口中的春卷吐到地下，用茶水漱着口说

208

道："他换了也没用，吃到口里也瞒不住舌头。这样东西，谁能吃呀？"

其实马小姐说这话实在屈心，她在家中所吃的还不如这个，但在朋友面前，就装得特别娇贵了。当时大家都没入口，又坐了一会儿，马小姐便叫堂倌过来算账。堂倌早从柜上拿到账单，在旁静候，闻呼即至，送上账单，说柜上给打个八折。马小姐接过一看，气得花容失色，转手递给张太太道："你看这不是要抢么？"

张太太一看上面开着二十五元零四角，不由也怔了，但一转想就向马小姐低声道："得了，她这是穷极生疯，明跟咱们敲竹杠，你没听见方才她诉苦么？那便是伏线，教咱们知道她赔累可怜，不忍较真。也许今天电灯费到期，无法拆兑，谁教咱们没做好梦，竟赶在竹杠头上呢？不过你和她并不熟识，花这钱未免冤枉，还是让我做东吧。我跟她认识很久，就应酬一笔抽丰，也应该的。"说着就要拿钱。

马小姐听她这样一说，倒不好意思和饭店计较，急忙抢着取钱付了，四人匆匆出门。朱太太等她们离座，才送出来。大家哼哼哈哈地和她作别，上了汽车，开到另条街上。张太太教车夫暂且停住，向大家说道："咱们还空着肚子，这该上哪里去？快打主意，要不然不但没得吃也没得玩了。"

马小姐和韵宜说了几个地方，都不得全体同意，后来还是张太太干兄弟提议到一家绿莎舞场。那舞场本设在一家饭店里面，两方合作，新兴了一种噱头，叫作初夜权。这初夜权本是原始野蛮民族的名词，处女出嫁，第一夜应享权利并不属于丈夫，也许被翁公大伯母舅，以及酋长乡邻得到，所以有这特别名词。到文明民族则有礼教节制，妇之与夫，终身无改，自初夜以至老死都归一人专利，自然谈不到这初夜二字。但不知怎的，竟被舞场老板和饭店主人给利用造成噱头，这办法就是引诱舞客全都在舞场食用高贵的西餐，价目定得奇昂，每一舞客点了一份西餐，就得一个号码，午夜以后，当众开彩，争取初夜权。凡是得到头奖的，不但把餐费全免而且全场舞女都由这初夜权的得主随便享受，想跟谁跳就跟谁跳，舞女不得拒绝。便是请舞女坐台子或拥着舞女正在狂舞的客人，也得被幸运者从身边怀内把舞女夺去，也只付之一笑。而且每一舞女和幸运者跳过以后，必得送给他一条红花手帕，以做纪念。这就和野蛮酋长在部落内横行一样，对于现在虽已进化而尚有蛮性遗留的人，是具有绝大诱惑性的。至于那手帕是何寓意，那就含蓄甚深，很值得考古专家加以研究，色情诗人加以吟咏，舞场大班可谓大才如海，心曲如钩，这法子实不是凡人所能想到。

当时干兄弟提起这绿莎舞场的新噱头，大家都觉新鲜有趣，想去观光。韵宜却迟疑道："听这情形，好像只是男子的事，女子怕不好参加吧？"

干兄弟道："这倒不然，舞场并没定女客人不许入场，也没限定女客没得奖的权利。前两天很有女客去看热闹，舞场的意思，似乎说女客也和男客同样享受权利，只不过女客若得到初夜权，不及男子闹得有趣。所以便是得了，也都推男的代表。好在女客很少单身前去，差不多都有男伴的。"

马小姐笑道："我们若去，无论谁得着，都要推你代表，你可太便宜了。"

干兄弟笑道："你别这样说，倘若你去了，居然得中初夜权，推我代表，我还不伺候。看你可拉得下脸儿享受这种福分？"

马小姐摇头道："还真办不到，只好便宜你吧。"

张太太道："别磨烦了，咱们就去看看，我来做东。"说着就教车夫开赴绿莎舞场。

到了地方下车，张太太想着在舞场连吃带玩，起码也得两三点钟，就打发汽车休息，过两点钟再来接，车夫依言开走，四人便直入舞场。见里面客位甚盛，好似已经满座，人气烟氛，蒸腾如雾。

张太太皱眉道："糟糕，恐怕没座儿了。我又把车打发回去，这可怎么好？"

马小姐也道："实在没座儿，也只可另想别法。"

干兄弟却迟迟舍不得走，幸而他常跑舞场，又加手头大方，和里面执事颇有人缘，居然寻着那能事的大班，烦他在人丛中开阔地位。费长房的缩地方，在这里是用不着，得反其道而行之，用伸展地皮之术，好像都市房主，用经济方法在有限地皮之上，建造无限的房屋，以图厚利，那就是缩小容积，增加高度。但这里不能增高，只得缩小，把旁边客座竭力紧缩，并且从远处做起，每座缩进两寸，十座就缩进一二尺，前后左右地一匀，只见空隙渐渐扩张，先放下一张桌，又塞下一张椅，直到放下四张椅，才算成功。但已扰得别处太挤了。

四人落座以后，侍役送上菜单，韵宜见上面只是平常西菜，毫无特别，定价竟是十二元，不由暗自咋舌，心想这世界真是奢华。回想自己小时，约当十年以前，正过着幸福日月，一次随母亲到北京探亲，被人请在一家小西餐馆吃饭，据说每客才六毛五分，但自己吃得美好香甜，至今想来还有余味。现在物价日昂，较当日贵到将近十倍，想来已足惊人，这舞场里竟比时价又加上一倍多，然而座客仍是如此拥挤，真是令人咋舌。现在各处都喊着民生艰困，政府关心民瘼，提倡节约，谁知报纸上时常登载被经济压迫，投河跳楼的新闻徘徊不绝之际，竟会在另一角落里，有这样奢靡的场合？两下对照想来，若是这舞场里有一个客人，肯居家静坐，把这一夜的耗费省下，送给那班受经济压迫的人，报纸上便可减少一段自杀新闻。若是全把钱省下，交给义赈会，足抵三次大义务戏。那班慈善家劳心费力，邀角销票，办一次义务戏，所得几何？这里以每人消耗二十元计算，只卖上四百客，便是八千元收入了。看来社会上富人还是真多，只于不肯把钱用在正路，当局劝导简约，还应该设法减除奢靡风气，使金钱归入有用之途，方能多收效果。

韵宜一面胡乱思想，一面瞧着场中，光景十分骚乱，音乐虽按节吹奏，但下场跳舞的却不甚多，因为座客多半正在饮啖，不能兼顾拥抱。而且吃得油嘴油手，也不便贴颊握腰。又加交通阻塞，只挨近舞池的一圈人，可以出入自在，较后面的全被挤住，若要下场，必须具有开山之力，还得有响亮喉咙连喊若干声借光，闹得鸡犬不宁，桌椅乱响，才得扫除荆榛，开辟一条崎岖小径，还得使出八段锦的功夫，运用风摆柳的腰肢，左躲右闪上弯下扭，才能杀出重围，下到舞池。但经此耽搁，音乐已经停了，既不能跟着再挤回去，也不好在池中呆等下次，倒弄得进退维谷，面红耳赤，招众人来个哄笑。像这样的颇有其人，因之都不肯离座受窘了。尤其那班送菜的侍役，特别劳苦，老板只顾多图赚钱，尽量容纳客人，直想房屋能变成橡皮似的弹性物质，可以任意扩张，更恨不得改变办法，把座撤去，取立食制度，每人限占一方尺的面积，胖人加倍收费，或是照旧式戏园的布置，把座椅改凳，因为板可以无限制地加楔，可惜都办不到。于是就苦了侍役们，出入上菜，比赵子龙大战长坂坡还为费力，杀入重围，闹得人伤马翻，再杀出也是照样，累得汗流如雨，常滴在女客香肩玉臂之上。客人也受不住，纷纷抗议。还是舞女大班高才，想出高招，仿照一九三六年世界运动会，由希腊把圣火送到德国的接力传递方法，教若干个茶房，分布在各要区，每隔数步，安置一人，各自挤个空隙，蹲在地下，等有菜盘传送过来，便立起接取传递，递过以后，仍得蹲下，以免妨碍客人的视线。

韵宜这桌上的菜，因为来得较晚，更是杳无音信，半天才摆出刀叉，又半天才送来小吃和酒，跟着带来四张餐票，上面印着号码，也可以说是彩票。韵宜见号码是四五七到四六零，便知道这舞场今夜最少能卖到这些客位，后来还陆续有人，若有法安插，不难超过五百，总计收入或将逾万。只是这样拥挤，行动不便，少时开奖以后，得到初夜权者，恐怕难于任意狂欢。韵宜所以这样想法，因为听那位熟悉情形的干兄弟讲说，今夜生意特好，凡是常跑舞场的名人阔人，几乎全体出席。舞女借此也大出风头，有些舞客，特别爱在大庭广众中挥霍自豪，视为荣耀。所以在这日子，请舞女坐台子以及开香槟的特别多。较红的舞女，几乎全到了客人座上，一同饮啖。更红的户头既多，还得四处奔走应酬，无奈交通不便，只得在椅缝桌隙挤来挤去，时闻呻吟呼疼之声，不是扭了腰，便是硌了腿，以至踩脚丢鞋，听着令人销魂。她们常常故意藏躲，不使得奖者捉到，得奖者还得各处搜觅，因此更添了许多情趣。所以韵宜想到这样拥挤，舞女分布各处，得奖者要享受初夜权，恐将有云山万里、关山难越之感。若没相当的功夫，简直就得望洋兴叹，结果只好弃权。

当时大家欢然谈着，马小姐向干兄弟道："倘若你得了权，可能把所有舞女的手帕都得到了？"

干兄弟道："那是当然，我得按人数搜寻，短一个也不成。"

张太太道："可是你有什么能为，闯这八阵图？只怕出入两回，就只剩下喘了。"

干兄弟想道："倒是问题，我想谁也没气力杀个七进七出，倘若得权的不能享受，那可大煞风景。总得想个办法。"

于是大家都寻思办法，结果谁也想不出来，因为座位原已缩得无可再缩，但要让出可容小猫通过的走道，也办不到，何况客人都在吃饭，若临时有人出入，必得惊动各位立起，匀出隙地让路。这已经够得扰乱安宁，教客人长久起立，当然绝无可能。

正在说着，侍役才传递过来第一道菜，还没吃到口里，就见舞池中出现了一丛人，是舞女大班和几位执事，音乐奏出信号，请客人肃静注意，随即停止。那大班立在中间，先拍拍手掌，才高声报告，现在开奖时间已到，请几位舞客下场，监视开奖。又报告本日共售出五百零四个号码，已预备了同样数目的纸阄，放在一个大玻璃缸里，因为数码很少，所以不值得到北京向奖券办事处借用新式机器，不过我们若真去借，是否能够借到，还是问题。众人听到这里，都笑起来。

那大班又继续说道："所以我们只可仿照商店赠彩方法，先请监视人验过纸阄，然后另请一个到场的闺秀名媛，随便给抓出一张，就作为首张号码。"

说着便请下几位男舞客，把玻璃缸中的纸卷验了一下，其实纸卷甚多，怎么挨个全打开瞧看？也不过虚应故事而已。好在这种事只博一时欢乐，并无实惠可得，倒是不愁有弊。那大班随又向四面延请："哪位小姐太太请下场，来用你有福的手给抓出幸运的号码来？"

她连叫了几声，那些挨近舞池的女客，发出唧唧咯咯的笑声，似乎有的想去，又不好意思地被人撺掇，却觉得羞怯。随见对面座上，有个女子立了起来，一面作着娇羞的笑，一面俏摆春风，连着风流步儿，走到那舞池中临时设置的小桌前，伸出纤纤玉手，在电灯光下，辉映着指上钻戒，腕上珠镯，晶光闪烁的，先做了个白蛇吐芯的姿势，才把手伸入玻璃缸，略一翻动，便拿出一个纸卷，递给那个大班。随即吃吃笑着，跑回原座。但她得意忘形，只顾人前显俏，没留神脚底揩油，舞池地板太滑，她跑得失了重心，竟向前跌倒，幸而已近桌前，被同座的男子给扶住了，但她的上身已扑入男子两股之间，全身横伏，成为桥形。两只穿银色高跟鞋的脚，好像驴儿尥蹶子一样，不住上下踢动，半晌才挣扎站起，已羞得面如红布，头上新烫的发也给揉搓着失了原形。羞羞惭惭回到原座，把脸儿藏到酒瓶后面，自去难过不提。

在这女子离座抓彩之际，马小姐看着口啧啧作声，韵宜因不认识，便问："这是谁啊？"

张太太撇嘴说道："你还不认识她？她是麻耀会的小姐麻丽么！这是世上顶爱出风头的人。不论在什么地方，都得把她自己显露出来，真把出风头看得比命还重。有一次我们一家亲戚办喜事，本想请她做伴娘，后来改请了别人，她竟在人家礼堂哭了起来。还有一次在什么地方宴会，主人一时疏忽，在给她介绍生人的时候，少加上一道头衔，竟惹出老大麻烦。她的头衔好像有一道是天津美人，这是从什么饭店的赛美会得来的；一道是艺术家，这是因为她会画米老鼠式的卡通人儿，并且会做出电影姿势，给人照相；一道是文学家，这是因为她自己作过一首谢冰心式的小诗，我还记得原文是：小狗哟，亲爱的小狗哟，你卧在我脚下，好像个柔顺的情人哟。但我还希望你能变成雄狮，在我用着雄狮的时候，平常最好驯得像小羊。小狗哟，雄狮哟，小羊哟。我愿有个情人，兼有你们之长，我才幸福无量。这首诗已经脍炙人口，再加她有位表兄因为被爱情驱使，常做些文章，用她的名字登报，给长久维持文学家的声名。这三道头衔，凡是麻丽的戚友，都必须细心记住，替她介绍的时候，总得像前清小官见大官，报全衔职名似的，整套说出。那天主人不知怎么漏了一道，麻丽立刻沉下脸，背地对主人大发牢骚，竟说主人成心教自己女儿出风头，把她的长处竟给淹没，大有怨主人嫉贤妒能之意。闹得主人没法，重新郑重介绍了一次，麻丽才没话说。"

马小姐道："去年有一家商店开幕，请四位小姐剪彩，麻丽变着法儿，托人要那商店请她参加，事过以后，报上给登了条小消息，竟把麻丽放在四位小姐的末尾，排字工人也像跟她玩笑，把麻字错排作林字。她看见就气疯了，跑去跟报馆交涉，自己做了段更正稿儿，要报馆照登。报馆只答应简单更正，不肯照原稿全登，她更生了气，就自己掏腰包在别一家报馆登封面广告，诉说那家报纸记载不实，不但错排人名，贻误名誉，而且颠倒次序，那商店当日确是请自己做剪彩首席，一把小剪还是拿在自己手，有当场来宾可为证明，事关重大，不得不做此声明云云。这广告登出，原先那家报馆大不满意，就做文章把她冷嘲热骂，还有另外那三位小姐也来了一段联合声明，狠狠对她挖苦。她实吃不住，才又托人调解，结果请客赔罪了事。"

说着时麻丽已演过当场出丑的笑剧，回到原座，阖场的笑声，却半晌还没压下。

那舞女大班一时没有说话，只举着那个麻丽抓出的纸卷儿，连连摇动，等笑声稍杀，她才做出一种特别的姿势，好像中国变戏法的，穿上西服，假装外国魔术家，仿效那种近似机械的动作，由矜持中显出神秘，但又学不好，就只见扭摆可厌，两只手腕都灵活过度，把小指尽力挑起，她那不知由哪个舞女借来或是骗来的碎钻小戒指，也在灯下放着萤火之光。摆弄半晌，才把纸卷打开，凑近眼前看看，面上做了个惊讶的表情，随即举起，高声叫道："三百一十四号中奖，中奖的是三百一十四号，三一四。哪位先生是幸运的得主？请快出席享受特权！我们的奖品……哈哈，活动的奖品，都等得不耐烦了。请快，请快……"

说着只见对面一隅起了骚动，有人喊着："我的号码是三一四，我中奖了！"

听那声音，似乎舌根卷缩，像是喝多了酒。那大班便面对那边叫道："您中奖就快请出席，这里有两件东西。"

说着忙转过身，从桌上取了一顶花花绿绿的纸帽和一根短手杖，便令茶役将桌移去，才又举起纸帽高声说道："这是王冕，今天中奖的，好似就是非洲什么旅的酋长，或是马来半岛上什么部落的土王，可以享受后宫三千粉黛的艳福。不过得要先来加冕，你新选的妃嫔，才能认识，不加拒绝。来，来，请来加冕！"随挥动右手所持的手杖道，"这是魔杖，也是酋长的权威棒，或是土王的法令杖，是今天本舞厅另外附加的赠品。因为诸位热烈捧场，座位过于拥挤，本舞厅不忍有一位抱向隅之叹，只可尽量容纳。无奈地方太小，可就苦了中奖的先生。他要各处去捉寻他的活动奖品，实在太已劳碌，有的承受不住，只好半路弃权，不能尽欢，我们很为抱歉。所以今天特意赠送这根魔杖，中奖者可以立在舞池边，向座位远远望着，只一发现他所要的奖品，就用魔杖指点一下，那位被指着的奖品小姐就得立刻走出来，和他跳舞，贡献她的初夜权。若是故意迟延，中奖者有权罚她唱一支或两支歌，那看迟延的时间而定。"

她说完了，会场大鼓其掌，张太太也点头赞叹："到底这大班脑筋灵活，我们想了半天都没法儿，她竟很容易地用根手杖解决了。"

正在说着，就见对面挤出个西服少年，由桌椅丛中被人给推到池边上。远远看着，便知是个人间俊品。白皙的脸庞，细高的身体，衣着十分讲究，修饰很是漂亮。但已醉得到了相当程度，颊部全红，光亮的分发也蓬了起来，一绺垂到额上，衣服也挤皱了，醉眼乜斜，身体动摇，手中捏着张小纸，想是那号码的餐券，扬手一掷，正落到那大班的身上。

大班捡起看了看就大声叫道："三一四，正是三一四。您是幸运者，请来加冕，做我们的主人，享受权利。不过这里没有宝座，只好屈尊请你立着加冕。"

说完手一摆，音乐台上便奏起乐来。这时在附近桌上，有个善于凑趣的舞客，把自己的座椅让出，那大班就叫道："宝座有了，请你到这边来坐下。"

那少年好似本是脸皮薄的人，这时因被酒盖住了脸，但当在众目睽睽之下，不免忸怩。那大班强按到椅上，高举纸帽给他戴上，又把那只兼有权威法令性质的魔杖，递到他手里。这时全场大众都鼓起掌来。张太太马小姐也跟着鼓掌，却听身旁嘤咛一声，好像一个人猝受伤创的惊痛呻吟，同时桌子也忽然一震，她俩不由吃惊转脸瞧看。只见韵宜伏在桌上，脸儿几乎和茶盘相触，忙问："你怎么了？"

韵宜口中已不再作声，把头儿微微抬起，用手支着，低声说道："我忽然头晕，也……也许这里太热了。"

张太太听她声音发颤，又见她面色苍白，绝不像因热致晕的样儿，只疑有什么病，忙道："你若不舒服，咱们就走吧。"

韵宜若笑着摇头道："不要紧，我喝口凉的就好了。"

说着就拿起橘汁杯喝着，又挥手作势，教张太太且看热闹，不必管她。但等张太太与马小姐转过脸去，她又把脸儿隐在玻璃杯后面，暗地落下泪来。

原来当那中奖少年出到舞池边上，因为侧着身儿，由这边看过去，只看见偏面，但韵宜已觉得有些眼熟了；及至有人献出宝座，大班推他坐上，才坐得角度恰好，正对着韵宜这面，一瞥之间，立刻看出是什么人。只觉头顶上好像破了一个小孔，整个灵魂都由孔中钻了出去，兹然一声，似比水龙受压力射出水箭还来得锐疾。同时神经变成麻木，身体也全软化，忍不住惊叫一声，便伏在桌上。到张太太马小姐回头相向，她才收敛心神，装作头晕，敷衍过去。及至张太太马小姐转面向前，她才隐着脸儿，把汪在眶中的酸泪挤了出来，忙用手帕拭干。

这时她心里本不愿再向舞池中看，但又忍不住不看，全身在椅上颤动着，心中暗想："程雪门怎会变成这样儿？又在这里和我相遇，他好似比那时发福多了。身体既较健壮，人也漂亮许多。和当日穿着长袍、精神颓丧的样儿差得可不止一星半点。而且看他的神气，想必是他正在春风得意之中，事业遂心，金钱应手，才趁着青春，来这豪华场合，寻求人生乐趣。这真是老天弄人，偌大舞场，他在东北角，我在西南隅，相距遥远，我又不下场跳舞，本没有相见机会。等吃过饭兴尽归去，我做梦也想不到他也在这里，却偏教他中奖现露面目，给我伤心。现在世界上我最怕见的人就是他，虽然他已负我，恩义全绝，本可以恨他忘他，但不知怎的，他还一直挡在我的心上。尤其最近这些日，只一看到少年情侣，便先想到纪二，心中一阵刺疼，随即想起雪门，心中又一阵凄惨。因此常自恨，干什么还忘不下他？让他钻在心里闹鬼？这也许因我有生以来，只和他发生过真爱情，时期虽短，印象却深，所以受的打击也重，才至今不能忘下。现在竟又和这丧良心的遇见了，我这不是遭劫么？看着他只添难过，不如快走吧。"

韵宜想着万分悲凉，打算急速避去，但又有些留恋不舍。不过在她心中，却不承认是因雪门而留恋，只认是因张太太等而迟疑，想着自己要走，必须托病，她们一听自己有病，必也不好独留，那岂不搅了人家的局？她把问题推在别人身上，聊以自解。其实她若对雪门深恶痛绝，毫无留恋，在张太太初次询问她是否有病时，便可以趁坡儿走了。那时不走，以后便更没勇气说走，最后竟把全神注视雪门，更忘了走。然而她的罪过却是很大，在精神痛苦压迫之下，连身体也发生痛苦，好像发疟似的全身披着冰水，不住寒战，脸上却觉着发热，如同屡次被掴一样。同时心坎隐隐作疼，腔里充满气体，拥塞住喉咙口，呼吸感觉困难。但虽这样难过，却仍不错眼地向池中瞧看。只见雪门已由椅上立起来，向四面一望，又对那大班说了句话，那大班笑了，便高声说："现在奖已开过，应该恢复常态，请诸位仍旧下场跳舞，不要尽自旁观。因为这不是请中奖者单独表演，他自己很不好意思。"

众人听了也笑起来，知道中奖者脸皮甚薄，不好意思在他人未下场以前独自动作。于是就有人陆续下场，雪门面向东边看了一下，用魔杖指着一个舞女，那舞女笑嘻嘻走出，和他同跳。客座中便又起了掌声。

张太太的干兄弟道："这个人倒会挑选，第一个就挑上舞场的舞后，大概也原来就跳她的。"

马小姐好似正在出神，闻言哼了一声道："大概是的，小程居然中了奖。他真是正走好运呢。"

韵宜听她叫出小程二字，不由悚然一惊，心想怎么她也认识程雪门，而且话中似有隐意。这中奖不过是游戏事儿，除了不收餐费，另外得一点儿赠品以外，并无好处。怎能说正走好运？当然是他还曾有过走好运的事，马小姐才这样说。

想着正要用话向她试探，不料张太太已哦了一声道："哦，小程，不错，我看他怪面熟，对了，好像是蝶衣的丈夫。我在一年也不是半年头里，曾在王二姐家里见过他，以后就再没见着。我跟他们向来走不到一处，所以很隔膜的。"

马小姐摇头笑道："你岂止隔膜，简直错了。他是谁的丈夫？"

张太太道："包蝶衣啊？就是包彪子的小姐。"

马小姐道："我不认识。"

张太太道："本来你才出世几天？又不和她们那班人联络，难怪不认得。再说包蝶衣这些日也不大出门，很少听人提她。"

马小姐笑道："你必认错人了，这个小程，我知道他没有太太。因为他穷得娶不起太太。"

张太太道："别瞎说吧，他这样儿会穷？穷人能到这里来？"

马小姐笑道："你不信？我和他是朋友，上礼拜六还在宁园一同划船吃饭，你怎能跟我抬杠……"

韵宜听着她俩说话，眼睛左右随视，她的口角乱转，心中正异马小姐怎会对雪门知道得这样清楚，但雪门曾对自己说已经结婚，现在张太太还能提出他太太的名字，而马小姐却坚持他没有太太是什么缘故？正在怀疑莫解，又听马小姐自言和雪门是朋友，更觉大为震动，不自主地把支额的手落在桌上，震得杯盘作响。她们都回头来看，韵宜心中一惊，急忙敛神，装出无意失手的样儿，强作笑容说道："你二位抬杠真有趣儿，一人一样，反正得有个错的。"

张太太道："我不会错，现在又想起来，好像那次和他同席时候，听到有人背地议论，说他是个穷小子，包蝶衣因为闹得风声太大，她父亲气极了，限她在多少日子里嫁人，要不然就脱离关系。包蝶衣没法，才临时抓了这个小程，赶着结婚。人们都说小程运气太好，人财两得。包蝶衣手里很趁几个，何况包彪子的家产，按新承继法，她还能承受四分之一，少也有百千万，小程这一世算够了。只是蝶衣小姐脾气，也够他伺候的。"

马小姐摇头道："没有的话，他不错是穷小子，可没结过婚，更没听说什么包蝶衣。"

张太太道："我记得清清楚楚，你别抬杠。"

马小姐道："你别抬杠，我跟他认识了好几个月，常听他自诉身世，绝没提过结婚的事。"

张太太道："也许他跟蝶衣已经散了，哦，我好像听人说过是散了。不过记不真。"

马小姐听了，更把头摇得拨浪鼓似的，那长而大的盾式翠耳环不住打在玉颊之上，很自信地道："根本没有这事，谈不到散不散，你还有我知道得真？他以前一直是穷小子，在报馆做事，直到最近才得出头。并没娶过阔小姐，若有这事，他还会不跟我说？"

韵宜听到这里，觉得马小姐似与雪门有着相当关系，不由又是一惊，心中感到一种说不出的酸味，正要开口询问，那张太太已替她出气，向马小姐取笑道："这样说，你和他必已有了程度，我们几时喝喜酒呀？"

马小姐脸上一红道："别瞎说，我们只是朋友，他这人好像心里存着很多牢骚，爱跟别人谈谈，我肯安心听他说话，所以感情还好，常常凑在一块吃顿饭，谈上一阵。不过他向来没提到爱

221

情，把我当男朋友一样。"

张太太撇嘴儿道："这才叫没招对的瞎话，谁肯信哪？"

马小姐正色道："实在的，他还很少跟女人接近，只是爱玩，平常很拘谨，一喝酒就比谁都能闹。我看他好像小时太苦了，现在才翻过身来，回想旧事，还不免伤心，所以才爱喝酒。"

正说到这里，忽听全场中又鼓掌哗笑，韵宜抬头看时，原来音乐已停又作，舞池中有二十多对舞侣下场。程雪门的舞伴却并非本场舞女，而是方才那位抓彩的风头小姐麻丽，正笑嘻嘻地卖弄腰肢，好似十分得意。韵宜不由诧异问道："这是怎么回事？按规矩不是只和舞女跳么？怎这麻小姐也加入了？"

张太太和马小姐也相顾愕然，因为她们只顾说话，并未瞧见麻丽怎样和雪门开头跳的，就问那干兄弟，干兄弟说："我也不知什么缘故，只看见在第一场音乐停止时候，和小程跳的舞女拿出条手帕给他，就挤回原座去了。小程好似想回原座，又怕少时还得再挤出来，就在舞池边上徘徊，走到麻丽座前，就被麻丽叫过去坐了一会儿，到这场开头，小程站起，麻丽也跟着下场，就这么跳起来了。"

张太太哼了一声道："这还用说？麻丽不管什么事情，只要受人注意，能出风头的就干。也不想想这初夜权三个字，有多大侮辱性，舞女不在乎，她虽常进医院治特别膨症，应名儿还是闺秀，怎这样不知意味？难道少时跳完了，也给小程一条手帕么？"

马小姐道："说不定就给，她还管那些？只要当时在人前露脸，明天报上再给登一段，她就得意了。"

韵宜急欲知道雪门的事，听她们把话题移转，就向马小姐道："你可说啊？这小程怎样时来运转，从穷人变成这样儿？"

马小姐点点头道："说起他的事，才叫有货不愁卖，有能耐不愁出头。他对我说，自小儿就在穷里长大，所幸还受过教育，自己也好钻研，所以学问还很不错。到父母亡故，自己出来谋

222

生，一开首就干了笔墨生涯，进报馆做事。因为年纪轻资格浅，又没有提拔，插不进好地方，只在小规模的报馆和杂志社凑合，卖牛力气，赚不出一壶酒钱。每月收入，最高也没到过三十元，受的苦楚简直没法诉说。直到去年秋天，他因为特别缘故，脱离了做事的杂志社，赋闲起来，几乎挨了饿，每天奔走营谋也遇不着机会，他已渐渐绝了指望，有些灰心丧志，再提不起精神，就生了听天由命的心。因为身上还有十天半月的生活费，打算且寻几日安逸快乐，等钱花完了，若还没有路，就离开这痛苦的世界。于是他就逍遥起来，他这人因为旧学很好，胸襟很不俗气，寻乐不向热闹处所，倒往郊外园林清雅的地方散逛。

"有一天他走南五里以外，看见一座很大的花园，里面有花木亭台，很是讲究，却带着乡村风味，四围都是竹煞，园门开着，寂静无人，就走了进去，循着春石转了几个弯，入眼都觉位置不俗，知道必是富贵人的别墅。又见有条小河由园中穿过，河上架着小桥，他走过桥去，才遇着一个像园丁模样的人，但也没拦阻他。因为主人有命，允许游人入园游览。雪门他又向前走——哦，雪门就是小程的名字，他叫程雪门。当时走近一座阔大亭子，那亭子临河而建，前三面是玻璃隔扇，全已敞开，只后面是半截玻璃窗，下接板壁。亭里摆着桌椅，桌上陈设酒果笔墨，他也不知是干什么用的，就围了亭子走了一转，随在亭边树木中一张石榻上坐下歇息，听着树头蝉噪，看着河里鸭浮，很觉心神快快。自思我倘能有两顿舒心茶饭吃，每日在这地方享受清福，宁可寂寞终身，也胜似在尘海中受人白眼。想着坐了一会儿，觉得困倦，就躺在石榻上，仰望树叶缝隙中鸟飞云起，竟不知不觉地睡着了，睡了很大工夫，方才醒来。见日影已移过数方尺，自诧异怎在人家园里大睡起来？耳中忽闻有笑语声，坐起一看，原来那玻璃亭中已坐满了人，约有六七位，都是五十岁以上的老者，正在饮酒赋诗，作着迎秋雅集。有的作成了便高声念给别人听。雪门料着这几位老者必是名位俱显、齿德并尊的耆老，暗自羡慕他们的福分。在这时候，自己奔走喘汗，想谋衣食而不可得，他们却无忧无虑安闲自在地饮酒赋诗，真是咫尺之间，便分出天堂地狱，不由感慨非常。但听他们吟咏之间，知道所作的题目，一时也动了诗兴，再加上感慨的心情，就暗地陪着作了几首。那班老头儿虽有看见他的，也不理会。过了半晌，但陆续告辞出园，只剩了两位，也离开亭子到别处去了。雪门就走进亭中，见地下抛着残稿碎纸，拾起看看，不由觉得手痒，就拿起桌上的笔，蘸上了墨，把他自己所作的诗，在亭子玻璃窗上写了出来，写完忽听有脚步声音远远走来，他倒像做了贼似的，急忙走出亭子，向外走去。半路上遇着两个仆人，原来是上亭里收拾家具的，走个对脸，谁也没理谁，他就出园走了。

"以后过了两天，他忽然在报上看见一段启事，上面印着'尘海蜉蝣先生大鉴，祈见报重临小园一谈，有事待教，万望勿吝玉趾。'下款是'路冬旭拜'。雪门看了大受震动，原来那尘海蜉蝣是他在花园题诗所用的别署，借蜉蝣的不知朝暮，比喻自己的落魄穷途，不知生死。却不料惊动了高人。他久闻路冬旭的大名，知道他原是显宦，曾经屡任封疆大吏，晚年退隐津门。出其宦囊兴办了几种实业，甚是兴旺。但全是托给别人办理，他自己在城南筑座园林，招邀侪侣，啸傲风月，自娱晚景。他的声望在一班人以上中很为高尚，因为他寄兴吟咏，仅图陶情自乐，外间很难得一篇一什。间有得者，自然珍如拱璧。不比另一班所谓名士，为要登报传名，方才作诗，若是报纸废除文苑一栏，他也就不肯枉抛心力了。路冬旭的花园也很有名，本来名涉趣园，取陶渊明归去来辞中'园日涉以成趣'之意，但本地都叫作路家花园。雪门久闻其名，以前向未到过。上次虽逛了半天，还不知是谁家园林，看了报纸才醒悟那便是路家花园。又寻思路冬旭所以登报相请，必是因为看到自己所题的诗，不知何以能入高人的眼。而且他所谓有事待教，又是什么事？难道嫌我弄污了玻璃窗？要加以责问么？但他那样年纪，何至没有涵养，为这点小事登报找我？料想必是怀有善意，自己正在穷途，好容易得到接近闻人的机会，乐得去上一趟撞撞运气。于是他就整治衣冠，修修仪容，在次日午前跑到路家花园，去见路冬旭。

"哪知这次运气真撞上了，那日雪门题了诗走后，过了一会儿，路冬旭又到亭上来了，发现窗上笔迹，很是惊诧。知道不是朋友所作，必是外人题的，又见那诗作得清丽芊绵，却又感喟苍凉，寄托遥深。再和署名尘海蜉蝣参看，更决定是个怀才落魄的人，就向园内仆人询问，仆人有几个曾见着雪门，就回答今日只有一个年轻人曾进园中游玩。路冬旭自己也恍惚记得，曾见有个少年在亭外徘徊，又看看那几首诗，越看越动怜才之念。正在这时，一位老友前来相访，路冬旭就把这事告诉了，那位朋友也颇为赞许，又指出雪门所作的诗，才气发皇，必是个有为少年，只末一首写意过于颓唐，好似拿着抱叶寒蝉、与秋同陨的意思，和前几首很不称，料是落魄至极，已经有了厌世之心。路冬旭这等老先生，晚年退隐，本为自图闲适，但清闲既久，就又返老还童像小孩儿似的变得特别好事，不过他所好的并非俗人的事，时常为搜寻一部古书或是什么名花好酒，闹得经年累月，劳心费力。好似往时平章宁国似的。这时在极闲之际，忽然遇着意外奇迹，他那中了书毒的脑筋，就认为是一桩大事。听朋友说完，就点头说道：'难得在这时代，还有这样有才学的少年人，又恰巧被我们遇上，昔日有个才士沦落不遇作了首诗，传到毕秋帆耳里，秋帆看诗里有"全家都在秋风里，九月衣裳未剪裁"两句，就资助了许多钱，并且提拔他成名。这本是我辈分内的事，责无旁贷。不过这位少年一瞥即逝，未必再来，我们又上哪里寻他？'当时和朋友研究半晌，才决定登报招寻，拟好底稿，派人到报馆去登，第二日便刊出来，不过雪门没有看见，过一日才见着了。又

225

经了一日筹备，到第三天午前，方才到园中见谒，和路冬旭见面。

"路冬旭看他仪容英秀，精神潇洒，丝毫不带穷酸气味，更是爱重异常。原来路冬旭向来主张为人不可落相，落相便是庸俗。例如做官的便颐指气使，使官品十足；练武的便腆胸挺肚，浑身带劲；唱戏的便在头上剃月亮门，嘴上抹黄蝴蝶，似乎唯恐旁人看不出他的本行，实觉无聊可厌。尤其会书的文士，更善于作态，扭扭摆摆，酸酸溜溜，时时表现出满身儒素家风，满脸诗书气色，满嘴文章韵调。若当得意之时，尚还好些，只一落魄，那股穷酸之气，便令人不可向迩。所以古人说，士无贤不肖，贫者鄙。其实不一定贫，只要是士，连富的也有几分鄙，只是贫者更甚罢了。向来在人口里，一说便是酸秀才穷念书的，好像他们和酸字离不开，实则世上比秀才更酸，比念书的还穷的，尽有其人。只于不像他们把穷样酸气摆在表面，还自以为贫者士之常，却不管别人掩耳而过之。试以两种人做比，一个拉洋车的，一个穷念书的，立在一处，论品格自然相差天渊，但那拉车的也许穿身干净裤褂，露着健康体格，说话嘹亮脆快，有人叫车，高声答应，说价也干脆多少钱，少了不去，处处叫人发生快感美感；但那穷念书的，必是一件污霉的长衫，弯腰驼背，气度猥琐，形容龌龊，说话咬文嚼字，吞吞吐吐，若和他商量点事，必是迟疑反复，忽而声价自高，自命不凡，好像用周文王的车都请不动他，忽而胸襟狭隘，为句话气得喃喃自语，三日不绝，为一个小钱闹得痛哭流涕，争执无已。试想人们看看这两个人，应该作何感想？所以路冬旭向来主张读书人尤其不可落相，最反对酸士假醋，他自己也颇修边幅，衣服鲜华，仍是富家翁的本色，并不像那种颓放不振、污秽不堪的名士。故而见着雪门，便对了他的眼。

"当时谈了半晌，雪门就把自己身世都说了，路冬旭听着叹息，就问雪门志向所在，有意替他帮忙。雪门答说自己虽然爱好文字生涯，但是身历其境，久感鸡肋之味，很想趁着青年，改途做一番正经事业。路冬旭听了，拍手说道：'你这志向是对的，按我们的遇合，可以说是翰墨因缘，若在旁人，自然要邀你加入我们的诗酒雅集，多添一位文友，你境遇不好，可以略加补助。我却不愿那样，因为这是老年消遣余生的事，怎能耽误青年人的大好光阴？你既愿意做事，我就代你留意，从今天起，请常来盘桓，不要客气。'雪门听了他的话，就常去过访，有时也在园里下榻。过些日以后，路冬旭看出雪门诚实可靠，就把他送到一处实业公司做事，那公司是路冬旭儿子小路二主持的。雪门和小路二也十分投机，居然结成金兰之好。不多日子，雪门便升到总务主任。因为小路二还兼管理别处的事，雪门就无形中成了长期代办。过了些日，路冬旭的一位朋友，接了本省修志局长的差使，又请他做委员。所以现在地位很不错，收入也很丰富了，平常和小路二等人一同玩耍，常出入交际场。他为人很有风趣，又年轻漂亮，引得许多女性追逐，但他很少理睬，不过也敷衍，不得罪人。看外面好像对玩耍的事很有兴趣，但他也绝不沉溺，只为自己取乐解闷，适可而止。凡是认识的人，都佩服他有把握。这人却是有些怪的，所以遇合也怪，我认识他，是在他做了公司主任以后，有一天小路二的表弟结婚，我在礼堂上遇见他，由一位高太太介绍才通了姓名，以后又在高家同吃过一次饭，以后就成了朋友。"

张太太听了笑道："哟，高太太啊，不是高子绂的太太么？那么这里面有问题了。高太太自称月下老娘，专爱给人做媒，一直做了半世，修得满身毛病，儿女都无。而且经她做媒成就的夫妇，凡是过好日子，平安无事的，都离开老远，不见她的面。有那性情不改，日常吵打的，却全跑到她那里抱怨骂街。有离婚的还拉她跟着麻烦。这样她还不歇心，一见没主儿的青年男女，或

227

是断弦丧夫的，她就赶着给人家配对儿。上回见着她，还告诉我说，今年成绩不大好，只配成七对也不是八对。她既请你和这小程吃饭，想必也要给你们配对儿了。你还说没关系呢？"

马小姐红着脸道："别胡说，难道凡是在高家吃过饭的，就全得配对儿？其实呢，高太太也许有这种心，不过我们却没这种心。"

张太太哧地笑道："你们，你们，好亲热的称呼，连他也加在一起了。你也许保得住自己，却怎能知道他的心呢？"

马小姐见张太太相逼不已，瞪了她一眼，忸怩着道："我自然知道，他曾跟我说过……"

韵宜听到这里正倾耳凝神，等她接着告诉雪门曾说过什么，却忽然场中又一阵哗笑，抬头看时，只见雪门已又舞过两场渐渐转到附近，在某一座上寻出一个舞女，由魔杖招她出来，那舞女较为肥胖，费了很大力气，才由人丛中挤出，走到最外圈一层，没留神被椅上钉尖把旗袍挂住。她因已到舞池，只顾向外跳，借这猛劲儿把旗袍撕了很大口儿，里面只穿着极小的三角裤，就毫无隐蔽地把肌肤全现出来，她方觉察，却已到了舞场。人们看见全笑起来，雪门还不知道，仍拉住她的手要开始跳舞，那舞女却已发现衣服撕破，哟的一叫，就向原路奔回，那仓皇匆遽之状，真好似看见毒蛇怪兽一样。雪门初还莫名其妙，腔面发怔，众人更大笑起来，雪门看出情形，也跟着笑了，知道这舞女已不能下场，只得另去访寻。向旁走了几步，就到了和韵宜这一张桌成直线的地方，还没寻着舞女，却已看见了马小姐，因为马小姐正扬起手招引他的目光呢。

韵宜见雪门要看过来，心中一阵发慌，竟下意识地举手掩住了脸儿，将肘尖支在桌上，由指缝露出，瞧见雪门已经瞧见了马小姐，也举手招呼，同时又旁挪了两步。因为韵宜这张桌和舞池还隔着一层座位，距离约有五六尺，雪门不能挨近，却挪到距离最短的地方，看样儿他似知道这一节音乐将要奏完，不想再寻舞伴，只预备和马小姐遥做谈话消遣时光了。走近以后，就叫了声马小姐你早来了，说着又向桌上的人点头招呼，却似对掩面的韵宜未加注意。

马小姐望着雪门好像骤然服了兴奋剂，精神百倍，脸上做出娇媚表情，身体摇动，似乎每个骨节都在活动，做着手势说道："你真幸运，居然中奖了。美不美啊？"

雪门耸眉笑道："不过好玩罢了，这奖本不是我得的，因为我们四个人一同来，两男两女，买了四张餐券，放在一处，不想有一张中奖，两位女的自然不干，我们两个男的也互相推诿，结果用火柴抽签，把我给抽着了。你看这不等于受罪……"

韵宜在他说话时，由指缝中偷看，见雪门岂是誉随貌转，面容比当初丰腴许多，而且肌肤白皙润泽，颊部现着健康福红色，精神饱满，气度雍容。回想当日那样苍白瘦弱，那样卑怯单寒，沦落穷途，自言困苦乞为奴的情景，简直换了一个人。同时想到自己当时以姑娘身份，和他接近，现在已成为姓纪的人了。外人不知内容，又和他见着，却是咫尺天涯，想再像那时握手私语，已万不可能了。

想着就见马小姐听着他的话，似乎特别注意。这时乐声奏着高音，繁响聒耳，她用手频频撩动着，好像要把声浪追开，口中说道："你同谁来的？"

雪门没听见，侧耳问："你说什么？"

马小姐重说了一句，把声音提高，却不料音乐在这时忽然停止，雪门道："我跟路小石夫妇一同来的。"

马小姐道："小路二两口儿啊？你不是说两男两女，还有一位是谁……哼，你不用说，我就知道，宋小姐对不对？"

雪门点点头道："是宋小姐，你猜得正对。"

马小姐道："怎么会不对呢？你近来和她正是焦不离孟，孟

229

不离焦么？无论在哪儿，只找着一个，就算找着一对儿了。好像北极地方出产的雪莲似的，只要找着一朵雄性的，就准知道还有朵雌性的藏在附近。"

雪门听着，似很不好意思，摇头道："哪里话？哪里话？这只因为我常和小石夫妇在一块儿，宋小姐是小石太太的姨妹，她们总在一处玩的。"

马小姐接口道："所以她就近水楼台……先得月饭庄，只吃先得月，不上致美斋了。"说着用手帕掩口，吃吃地笑。

雪门似乎对她的贫嘴嘲讽很不入耳，就苦笑着摇头。这时音乐又已奏起，他便乘机告辞，鞠躬说了句回头见，就要离开。

马小姐好像不愿他走，口中哦哦几声，才道："我想……想问你一件事，明天你有空么？"

雪门道："这几天赶上结账，忙碌极了。今天若不是小石强拉，我也不会出门。"

马小姐面色一变，好似在羞恼之中，含着怨望道："你就忙得没工夫跟我吃一顿饭了？"

雪门鞠躬道："对不住，我实在太忙，等稍过再……"说着也没再说出所以然，就这样离开了。

马小姐神情十分羞沮，半晌无言。韵宜才把掩面的手落下，心想着雪门对马小姐的情形，只是交际上的敷衍，并没什么好感。马小姐却夸说得好似一人之交，当面还撒娇弄媚，却在众人面前吃个没趣，看着颇觉快心。但从他们对答中，知道还有位宋小姐，好像对雪门深有纠葛，虽不知真伪，却又使韵宜起了莫名的妒嫉和疑虑。韵宜本知自己是不能的人了，和雪门虽然邂逅重逢，闻声对影，但中间已是蓬山万里，旧迹前情，恍成隔世，再也没有别的希望。但是从听了张太太和马小姐的驳辩，再观察情形，好像雪门确实没有配偶，她的心不自觉又动了。及至雪门来到近前，虽然相距尚远，但隐似有电力传播过来，使韵宜全身筋络都跃动失了常度。再加雪门英俊器宇，涌现面前，她怎能不回忆旧事，把热情又勾起来？好似又把雪门引到心坎上，发生了无限关怀，就对那不知何人、未谋一面的宋小姐，大犯心思。她也不想自己已是不能的人了，即使雪门和那宋小姐有着瓜葛，于她也不生作用，即使雪门和宋小姐毫无关系，她也仍在局外。但这时好似把自己境况忘了，只寻思马小姐夸口半天，实际和雪门并没什么，那个宋小姐倒是问题，雪门承认和她时常盘桓，再由马小姐的态度看，好像她嫉妒这宋小姐，已不是一天。可见雪门和宋小姐的交谊，已有了相当程度。但雪门当初曾和我有过终身之约，我现在却眼看着别人对他追逐，真觉伤心。再回想当日，雪门原说家中有妻，却已情感破裂，才负气离开，既和我发生爱情，定了婚约，他就回去办理离婚手续。但竟一去未曾回头，我认为他必是旧人恢复和好，无颜再来相见，所以灰心绝望，甘心自毁自弃，弄到今日的景况。不想现在意外重逢，他竟已青云直上，丰仪俊美，比以前加倍可爱。许多女子都追逐他，可是论资格还得数我，别人谁也挨不上。据马小姐的话，说他尚未婚娶，是个童男，据张太太说，他却曾经结婚并且指出她的姓名家世，是个财主家的女儿。这话倒像，因为由当日雪门的情形，便可看出，他的婚姻若和平常人一样，是丈夫把妻子娶到家中，感情一经破裂，很可以请太太回娘家。然而他竟自出门，成为落魄无归的人。可见他的婚姻必然特别，便不是像驸马入赘公主那样倒招门儿，也必是家庭经济全在太太手里，他平日等于孤身寄灵，感情一伤，就只好空手走开了。而且当日他言说身世，也曾说过寄人篱下，精神痛苦的话，由此可证张太太所言不是虚伪。但是看雪门现在情形，确不像有太太，马小姐讲述他近日一番遇合，也不是凭空造束。总起一切情形研究，好像雪门确曾结过婚，而且确如张太太所说，他的太太是富家女儿，他曾经过一个时期的倚赖生活以后，就离异了。但不知离异是在遇见我那次，还是在那次以后？不过他既离异，何以不践我的约，这真教人难于猜测。张太太因为形迹既隔，所以只知他结过婚，不知而又离了婚。马小姐却因相识日浅，只见他独身生活，却不知曾经有过太太。

正在想着，忽觉右腿被撞了一下，急忙抬头向右看时，只见张太太正看着自己笑，又向对面努嘴。韵宜就随着她的眼光，再向右瞧。原来马小姐正拿着小镜，向脸上扑粉，这本是很平常的动作，并没什么奇怪。但再仔细观察，才看出她的眼圈发红，眼边睫毛也有些湿，好像才落过泪，却又不好尽用手帕擦拭，所以假作理容，用扑代替手帕，尽向眼部涂抹，却不料湿的地方，特别容易挂粉，抹了几下，把眼圈抹得块块浓白，大有戏台上小丑的模样。她只可再用手帕擦去，这一来泪痕虽去，却把眼圈揉得更红了。韵宜看着一面好笑，一面却更动心，知道这马小姐必是很爱雪门，才因受他冷淡，如此伤感。但她还能和雪门接近说话，自己却连冷淡也受不到，望着他竟不敢呈身相见。

想着仍在望着马小姐，却见她忽然面色一变，现出笑容，举起手好像对人招呼。韵宜转脸一看，只见舞池中对对舞侣，正随着乐声转动，雪门看着娇小玲珑的舞女，已将转到近前。马小姐当然是向他遥抛笑眼，但雪门这时眼光却没瞧着马小姐，竟然直望着韵宜。韵宜看他的惊诧神情和动情感的眼光，便知道瞧见自己了，想藏躲也来不及，不由心中狂跳，几似要跳出喉咙口外。她也不知为何这样畏怯，只低下头不敢抬起，同时神魂发越，好似离开躯壳，飞到雪门近前。看见他已越转越近，并且也神色迷惘，瞧着自己完全呆了。这时韵宜低头侧面，眼光却瞧着马小姐，好像要由她面上得到雪门的消息。果然马小姐的脸发生了反射镜的功用，只见她却还笑着作态，继而现出消沮之色，但笑容还未尽敛，好像她如对雪门笑，而雪门并不看她，她自觉没趣，却还有些迷茫莫解。但最后她竟低下头来看韵宜。韵宜知道她也是把雪门的眼光做线索，寻求着落，寻到自己身上了。

马小姐本来因为雪门转到近前，向自己这边瞧望，就赶紧报以笑眼，却不料连笑几笑，雪门并没一点儿反应，脸下倒更现出诧异神色，眼光仍凝注不瞬，好像见着什么奇怪事物。她不由奇怪起来，及至雪门走近，她又举手招呼，仍没得到回电，这才看出雪门一直没瞧自己，却是差之毫厘，谬之千里地，看到自己旁边去了。料着他的目标必在自己附近，就低头寻觅，不料头一眼落到韵宜身上，韵宜的神色就似告诉她说，不必向他处寻找，这里便是了。马小姐实在梦想不到，身边这位毫无声光，向不活跃的纪太太，会和雪门有着关系，能使雪门如此出神注意。尤其看到韵宜全失常态动心变色的神情，更感觉里面大有瓜葛，大有问题。不由愕然对韵宜望着。韵宜知道被她看破，心中更觉慌乱，急忙转脸避开她的眼光，却不料自己眼光扫到前面，正看见雪门已走近前，竟把脚步停住，只向自己瞪着。他所拥的舞女，也被他闹怔了，似乎想带他前行，却又没这力量，只好陪着他学做体操的搭脚走法，只把脚上下起落，而不移动，但后面的舞侣也要循序前行，都被他挡住了。大家都不知是怎么回事，若再迟一会儿，必要闹出笑话。幸而这时音乐忽停，众人纷纷散开，雪门所跳的那个舞女，鼓着嘴似乎骂他犯了什么毛病，很不高兴地走开，但走了没几步，又跑回来，把一条手帕掷在他臂上。雪门还怔着向韵宜呆看，并没理会那舞女的举动，但他随即觉悟自己神情有异，急忙聆持，装着用手帕擦汗，身体也稍作移动，但仍在原地徘徊，眼光不住向韵宜张望。这时张太太和那干兄弟也看出情形，都把眼光向雪门和韵宜身上来回移转。韵宜这时心乱如麻，面红如火，既不好也没法躲藏，又没勇气向他招呼，窘得不知如何是好。

正在这时，忽听马小姐叫道："纪太太，咱们还都没喝呢，再干一杯。"

韵宜听了，并没觉察她的用意，倒以为她这样让酒，可以打破紧张空气，颤声答道："我喝不动了，只陪这杯吧。"说着举杯呷了一口。

这时雪门听得马小姐向韵宜叫纪太太，似乎悚然失惊向她们看着，又向旁踱了几步，再走回来，竟向座上开口说话，但不是对韵宜而是对马小姐招手说道："马小姐，我打搅你一下，可以出来跟我说几句话么？"

马小姐一听雪门相唤，满脸现出得意神色，应了一声我就来，立即站起来向前座的人连道借光，好像奔命似的挤了出去，到了雪门面前，雪门就拉她向外走去，直出了场门，随即不见。

这里张太太方伏在韵宜耳边问道："到底怎么回事？我看程雪门好像跟你很有说处，我说你必跟他认识，要不然他怎对你那样儿呢？"

韵宜这时哪有心绪答她的话，就只摇头不语。张太太见韵宜颜色消沮，知道必有难言之隐，也不再询问，自转过脸去和那干兄弟窃窃私语。韵宜知道必是议论自己，也不理会，只自寻思方才的事，忽而想到雪门起初对马小姐很为冷淡，马小姐问他明天有没有工夫，当然有意约会，都被他驳了，怎么倒看见我以后，反而邀马小姐出去呢？想必是向她打听我的情形。因为我在这地方发现，完全和当日变成两样，他必然很为惊疑，可是怎不直接邀我出去询问，难道他还有什么顾忌？想到这里忽然醒悟，内中有着缘故。雪门发现自己以后，在附近徘徊，必早有心和我说话，却因为听见马小姐叫我作纪太太，他不敢上前，只可向马小姐打听我的景况了。这马小姐百忙中无端让我喝酒，对我招呼，想来实觉一怪，难道她是有意的？也许她正爱着雪门，不得接近，正自失望，忽而雪门注意到我，就发生嫉妒，故叫出我的称号，叫雪门知道我是太太的身份，已有所属，不要妄想。她多半是这个意思，恐怕雪门对她打听我的情形，她也不会说什么好话了。

想着不由悲愤交萦，衰怀历乱。这时韵宜几乎已把现处的环境忘掉，直当自己是个自由的少女，正和别人遂应情场，就把马小姐看作情敌，认定她要给自己破坏，所以心中万分忐忑不能自安，真想要追了他们去，向雪门语了一切，不使马小姐从中作祟。但她提不起这股勇气，又转想雪门既已知道人是纪太太了，只可等他们回来再看情形吧。想着音乐已奏过两场，人们因为雪门忽然放弃应享权利，久出不归，都觉失去兴趣中心，不免纷纷议论。正在这时，韵宜两眼瞧着场门，就见雪门和马小姐走进来了，进场还并肩走着说话，将到舞池，才各自分开，作二龙出水式。马小姐自向这边走来，雪门却向对面那一边去了。他虽曾远远地向这边望了一眼，但随即低下头，径向场里一角走去，再不在舞池中停留，竟穿过人丛，回到他初所坐的座位了。这时马小姐也回到座上，好似竭力抑住情感，装作没事人儿，落座就燃起支纸烟吸着，并不言语。韵宜本料着她回来时必对自己有所表示，不想竟意外地沉默无声，不由更认定她居心叵测。雪门明是叫出她打听我，而她回来并没一语相告，这是什么意思？又见雪门回来便归入原座，看样儿明是听了马小姐什么话对自己完全绝望，所以意志消沮，连应享权利也都放弃。然而马小姐竟装得这样行所无事，未免太欺貌人了。

　　韵宜当时忍耐不住，就向她问道："马小姐，你跟这程先生干什么去了？"

　　马小姐闻言，现出很神秘的笑容摇头说道："没什么，只不过说了几句闲话。"

　　韵宜听了，心里暗骂胡说，正要向她驳倒，不料旁边张太太已代打抱不平，插口说道："只说闲话？这半天工夫，就是闲话也不止几句吧？"

　　马小姐好像胸有成竹，闻言笑容更增加了浓度，先向张太太看看，又向韵宜抿嘴一笑，才道："自然不止几句，不过我不能说。现在你们好像非得问个明白，我不说倒像藏私似的。那我只可说了。纪太太，程雪门大概是看上你了，直跟我打听你是谁家小姐。我说人家不是小姐，是位姓纪的太太。你想要我给介绍么？那可得先去问好了她。因为她非常忠于她的先生，向来不交男友。雪门就问你桌上不是有位男子？看样不像她的先生，那就必是她的男友。我答说那位男子是同座张太太的朋友，和她没有关系。她只是不结交男友，并不能管别人带男友同席的。你倘若一定要我介绍，我可以试试，也许纪太太对你能破格优待。雪门寻思一下，又说既是太太，就不必了。我还取笑他两句，就一同走回来。请想这样的话，我怎好对纪太太说，你们偏非问不可。"

张太太听了，似乎觉得她的话很对茬儿，就深信不疑，转脸对着韵宜微笑。韵宜红着脸，暗自寻思，觉得马小姐的话还有不实不尽，她和雪门未必只说这几句简单的话，雪门未必没把当初的事对她诉说，她未必只提我是位太太，或是还加枝添叶地说了什么破坏话，否则雪门不致变成那样冷淡。以我们以前的关系，他便知道我已经嫁人，成为太太，也可以上前稍作周旋，或者约到清静地方，问问真实情形啊！

想着忽见舞池对面的角上，又一阵骚动，雪门由座上又挤出来，沿着舞池边直向外走，头也不抬。但在半路遇见那舞女大班把他拦住，二人说了几句话，看样儿像那大班不放他走，雪门却非走不可，最后那大班似乎挽留不住，只可教他稍待，自把几件赠品取来交给他，雪门便匆匆走了。韵宜看着，明白他必因为遇见自己，败了兴趣，才不愿在舞场久留，由此可知他的心本来很热，也许有重温旧好之意，只为听见马小姐称我是太太，并且说了使他绝望的话，他才心意灰冷，急忙离开舞场，以免伤感。韵宜想着，以为自己料得不错，事情准是这样，不由心情大动，直想追了雪门，去和他说个明白，但只欠了欠身，却见雪门已经走出场外，知道追赶不上，只得仍旧坐着。无奈也坐不住了，又加马小姐不住望着她笑，韵宜觉得隐有讥讪之意，心中更是气恨，过了一会儿，就向张太太告辞，说家中有事，需要早回。张太太挽留不住，只得任她走了。

韵宜万料不到自己一出场门，马小姐也告辞离座。韵宜本想坐车，又转念此时已经很晚，自己无处可去，但比每天回去时候却又早些，若赶着奔回医院，不过守着纪二气闷，还不如安步当车，在街上多走一会儿，可以稍得一会儿清闲，寻思自己的事。就不坐洋车，自己挟着外衣，顺便道走下去。这一来更便于马小姐的追逐，此时正当三月中旬之末，缺月初升，被微云笼罩，微有光辉。马小姐在两丈外遥遥跟着，距离虽远，也不愁失去目标。韵宜却在前面徐徐行走，只顾思索自己的事，梦想不到后面有人。她这时被冷风吹着，热恼已除，脑筋渐觉清爽，就想起自己和纪二认为兄妹，并且又复同居，现在马小姐称呼我是太太，雪门知道我是太太，很没什么奇怪。本来我这太太是自己情愿，不去辩驳，为避免男子追逐才好些，既做了太太，就算此身有主，别个男子不能进求了。何况我最初对纪二许婚，还是出于自愿，现在怎可以再做对不住他的事？雪门既因知我已成太太而绝望而去，就任他去吧，我很不必再为爱情烦恼了。但再一思想，心中又觉不甘，好似眼中看到两条道路，一条路向着雪门，玉树琼花，缤纷璀璨，黄金色的阳光照出了一片绮丽青春的景色，好似仙境一样；另一条路向着纪二，好似在冰天雪地的西伯利亚，湿云幕幕，寒风凛冽，遥望前途，千里万里，无有穷尽。韵宜看过一部《复活》片，这时便在脑中映出那幕发配的景况，冰望弥天，一望无际，只遥见一行犯人渐行渐远，渐渐小如蝼蚁，没入灰色云天。无边雪地之中，自己也似在那行列里面，做没有休止没有希望的长行。这两条路并列在眼前，简直一是天堂，一是地狱。她怎能抑制自己，甘心充军西伯利亚，而对蓬瀛仙境无所动心呢？于是雪门的影子，时时涌上心头。韵宜左思右想，只觉一个在感情上丢不下，一个在良心上抛不开，终是踌躇难决。

在这时候已走到医院门口，她立住怔了一下，不愿进去就又向前走，在附近街上转了个弯，再转个弯，到第三次回到医院门首，才发动决心，走了进去。到病房见着纪二，看他那苍老鄙俗的脸儿，又想起英姿俊爽的雪门，半晌没动，好像房中空气已变成固体，使她发生窒息的感觉。纪二看她神色有异，忙问怎么了？韵宜只说身上不大舒服，纪二就要托看护去请大夫来看，韵宜拦着说没有病，只要安睡一会儿就好了。说着就把衣服脱下掷在一旁，向纪二说声我不管你了，就上床盖被睡起来。纪二恐怕吵她，连咳嗽也不敢大声。但韵宜并未入睡，只合着眼皮反复寻思，无奈她的问题等于循环小数，又像是古希腊的迷宫，算来算去，还得到那个数目，转来转去总回到这个地方，永也得不到解决的办法。这当然由于她没有决心，但在这两难之际，实也不易下决心。于是她就直清醒了一夜，将到天明，才想出一步可走的路，打算先和雪门见上一面，诉诉自己衷曲，问问他的意思，然后再做决定。见面一谈，并不定要嫁他，也不算对不住纪二，反正自己得对雪门说明以前的事，以后便永久参商，也较为安心了。她想到这里，似觉得初步结论，精神方稍松弛，立觉身心疲之已极，才蒙眬睡去。

在蒙眬中已听得钟鸣七下了，她虽睡得艰难，睡着却极沉酣，不大工夫便似入睡，面上微现笑容，好似在梦中已和雪门相见了。但她在梦中也想不到，在这时候医院中前面竟来了不速之客，原来那位马小姐竟自前来造访。她所访的并没准确目的，在探视病人时间，进了医院的门，直入病房的楼上。她因惯于交际，常到医院探看朋友，对里面的事，颇不隔膜。先寻到看护住室门外，瞧看门外挂的值班牌，见上面请假栏下挂着两个人名牌，一个叫唐琳，一个叫王淑慧。她便推门入室，见有三四看护士，正在谈笑，就向她们赔笑招呼，自称是唐琳的同学，新从北京到津特来访她。那几个护士同声说唐琳告假回家，得下星期一才能来。马小姐装出失望之色，迟疑欲行，恰巧那几个看护中有人和唐琳素来要好，就招抚她坐下，告诉了唐琳家的地址。马小姐使出交际手段，和她大套近乎，互相攀谈起来。一会儿工夫就成了朋友，跟着询问院中情形，工作状况，渐渐说到病人，由病人又提到方才上楼时看见一位小姐，什么模样，什么打扮，把韵宜整个描述一遍，接着又说这位小姐真是漂亮，好像在哪里见过似的，她走进一间病房里去了，难道也是病人么？那看护听了，就告诉她那不是病人，因家中无人，是小姐，是一位病人的妹妹，因她哥哥害病，陪着一同住院。

马小姐就问："她哥哥害的什么病，她居然陪着住院？兄妹感情必然极好，她哥哥想也是个漂亮人儿。"

那看护本来看着韵宜和纪二美丑悬殊，年龄差异，久已认作一桩不平的事，同人不断谈说。这时使马小姐用话一引，就把韵宜情形都给宣扬出来，说这纪小姐的哥哥年纪几乎比她高了一半，还是俗气得很，不像上等人。两人感情不见得好，纪小姐常常整天出去，回来极晚，所以赏给看门的许多钱，好在夜里给她开门。若在别家医院，这样还办不到，本院看门的，都是院长的老叔岳，所以他就违背定章偷着弄钱，院长知道也装没看见。我们猜这姓纪的必是财主，他这妹妹，多半是还上过学，不过也不能安心，所以常常出去，说不定在外边还有什么说处，姓纪的并不管，想是由爱生畏，只要哄着她不走。此外又说了许多话，马小姐很顺利地在谈笑之间，便把韵宜的真相全打听明白。再坐一会儿，便告辞走出，一直去寻雪门。因为昨夜雪门遇见成为太太的韵宜，未敢冒昧招呼，就先把马小姐叫出去，向她打听，但实际等于问道于盲。马小姐虽跟韵宜时常同游，好像是很亲近的朋友，但对于韵宜，除了知道姓纪而又是位太太以外，其他绝无所知。但她这样回答雪门，雪门很不相信，以为她是故意隐讳不告。马小姐听了，但自己想想，也觉奇怪，和这纪太太相识已有不少日子，怎竟对她的家世毫无所知？她向来不谈自己的事，每次请客都在饭店，谁也没到她家去过，所以相处虽久，相知甚少。平常尚不理会，现在有人问起来，细一寻思，真连自己也很纳闷。这样熟识，会不知道她的底细，更莫怪雪门不信了。她把这话对雪门说明，问他为什么这样注意纪太太。雪门不肯说出缘故，只托她代为探听韵宜情形，马小姐对雪门久已存着野心，抱着奢望，只想博他好感，当时就答应意图探访。雪门又请她得到消息随时报告，马小姐和他分手回座，又看见韵宜神情可疑，更动了好奇心，就在她告辞回家，立时也借词走出，随后缀着，才发现了韵宜竟是住在医院。她就在次日又去探问，由女护士口中，很顺利地得到真相，于是出门便直奔雪门客所报告。虽不可知，但总能断定不会把韵宜说好，必将女护士的话不能和盘托出，再使个虚者实之的兵法。例如护士说韵宜或是个姨太太或者在外面有什么说处，都是猜想的疑案，她都给改为情实，直说韵宜是姨太太，不满于她的丈夫，常在外面交结情人。马小姐所以这样，自然含有用意。

且说韵宜直睡了整个上午，当然想不到在梦中已被人把真相得去。起床以后和纪二同吃了饭，心里仍萦系着雪门，不住出神寻思，外面自显得精神倦怠。纪二问她，她只说心里发闷，纪二在这地方向来很能体贴，就劝她出去散心。韵宜见时候不早，就答应了，立时梳洗打扮出了医院，坐车直奔她原来住的旅馆，让伙计开了房门，自己坐着凝思怎样去和雪门见面。雪门现在做事的公司，已承马小姐在无意中告诉了，但还不知在什么地方。应该怎样见他，是直接去？是打电话请他到这里来？还是约会在别的处所？想了半天，觉得邀他来旅馆会面，很不妥当。一则里面尽有纪二的熟人，二则恐怕要给雪门不良印象。至于直接寻他，也有许多不便，最好还是先写封信去，邀他做一次晤谈。想着才要唤茶房去取信封信纸，但又转念这封信寄出来还得待他收到，起码也得把约期定在两三日后，自己在这样心绪下实不能忍耐如此长久，不如趁他现在正在上班工作时间，打个电话去，他若愿意见我，或在三二小时内，便能晤言一室，互诉离衷了。

韵宜一想到这里，心又浮动起来，不能自制。忙叫茶房取来电话簿，按着马小姐所说的公司的名字，很容易便寻着了，才知这公司规模宏大，由电话簿上便可看出，里面分着若干部分，什么经理副经理、营业课、采买课以及总厂分厂，都有专用电话，共计十几个号码，由此可知马小姐说雪门否极泰来，好像由九渊升至九天，确非虚夸之言。因为这样规模的实业组织，他能以一人之下的资格，主持一切，实可谓够了身份，成了气候。在他那样年纪，更愿是少年得意，令人钦羡，同时也可明白马小姐对他爱慕形于辞色，并不是无故的了。像他这样英俊少年，据有高尚地位，正是小姐们人人欲得而夫的理想夫婿。自己自入交际场中，虽然为时尚短，但经旁观默察，现在的聪明闺秀、时代姑娘，已不像当初那样易受常说鼓励轻易牺牲，或是抱独身主义做老处女，或是致力于一种事业长身不嫁，也许她们曾见过老处女的晚景凄凉，有苦难诉，致力事业的也因女子发展的路途狭窄，往往结果失败，落得灰心丧意。但把宝贵的青春都已失去，悔不可追了，她们因此才争前恐后，芳心自警，都极力地珍重青春，想及时拔取个可意对象，急图归宿。就好像猎人要在木落草枯之际，捉取狐兔，以备易取米粮，安度长冬一样。但她们并不学猎人鲁莽，常是不动声色，故作暇逸，就好像无意嫁人似的，但只一遇见可意的猎物，立刻撒狗放鹰，急枪快马，用闪电战术把目标攫取到手，别人还在眼花缭乱，她已大功告成了。像雪门这样珍贵猎品，又处在这猎人群集、猎术进步的时候，怎能够安居山林里度自由生活？这许许多多尚在鸳鸯待阙的窈窕淑女，谁能放得过他？便是他不君子好逑，她们也要淑女好逑，像马小姐就是一个，看她对雪门羡慕的情形，想必久已设阱埋机，运用着巧妙猎术，以求遂其所愿。除她以外，还有宋小姐以及自己所不知道由四面八方横枪跃马而来的猎人，在这环境之下，雪门真时时有被人夺去的可能，也许就在这当儿，他已经被猎人拉去，也说不定。

韵宜想着，心中慌乱，忘记了自己已是不能的人了，也不知道自己是否也和马小姐等那些猎人一样，加入围场，更不思索自己是否有行猎的资格，心中只想雪门可爱可贵，自己在他身上有着类似优先权特别资格，不能被人得去。至于自己若得到他，是否有法处置？是否可以享受？却没想到。当时只着急和他见面，在电话簿上寻着了经理室号码，便走出去，直奔前楼，因为这旧式旅馆，就有客户特设分机，只在楼上下各有一部电话。她到了前楼电话机旁，幸喜近处无人，就拨动号码，立刻叫通了。

对方有人问她找谁，韵宜问明确是那家公司，就说找程雪门说话。对方接话像是仆役，闻言肃然起敬地道："找我们程主任啊，他正在开着会议，恐怕不能说话，请过一点钟再打过来。"

韵宜从对方语声中更觉出雪门的地望崇高，但听说不能接话，又觉失望，稍一迟疑，就又说道："你可以请他出来一下，我有要紧事跟他说，只几句就够。"

对方道："现在要……贵姓？"

韵宜听了，方把纪字涌到喉咙口，忽一转念，忙咽了下去，改口说道："我姓邢，你只说有姓邢的找他好了。"

对方答道："请等等，我去请。"

韵宜又说了句劳驾，对方便没了声音。韵宜倚墙等候，心中的情绪简直无法描述，好像五脏六腑全都跳动起来，没有一丝肌肉、一条筋络稍能安定，脑中也好似钟表内的发条，忽松忽紧，神经也是忽而紧张，忽而昏沉，若不是靠着墙，她真要站不住脚。

幸而这时话机内有了声音，她才振起全身精神，都紧到耳朵上听着，只听对方说道："喂，你是找程主任么？程主任正开着会，不能出来，你有什么事可以告诉我。"

韵宜听这口气，知道这答话的不是雪门，也不是方才那个仆人，想必是那仆人不能直接去报告雪门，还要在中间经过某个执事的人。那执事就又来向自己问话。这真啰唆讨厌，但由电话内很不易听出人的口音，又加旅馆话机已经很旧，听着只能辨出和方才的人声调相异，就答道："我得跟程雪门说，不能告诉别人。你是谁呀？"

对方似乎犹豫一下，才答说："我是程主任的副手，程主任现在不能……因为开会不许搅扰，你若一定要跟他说话，得把你的姓名和事情的大概告诉我，我写个条儿派个茶房送进去，他看见也许肯出来接话。"

韵宜着急道："这……这，我是私事，大概也不能告诉外人，至于我的……我的姓不是告诉你们了么？"

对方道："你只说姓不成，同姓的很多，他也许想不起是谁。"

韵宜顿足道："咳，麻烦死了。好，你告诉他，我叫邢韵宜，音韵的韵，适宜的宜……"

才说到这里，猛听对方发出很奇异的声音，似惊异而非惊异，好像含有原来如此，或是不出所料，果然如此的意味。韵宜不由一怔，眼珠对着墙飞快转了两转，心中立刻想到，现在世界上不会有第二个人听到自己的名字，发出这样声息。只除一个会，这样，那就是雪门，立时身体一震，便大声叫道："你是谁？你到底是谁？不要骗我，你就是……雪门……准是……"

对方略迟一下，才用低沉的声音回答道："不错，我是程雪门，你是纪太太吧……"

他这末一句话，是慢条斯理，一字一字说出的，韵宜听着，就好似心上连受几下很重的捶击，瞪大了眼，似乎因刺激而感极度兴奋，但随即微呻一声，目光突变呆弱，身体也完全颓靡，狠着力地撞在墙上倚住。她由纪太太这三字，很快想到昨夜在舞场情景，知道他是听了马小姐的话，认定自己确是有夫之妇，并且马小姐还不定说了什么言语，使他对自己有了恶劣的印象，现在才有这不好的表示。自己才报名邢韵宜，他竟跟着称以纪太太，这简直是暗加讥讽，好像说你现在已成为纪太太，怎还对我自报闺名？你是安着什么心肠？但我早已知道真情，趁早对你揭破，免来弄鬼。

韵宜由他口中的纪太太三字，感到浓厚讥讽的意味，神经大受刺激，当时几乎晕倒，眼前一阵模糊，但随即恢复视力，却觉颊上又凉又湿，知道流了眼泪。忙用裸露的玉臂拭去，同时心中想到雪门所以对自己这样冷淡的原因。忽然被怨恨鼓起勇气，把牙一咬，发着酸鼻声音道："不错，我是纪，纪，纪，太太，纪太太，我早知道有人告诉你，我是纪太太，我本来实在是纪太太，向来对别人也没有隐瞒我是纪太太。只对于你……我当初见你，不是还没做纪太太么？你不是还知道我本来的名么？现在对你自称邢韵宜，也不算……你何必……"

韵宜说到这里，忽又想到自己和雪门久别重逢，第一次谈话，便出以怄气吵嘴的方式，似乎太不聪明。自己心里恨马小姐，怎么跟他发泄？弄得有伤感情。想着便把心软了，嘴也随之迟钝起来，就叹息说道："你实在不该这样叫我，谁叫我纪太太都可以，你可不该……简直地扎我的心呀！咳，雪门，我真没想到和你遇见，更没想到当初你回家……这里叫我怎么说？你能出来跟我见一面么？"

雪门闻言，似乎迟疑了一下，才道："我……我恐怕不能……"

韵宜听到不字，眼泪又唰地流下来，咬了咬牙，却把下唇咬得生疼，摇头说道："雪门你好……我知道你听了那个马小姐的话，不定她说了什么，你就……她起初还不知我跟你有关系，曾同我谈起，她好像因为你景象不错，安着很……很大野心，又夸说你怎样和她要好，以后你冷淡她，她不高兴，又看你对我注意的情形，她一定嫉妒，恐怕，你想她能把我说好了么？"

雪门答道："你不必管她，她的话我根本没理会，现在是事实问题，邢小姐你现在已经成了纪太太，我其实常和一班太太交际，在这时代并没什么拘束，不过当初咱们曾有过这种关系，所以更得各自尊重。你已是结过婚的人了，请原谅我，我才在社会上站住脚，实在不敢做越礼的事……"

韵宜听着雪门的口吻，好像把自己约他见面的动机，看得十分邪僻，不由气得要死，心想我约你见面，只为询问解释别后的情形，至于后来如何，我连想都没想，你怎竟看作越礼的事？难道我是荡妇淫娃，一和男子接近，就没好事？你实在把我看得不成人了。想着悲愤万分地道："你真……真会说，这是你的好话？我约你见个面就玷辱了你？你是怎么想的？把我看成什么人了？好，雪门，你太把我骂苦了。不错，我已经有了主儿，成了……可是这……怎样成的，我在跟你分别这些日子，受的什么苦楚，这些是绝没人可以告诉，只有你……你当初不是跟我有过那一点儿关系么？我才……看见你，才觉得分外难过，想要跟你谈谈。你怎就知道我约你不是好心？竟这样对待我？得，得，雪门，咱们这回遇见，本是多余，我找你更是多余。你也别害怕，我很后悔打这电话，以后绝不再讨没趣。咱们从此完了，不过你得明白，我可没对不住你的地方，在当初你对我说，回家办离婚，一去不回头，也没一点儿音信。我知道你准是跟太太又和好了，才断了指望。以后在家受了千辛万苦，到底还被我父亲害了，阴错阳差地成了纪……过着半死不活的日子。你现在可发达了，一朝富贵，再不是到我家当听差书记的时候，你哪还认得旧时朋友

245

啊？可是我听那马小姐说，你压根儿并没结过婚，一直过着独身生活，可见当初对我说的全是鬼话，简直成心骗人。总而言之，我韵宜并没对不住你的地方，你可对不住我。现在你听了别人的话，不定把我当作什么人！我倒不介意，反正咱们凭良心，你自己想去吧。"

说完就要放下耳机，忽听雪门叫道："慢着，你等等。"

韵宜负气说道："等什么？完了就完了。"

雪门道："不对，这茬儿不对，我当日并不是没回去，在离开你家以后，曾回去一趟，无奈你也已经走了。"

韵宜愕然道："你回去了？谁告诉你我走？"

雪门道："就是那个小桃儿，我还给她那封信，转交给你。"

韵宜道："是么？我从那天以后，就没再见小桃，更没见着信。"

雪门道："那么你又回家去了？"

韵宜道："我因为你……我那天早晨跟你说完话以后，回到楼上，就变了主意，只怕你回去办不成离婚，倒被留住了，就决意不放你去。可是我父亲已经起床，我偷着跑下楼去，见你没在门房，就给留下个条儿，以为你看见以后必不再走。哪知到吃饭时候，听父亲说你仍告假走了，我就红了眼，一时神经昏乱，跑出去追你。可是天津地方大了，哪里追得着，直在外面漂流了一天半夜，倒被家里女仆找着了我，给拉了回去。到家就受了监禁，直到把我做成纪太太，才得了自由。"

雪门道："噢，噢，你敢情并没跑出很多日子？咳，这……这……"说着又咽住了，半晌没有声音。

韵宜道："你可说话呀，到底怎样？"

雪门道："我在……在这儿不便说，要不然……那么……咱们找个地方谈谈可好？"

韵宜听着，心想你怎又改主意，肯跟我见面了？就道："什

246

么？找地方谈谈？那怕于你不大好吧？你方才不是说不能跟我见面，怕沾了人物么？"

雪门道："你就别说这话了，我……我今天下午六点，在圆明路的小花园等你。你若愿意去就去，我准在那里等半点钟。现在没工夫跟你说了，六点再见。倘若你去的话……"说完耳机里就再没声音，似乎他已把线挂断了。

韵宜持着耳机又怔了一下，方放回原处，懒洋洋地走回后楼房中，坐定了寻思，觉得雪门定是听了马小姐的话，才对自己这样冷淡。马小姐准把自己说得十分不堪，否则雪门原是对不住我的，本应该抱歉，怎会倒鄙薄不屑呢？我真想不到他这样不念旧情，当时气得要死，几乎要跟他决裂了，却不料最后决绝的言辞中，倒使他变了主意，反过来又约我相会，不知为着哪一句话，哪一件事？又想雪门约会见面的话，说得很是冷淡，没有一点儿热气，哪里像对待旧时情侣的意思，听那话口简直爱去不去，他只等半点钟，过时不候。这未免太叫人僵得慌，我怎这样贱骨头？就非得跟他见面不可，不见他难道就活不成？想着不由负气起来咬牙说不去，不去，说什么也不去了。就倒在床上流泪。但是真正负气的人，绝不流泪，一流泪便要把心浇软了。她哭着在模糊泪眼中好像映出一片白光，那白光倏而变成一道银幕，幕上映出昨夜舞场的情景。但那些舞侣乐师和一切布景，都成为远景，近景只有雪门一个显耀着焕发的英姿。她看着那虚幻的人影，心里渐渐恨不上来，跟着念头一转，忽然觉得自己错了，怎该怨恨雪门？这不能怨他。看昨日情景，他守在座前不离，好像就要和自己说话，只为马小姐叫唤我纪太太，他才不敢上前，把马小姐调出去打听。若非马小姐给说了坏话，他万不会这样无情，我只该恨马小姐，恨他就大错了。只因为马小姐混账胡说，我才更该跟雪门说明，揭破她的谎话。若是不去赴约，岂不倒显着我心虚情伪，把马小姐的话坐实了么？

247

想着就又坐起来，招呼茶房打水，洗了脸又对镜子理了一回，望镜子影子，自觉玉貌朱唇，明眸皓齿，天然丰润过人，便是惨黛愁眉，乱头粗服，也不掩美丽容光。不特日常同游的女伴对自己都自惭形秽，就是那个马小姐虽然善于修饰，只立在自己面前，便被比得黯然无色。所以她常用讥笑口吻称自己为美人，可知心内早怀嫉妒了。自己当然比她美丽，她嫉妒也是枉然。但再一转想，又摇头叹息，自己比她美丽又当得什么？她便再丑，总是个小姐，自己便再美些，却已是……这……和小姐在表面看着，似无分别，但到了驰骋情场可就在资格上发生了问题，好似运动家到了世界运动会上一样，小姐就如同学校学生，或业余运动家，可以随便参加，绝无阻拦……自己却如同职业运动家，已失去了参加资格，勉强加入，必要受指摘，被摈弃的。即使具有超过常人的纪录，又有什么用处？自己既成为……便有绝代姿容，也不及人家的丑陋小姐，能有资格逐鹿情场。其实自己何尝真是……无端负了虚名，竟致受人歧视，真是冤枉。只听雪门称呼自己的口吻，岂不把人气死？不过见面以后，我也许叫他知道一切苦衷，加以原谅。想着已经梳理完毕，又换了件旗袍，套了风衣，在镜前来回走了几走，觉得装饰上已经完善无比，她就在房中坐不住了，看钟已将到五点半，便唤茶房关了门，自己由旅馆后门出去，预备安步走向圆明路小花园。她这时只想见着雪门，又因所约时间短促，以为宁自己可早到那里等他，也不要耽误宝贵时光，所以提早前去。韵宜本没有摩登小姐那样习气，和男子约会总要晚去几十分钟，好似故意试验男子的耐性，其实把男子做了她娇贵的牺牲。韵宜这时所以要见雪门，虽然为着要明心迹，诉说一切，但无形中却似和那马小姐赛跑，自然更不敢延迟了。

　　她走到那小花园门口，看看手表，才只五点四十七分，就徐徐踱进去，循着碎石小径，走了一转，才在距园门不远的一架藤萝花下坐下。这时正值晚秋，天气已凉，游人甚少。那藤萝的叶已有一半黄了，被风吹得发出干声。她坐在架下长椅上望着眼前一派萧瑟景况，不禁又发生漂泊无归，凄凉无侣之感。而且身上被吹得悚然生寒，好似把热度都归到心里，感到炽烈如烧。本来人的感情和季候大有关系，在春夏情感是放纵的，人们常为眼前的快乐做出热烈的事，秋冬两季情感是收敛的，人们常为景物的感触而解决终身的事。譬如一个人，在夏天睡在草地上，可以什么也不忧虑，觉得放荡生活是极快乐的，但到秋风一起，立刻就要想到一间严密的房间，一只温暖的火炉。到有了房间和火炉就又觉得不够，因为秋雨连绵，孤灯长夜，或是朔风怒号，云深雪重的时候，独自守在房中，对着火炉，精神上又太寂寞痛苦了。这时所需的什么呢？敏感的人，用不着身临其境，只当秋风一吹，就会想到可怕的寂寞的日子快要来了。为要抵拒将来的寂寞，就想寻觅个安慰品，放在手头，以备随时应用。就因这种情绪，所以有些聪明的男子，向女子求婚，都要在萧瑟的秋天，那时她们常因景物的凋零、岁序的推移，想到人生的迟暮，不由便生出归宿之念，而把手给了男子。春季虽也是爱情季节，却因万物都在滋荣，女子的心也在开展，她们只想着夏夜游宴繁荣，海滨游泳的乐境，觉得人生无涯，青春常在，希望常常享受少女时代的光阴，不愿轻易结束。所以男子也许长跪多时，只得到她一句我还不想结婚的回答。但到秋季，她们的心就有了变化，只由于气候乍寒，玉肌觉冷，便不自主地要贴近男子取暖了，也因景光感触，而生出一种依倚心情，归宿希望。

韵宜其实本已有所依倚，有以归宿了，但此际已经完全忘掉，她竟把思想全回到当日和雪门相遇的时代，其他的影子虽仍在她脑中，却不承认他和自己此时所想的有关，一心只记着雪门。眼睛望着园门不瞬，似觉心中存有万语千言，要对雪门诉说；眼眶中还忍着无限热泪，要等他来时挥洒。不大工夫，就见由园门进来一人，这时日暮天寒，逛公园的非常稀少，在韵宜以后并没一人进来，这时一见有人，就断定必是雪门，凝眸瞧看，果然正是雪门。见他身穿一套咖啡色西服，头戴同色呢帽，肩上搭着件灰色大衣，更显得英姿挺秀，比昨夜舞场所见加倍楚楚动人。韵宜不由心跳如捣，但雪门却没向她这边来，反循着园径，向相反的方向走去。韵宜想要叫他，无奈心跳得没了力气，同时喉咙也似干涩不能发声。她心一急，便由椅上立起，循着雪门后影追去，但走了十几步，又联想雪门走得很快，自己怕追他不上，好在园径是圆的，他仍得转回来，自己不如转向身去迎他，比追着绕圈儿强得多。想着就反身向回走，但走到方才坐的藤萝花下，又把意思变了，略一迟疑，就坐回原处，却仍把脸儿向着园门那面。过了没一分钟，就听身后有皮鞋踏碎石声音，渐走渐近，到了身旁。韵宜才转面瞧看，恰和雪门的目光相触。

雪门脸上好似并无表情，只哦了一声："你在这里？我还以为你不来了，是才进门么？"

韵宜听他前两句话说得很干，没一点儿热气，心里好似吹过一阵冷风，就不愿实说自己早来相候，只点了点头。雪门微一怔神，便坐在她身旁道："我想见你一面也好，不过没有很大工夫，有话请说吧。"

韵宜见他这样情形，好似和自己接洽公事，绝没有情侣重逢的意思，心中蕴蓄的热情，好似都被冰得上了冻。眶中情泪也都循着泪腺回到储藏所，只剩下一小部分，变成酸性的伤心泪，汪在眼中，就摇头道："我没有话。"

雪门道："你不是约我见面，有话要说，怎见着又……"

韵宜眼泪不住涌出眶外，忙用手帕拭去，声哑说道："你这样待我，还有什么可说？"

雪门听着，举手搔搔头发，点头道："你不说，那么我说。你方才在电话里说我对不住你，这话也许是对的。不过当初颠倒错乱，我自己也闹昏了头，真不知怎样是对，怎样不对。在你家相遇时候，我已说明是有妇之夫，只为感情破裂，我已决意离开家庭，不再回去。可是你为日后的顾虑，叫我回去办清离婚手续，我就回去了。哪知我那女人居然改变平常态度，对我表示忏悔，并且旁边有她的朋友，告诉我说，她自我走后，两天没吃没睡，并且登报找我。我被她们包围没法再坚持离婚，可是又觉得对不住你，经过好久的苦心焦虑，最后实没法儿，就偷着写了封信，诉说我的苦衷，请你取消咱们口头婚约，不要再等我。不过这信若由邮局寄去，怕被你父亲看见，就打算仍到你家面交给你。哪知才走到你家巷外，就遇见小桃。她告诉我，你已离家逃走，不知去向，现在你父亲正在四下寻找，劝我不要到你家去，因为你的继母已经猜疑你失踪和我有关系了。我一时没了主意，又因自己是托词出门，我女人还在朋友家候着，不能尽着耽搁，更怕被你父亲捉住，打嫌疑官司。只得把信交给小桃，托她遇着你时，代为转交。小桃说你在家庭那样苦恼，这一去绝不会再回来，不过她或者还有法能寻着你，代交这信。我当时也想你离开家不会再回，小桃也未必能寻着你，不过在无可奈何之中，也只得把信托她，了却这桩心事，只是你既和我约会，为何又离家出走？真叫人莫名其妙。就很惆怅地回去，不料跟着又出了事，我给你写信的草稿，竟被我女人发现了，惹她又伤心生气，等我回家就当面质问，我和她说实话她不肯信，两下越说越僵，结果竟在当夜烧毁婚书，协议离婚。我又出了她的家，成为漂泊的人。试想在这一天里，我受了多少刺激，神经实承受不住，投进一家小旅馆，倒下就病了半个月。到痊愈以后，又受了许多折磨，几乎走入绝路，才得到机会，混到现在。你明白我的情形了，我起初就对你说已有家室，只于伤了感情，所以回去办离婚反而被她留住，是很自然的事，除了不该一时感情冲动，和你定下口头婚约，却自始至终，并没欺骗你。就在回家被女人留住以后，我还

251

在百忙中给你写信，说明苦衷。至于你未曾接到那信，不知是小桃给误了，还是没法交给你，记得那天她对我说也要离家寻她父亲了，反正不管怎样，我自觉对你没犯什么罪过，何况你现在已是纪……"

韵宜听他说着，心中已憋了许多话，这时便接口说道："说了半天，你只忘不了我是纪……可惜没打听我这纪……怎样来的，若不是你，我还落不到这步田地呢。你且耐点烦听着，方才你说你的太太登报找你，我也是看见那张报，怕你一去不能回来，忙要拦你不要走。无奈我父亲亦起床了，我方写个条儿，放在门房桌上。谁想你竟没看见，仍然走了。到我听父亲说你已经告假，就急疯了，糊里糊涂跑出去追你，可是不知你的住址，往哪儿追呢？直在外面转了一夜，倒被家里女仆给找回来。这一下我那继母更有了话说，更赖我做了败坏门风的事，从此父亲就不把我当人看待，一直像囚犯似的监禁着，最后竟把我骗到这纪二的家里。纪二是本地一个流氓，开着暗娼，他给我开了两条路，一条是嫁他做太太，一条是做暗娼，给他挣钱。我实没法，只得依了他头一条路，这里面还有好些波折，得慢慢地对你讲，现在只能告诉你，我还是个……"

雪门正掏表来瞧看，听她说到这里，就摆手道："够了，你可以不必再向下说，过去的不管怎样，反正已经过去了。现在你已成为纪……咱们中间的事就算一了百了，再说什么也没用处，我对你也非负心寡情，不过以前是误会你已经离家走了，而且我受了第一个女人的刺激，也有很长时候不愿和女性接近，所以在这二年多工夫并没打听你的下落，只认你必已有归宿。虽然对你断念，可是并未忘记，昨天晚上突然相遇，我还受了很大震动，几乎要扑到你面前，及至知道你已成为太太，我才把心情满凉了。你也该明白自己的地位，即使你我以前有过什么关系，现在也算完全结束，何况咱们以前只有那么一点儿简单的历史，又何

252

况你现在的生活很是放纵快乐，何以再缠磨我？这种约会，在你看着也许不算回事，在我却觉得是越礼的，很不应该。希望你以后不要再找我，我向来没有和一位太太做过秘密谈话，这还是初次，当然也是末次。现在已经过了六点半，我还有个约会，不陪你了。"

韵宜听着他的话，不由得面色焦黄，更决定他是听了马小姐的谗言，否则绝不会有这样的口吻。当时眼泪汪汪在眶里，颤声说道："你好好，骂我好苦。我知道这都是听那个马小姐说的，告诉你，她跟我才认识有几天，根本不知道我的苦衷与内幕，只为昨天你对我注意，她心生嫉妒，才胡乱诬赖，我一定不能饶她。现在你理我不理，我全不要紧，可不能听别人闲话，硬对我这样污蔑。我怎么就把和男子约会看得不算回事？你的意思，必是说我品德不端，常常和男子约会，这真气死人。你就不……咳，我怎么说？我……我说什么？说了你更不会信。我虽然名叫纪太太，可是和当初你在家见我的时候，仍是一样，我还是清清洁洁的处女，你污蔑我，不怕亏心？上面有天看着。"

雪门见韵宜气愤欲狂的样儿，虽然觉得诧异，但听她的话，又离奇可笑。马小姐说她现在正和丈夫同居医院，但在外面广交男友，行为浪漫，自己也承认是有夫之妇，却又自称仍是闺中处女，好像有些神经错乱。也许是她对自己眷恋旧情，思续前欢，现在知道马小姐泄露她的劣迹，已无希望，就气得口不择言，乱说起来，不过本意还是希望自表清白，却不料太过了火，倒不近情理了。自己不可再跟她深说，赶快设法脱身走开了吧。想着就鞠躬道："纪……我也许失言冒犯，请你原谅，但不要猜疑马小姐说了什么，她就说了我也不信，何况没说，我们过去的可以不谈，谈也没用。现在是事实问题，你已是太太身份，跟我中间好像隔着千山万水，没有一点儿关系。你好坏都与我无关，这就等于我无论做了高官或是成为乞丐，对于世上的太太，都没丝毫关系。所以我想你就不必多说了，即使我对你印象极好，爱情极深，你已嫁了别人，不也是没用么？现在即使你对我还念着旧情，还有什么希望，也一样不成问题。你想明白这种道理，自然没气可生，也没话可说，是不是？纪太太……我可不能再耽搁了。"说着又一鞠躬，说声再见，就要转身向外走去。

韵宜眼巴巴地望着他，心中悲愤悔恨、羞怒种种感情，直要把心给腐蚀了。知道雪门并非这样严冷无情的人，若不是有了马小姐先入之言，他万不致如此相待，便是知道自己已嫁为人妇，也该有些温暖的情谊。世上旧时情侣，在嫁后相逢的尽有，不见得都这样龈龈相向。说什么恐涉嫌疑，简直还信了马小姐的话，把自己当作了无行妇人，鄙薄不屑罢了。但自己虽揭破马小姐的阴险用心，他却不肯承认，只用冠冕堂皇的大题目来拒绝自己，可怜自己被他逼得没话可说，既承认自己已是太太，就没法不承认他所说的正理，就只得悄然自退。若还说我虽是……却因种种特别情形，不必守太太的规矩，仍可以和他交往，那岂不证实了马小姐的谣言，他更要把我看得不值一文了。处在这样局面，无可辩白，祈求无可祈求，只有任他走去，拼个伤心决绝，则更要惹他不向好处猜想。本来一个已嫁的妇人，还尽和别个男子纠缠不休，是安着什么心呢？可是他这样一走，就算从此永别已无别的希望，只为雪门就此别去长留鄙薄之心，自己的冤苦，永无昭雪之日，实觉于心不甘。其实她既知雪门此别不会再见，任他心里抱着什么感情，都已不成问题。譬如她的继母，以前在家时久加虐待，又曾污蔑，当然对她的印象极为恶劣，然而韵宜一离开家庭，立觉海阔天空，把那继母完全忘却。绝没因为继母对自己存着恶劣印象，便有症结在胸，定要和她说个明白。然而现在对雪门竟不能甘心，这是什么缘故？当然还是爱情的关系。她虽在直觉上，以为对雪门完全绝望，所不甘心者，仅有此举，但实际还是爱情从中鼓动，不能恝然割舍，就借这题目和他辩说，以使其作须臾之留。女子痴心，真是不能用理性解释的。

当时她气得怔了半晌，见雪门已走出丈许以外，就叫了声你别走，随即立起追向前去。雪门听得脚步声，便立住回头，向她看着道："你要做什么？"

韵宜娇喘吁吁，珠泪汪汪地道："你，你不能这样走。"

雪门道："我该怎样走？"

韵宜道："你……你得……得说明白了再走。"

雪门道："我不知道还有什么可说，而且说也没用，你何必……"

韵宜道："你没的可说，我还有的可说，不错，现在我已经嫁人，你不该再亲近我。可是这样把我当作毒虫似的，望影而逃，是只为我是太太么？我很明白，你若只为我是太太，绝不致这样害怕。必是听了马小姐……"

雪门摆手道："你又把话说回来了，方才我不是告诉你说，和她无关系。"

韵宜道："那不成，你得凭良心说，她怎样告诉你，若只为我是太太，守着礼法，不敢挨近我，我也心悦诚服；若是听别人的话，诬赖我是坏人，只怕玷污了你，那我可死不甘心。"

雪门顿足道："你这不是车轱辘话么？来回说个没完。叫我怎样回答？方才已经……咳，不管怎样，反正咱们关系已了，以后再没有……别的希望。你还认真怎的？纪太太，你既说马小姐污蔑你，当然你没有她所说那些不好行为，那么就请你自己尊重些，要明白我们所说的话，都是不该说的，越赶快结束越好。我约会时候已过，实不能再耽搁了。"

韵宜每一开口，便被雪门迎头拦住，说是已经说过的话，无须再说。韵宜也自知絮叨，但又想不出其他可说的话，心中急得要命，又听雪门话锋凌厉，简直要堵住自己的嘴，赶快离去，更加悲愤而又张皇，不知怎样对付他是好。一时情急，就口不择言地道："你只忙着走，什么结束越快越好，你只是厌弃我，恨不得立刻把我赶开罢了。我尊重……我尊重什么？太太……才该尊重，我实在不是太太……"

说着忽握住雪门手臂，悲声说道："我说句肺腑的话，你看着上帝，要信我……我实在还是个干干净净的姑娘，而且并未跟人正式结婚。别看人们都叫我太太，我实际也和男子同居很多日子，直到现在还是这样，完璧无瑕黄花处女。当然这话，那是我自己情愿，也因为避免男子追求才如此的做法。那才是我不得已的苦衷啊。你听着不知多么诧异，也许觉得可笑，这里面当然有着情由，我只求你，能容我诉说……可是，我自己当面也说不出口，你又忙着要走，那么我就给你写封信，可是你得答应我，接到这信要仔细看看。你得凭心答应我，真仔细看个明白，不要连封都不开就给撕了。至于你看了以后，应该怎样，那全在乎你自己，我绝不管，也不再跟你麻烦。咱们当初总有一时要好，现在弄成这样，已经算是完了，我在这最后也没别的指望，只要你肯看我的信，就是你看了信，仍然抱着现在这样心情，绝不睬我，也没关系。我过后只想这封信已进到你眼里，就可以安慰许多。这就和当初那种含冤自杀的人，临死把冤单揣在怀里，预备死后给人发现。其实便被人发现，他本身已经死了，还有什么用？也不过最后的一种安慰罢了。我就是这种意思，你可肯答应么？"

雪门听她说得词意惨厉，不由一惊，就点头道："好吧，你只要写信，我当然要看。"

韵宜道："好，谢谢你，那么一两天里必然寄去。寄到你的办公处成么？"

雪门这时对韵宜的观念绝未改变，仍是一味敷衍，急图脱身，就道："好，寄到办公处就成，可是你千万不要再打电话。"

韵宜苦笑道："放心吧，再没那种事了。"

雪门又一鞠躬道："我恭候华翰，再见，再见。"

韵宜凄然低下头，没再理他。雪门便转身出园而去。

韵宜自己怔了半晌，也懒得走出园门，觉得心怀抑郁，精神颓丧，简直连走路的力量都没有了。高跟鞋走在洋灰路上，本来清脆有声，所谓高跟鞋子洋灰道，疑是英宫响走廊，是繁华都市的一种雅韵，但这时她腿上无力，提不起来，竟把高跟鞋当作拖鞋，发出拖沓之声，屡次几乎跌倒。她知道所受刺激太重，若不设法把胸怀开豁一下，恐怕要出毛病。就想寻女友玩玩，但又觉自己这样心情，无论到什么地方，也不能欢乐，反而要使旁人猜疑。可是若不去游乐，难道回医院去受罪？在经过刺激之后，再和纪二面面相觑，听他哓哓絮语，恐怕非要发疯不可。想着在街上走了许久，才忽然得计，还是回旅馆去吧，那里既清静无扰，可以自由啼笑，不致为人所见，而且还可开始给雪门写信，把心思放在笔墨之上，也能发泄郁勃的情感。

想着就在街上买了一支钢笔和信封信纸，因为这些东西，在她离开家禁之后，久已绝缘。在纪二面前，自然不会有需用笔墨的事，便有她也不犯自己动手，所以这时要用，便得现买。买好了就坐车回到旅馆休息了一会儿，吃过晚饭，又凝息许久，方才就坐动笔。写了没几个字，觉得一支笔比杠子还重，头脑也不灵活，有许多很熟的字，仿佛就在手头口边，却只写不出来，才知自己和笔墨生疏已久，和学生时代，距离已远。回想在家上学时候，好像中间隔了很长年代。同时觉得自己这颗心，也不似当时那样纯洁清白，好像自从脱离家庭以后，便变得坚硬复杂，而且加了许多杂质。就以遇见雪门的时候说，那时心里好像一碗清水似的，爱他只是爱他，毫无杂念。现在却一面要向纪二装假面具，心里厌恶，表面还要亲近，时时说着言不由衷的话，再加每日到外面去过放纵生活，日常对着许多的诱惑，眼睛看着淫靡的事，耳朵听着淫靡的声音，虽时时自加抑制，未致堕落，但也只保得身无污染，这颗心怎能还似先前？平素尚自不觉，今日拿起笔来，要做当初学生时代的工作，才知自己完全变了。因为久受欲念压迫，情感磨挫，脑筋竟然麻木，心里也总蒙了一层尘灰，绝不明澈。由此可见自己以为仍是当初的韵宜，实在错误。大概从和纪二认兄妹以后，自己虽觉守身如玉，但因所事非人，情感无所寄托，就一直心意荡漾，有时耳之所接，目之所触，并不能不动心，只于动心后能够自行抑制，不致做出坏事。实际却终日被情欲纠缠，永也没个安静。所以无形中把我变了，自己虽不觉察，旁人也许能看得出。尤其雪门久别的冷眼当然更看出我不是当初的韵宜了。

想着立起对镜瞧瞧自己，更觉悚然失惊，暗叫我怎竟变成这样，只身上的衣饰，就完全显现一个只重物质生活、没有灵魂的妇女。向好处说，是个习性奢纵的女人；向坏处说，那班放荡的姨太太和舞女流娼，何尝不是如此？再看脸上神色，哪里还像当初清娟秀润的天然本色，完全是人工装饰，用脂粉掩盖了不健康的皮肤，描眉画眼极尽妖媚工态，尤其这一双清澄的秋波，似充满了思欲，全失了天真。再看着手上戴得太多的戒指，臂上的金镯珠串，口中所衔的长式银烟嘴儿，衬以猩红的唇，平常自以为美，现在才知道这一切只表现自己是失去本来，完全堕落了。我怎会变到这样？居然还对雪门说，自己仍是当初的韵宜。他不知如何齿冷，何必听到马小姐的话，只看看我的模样，就够使他灰心了。

但我所以变到这样，是有缘故的，和纪二度着绝望的日月，怎能不这样？能止于这样，还算我不错呢！雪门不问底里，只是一味鄙薄，实在冤枉了我。这冤枉不能不诉，说什么也得把信写好，给他寄去。想着就归座又提起笔，继续写下去。但仍是心神纷乱，错误屡出。好容易写了半篇，又觉得这样写不大适宜，便撕了重写，连撕了几张，已费了不少时候，手腕已酸了，就躺在床上歇息一会儿。听外面钟打了十二点，她悚然坐起，觉得该回到医院去了，但这信不写成寄去，自己情绪不能安定，若回医院，真是双层苦恼，万难忍受。就决心不回去，无论如何，非得把信写完，否则绝不离开旅馆。纪二若是疑心，也随他的便，反正自己问心无愧。想着就回到桌边，重新写起。这次居然沉下心去，开首只说了几句悲苦的话头，随即把自己的一切遭遇，都原原本本地写出来，虽然力求简略，却也费了七八张纸，才把事情说完。因为是在纸上写字，不同对面交谈，易生羞涩，所以把关于纪二详细情形，也都写明，并且注明纪二初次治病的医院名称地址，意思请他调查是否属实。写完事实，又诉说自己现在所过的枯燥生活和痛苦心绪，最后一段，才落到和雪门的交涉本题。她写道：

　　雪门，你看了上面的十多张纸，也许很厌倦了，但你若真能细看一遍，当初就知道我以前什么灾难，现在又受着何等痛苦，不过我这痛苦一直咬牙忍受，向来不对人说，也没有可说的人。直遇到你，我才忍不住了。你也许觉着和我关系很浅，只有一天的认识，几小时的盘桓，和一时情感用事的口头婚约，而且事情已隔了将近二年，所以看作不成问题了。可是我对你，不能看得那样淡漠，你可知道一个女子第一次懂得爱人，是毕生忘不了的。那第一次被她爱的人，也要永远被她爱着。何况你我相遇的时候，正当我最痛苦最寂寞的时候，你和我接触虽然很短，所给我的安慰虽然很少，但是我有生以来初次得到了，也是当时最需要的，所以那一早晨的事，就刻在心坎，够我终身记忆思量的了。你虽一去不返，我可没一时把你忘下，尤其以后越是遭到坎坷，受着刺激，越要想起你。直到今天，都是一样。在这长久的时间里，你也许很少想到我，我却时时把你放在心中，带在身边，好像一直没离开你。好容易真个和你遇见，怎能不像遇到亲人一样，五内翻动……咳，可惜只到不了你近前，偏巧又凭空出来个魔障，阻在中间，硬把我推开了。

你听了马小姐的话，那样鄙薄我、疏远我，在小花园里，好像把我当作污秽的东西，只怕受了沾染，躲避不及。当时我觉得万分冤枉气苦，但回到家中，把自己检讨了一下，才明白你鄙薄我是有道理的，马小姐诬赖我也是有来由的。我确已不是当初那个人了，比和你相遇时候，不知已堕落了多少，难怪你看着发生疑心，马小姐也可以得到诬赖的把柄，使你相信。不过我得对你辩白一下，我虽然承认自己堕落了，可只限于精神方面，我的身体灵魂，还是清洁的，这个将来也许有日能叫你明白。至于我如何精神堕落，你得替我想想我所遇的事情，所处的环境，是不是苦恼抑郁到了极点？一个人处在这种境地，本来没有生趣，若为着后来希望，还要活下去，是不是很容易把情感寄于逸乐？生活变成放纵，才能醉生梦死地活着？于是我就吸烟饮酒，赌钱看戏，做一切奢侈的事，结果把自己造成现在这样的人。你由这上面可以想到，我堕落的程度，只于以造成上绝没有像马小姐污蔑的行为。倘若我真有不规矩的行为，情感倒可以得到寄托内心，也不致如此苦恼，表面反能够收敛，不会有放纵的形迹，落到别人眼里了。

我写了许多，好像都是为自己辩护，一个人问心无愧，根本不必辩护，辩护是无聊的、可羞的，但我觉得在你跟前，为自己辩护，并不无聊，也不可羞，好像你有着审判我的权力，我也愿意受你审判。不过我辩护了半天，能有什么结果？并且你看了我这封信，是否能够相信？即使完全相信，下文又该怎样呢？对于这个我实在不敢说，我现在不知如何是好，虽然未尝没有一点儿希望，可是说出来，恐怕更加你的疑心，更坐实了奸人的蜚语。所以这封信只于陈情，并不诉愿。你看过之后，当然明白我过去的情形，现在的处境，由此可以推测我痛苦的程度，是和第几层地狱相等，落在地狱中的人，所渴望的是什么？你自然也想得到。我所处这层地狱的门钥，是握在你手里的，至于我这人落进地狱，是不是应该的？是不是值得援救？是不是值得你身入地狱来救这没有价值的人？那就全在你判断的。

写到这里，我觉得已经足够，现在把这封信寄去，大约得费你很长的时间，才能看完。请你耐心些吧，这是你我别后相识第一次，也是第末次通信。寄去以后，我绝不再搅扰你，从此，只有等待你的回音，等待，即使等待到不能忍耐，宁可离开这个世界，也不会再现身到你面前。除非你召唤我。这是最后一句了，我心里郁积着无限热情，无奈一想起你那副严冷的神情，就把心给冻住，所以连一句亲爱的话也不敢写。到末了我还是不知该怎样称呼你，只可简单地叫你的大名，雪门，再见，祝你前途无量。

永远等待你的韵宜手上

她写完了，又重复看了一遍，觉得通篇都是叙事说理，而且带着负气的意味，一点儿不像情书的体裁，但也只可这样写法。雪门正在对我鄙薄，若用情爱话头，反更引起他的猜疑，以为我惯写情书呢？现在最要紧，是叫他知道我的真实状况，洗刷马小姐对我的污蔑。若能使他消释误会，也许重复倾心于我，如其不能，这信里封上一万滴眼泪、一千个吻印，也依然没用。想着就把信封起来，写好封皮姓名住址，看着好像一本书那样厚，用手掂掂，分量也很不轻。她本已买下邮票，想写好便送进街上信筒，但这时因为过于厚重，就踌躇起来，不知该贴多少邮票，贴少了怕邮局不代备，多贴也恐不好，想要留交旅馆茶房，叫在明日早晨送到邮局，又担心这重要信件落到外人手中，发生事故。否则他们也许一时疏忽，给遗失了，或为吞没几分邮费，给毁灭了。犹疑半晌，就决定今晚不回医院，住在旅馆，等到早晨亲自送到邮局，寄挂号信。至于纪二因自己终夜不归，将如何挂念、如何猜想，只可暂置不顾。于是倒在床上，盖上被子，想要小睡一觉。无奈心绪潮涌，只睡不着。

说来也是怪事，日出而作，日入而息，本是人生的正当习惯。早晨的曙光、鸡鸣以及各种嘈音，本含有昭苏气象，催人醒觉。但是那种失眠的人，无论因事因病，在夜中万物静息的时候，反而静得不能入睡，到天亮时，倒被光明引起了眼睛的疲乏，嘈音引起了神经的倦怠，反倒容易入睡了。这真是反常的事情。韵宜看着窗户渐渐发白，听着市声渐渐嚣动，才不自觉地悠然睡去，但也只打了个盹儿，到七点多又醒了，就起床梳洗，稍吃了一点儿东西，等到时候，便出离旅馆，到邮局把信寄出。出了邮局，好似了却一件心事，精神稍觉舒畅。但走到马路上，又有茫然无为之感。她知道该回医院了，却不知怎的，自从见到雪门以后，竟把医院看得好像地狱一样，只一出来，就害怕回去。当然医院本身不致使她害怕，但因为感情的连带关系，她似乎对整个医院都有了恶劣印象，就好似久羁牢狱的囚犯，在被释以后，只一想起那森严狱门，便感到悚惧厌恨，绝不愿再看见的。但韵宜这时好比狱犯得到临时假释，虽然畏恶，不回去还是不成。她想再在外流连几时，但一则无处可去，二则知道自己在外面过了一夜，既不能从此不回，就不如早些回去，还有谎句可造，若再耽误，恐怕就要无说自圆，反而不妙。想着就决定回医院去，但她终是迟迟顿顿，好像前去受罪似的，懒得向前走。虽然疲乏无力，却不愿坐车，因为一坐上车便要径直回去，不容迟疑逗留了。她走过两条街，忽见路旁有家小西餐馆，门首还贴着各样冷饮的牌子，这是中秋时节，本已成为强弩之末，但因这时和暮春一样，是枣核天气，早晚虽寒，中午却还焕暖，所以尚有生意可做。她一见这牌子，就起了神经作用，自觉胸中烦躁发热，不由举步走进去坐下，要了一个冰激凌梳打，只呷了一口，但放在面前，望着窗外发呆。直到冰激凌完全融化，变成一杯乳状的稠液，而且温度也和空气融合，没了冷气，她才喝下去，付钱走出来。这一耽搁，虽有一点钟，她自觉无方拖延了，才径直走回医院徐徐上楼。

走到房门，还迟疑了一下，才推门进去，见纪二正斜倚枕头坐着，拿张报瞧看，就向他点点头，关上门直走到长榻之旁，仍照往日那样，先把衣服脱下，向榻上一扔，随即又低头脱去高跟鞋。她在这时，才开口说话，可以说着从容，却不料纪二也要对她说话，见她先开了口，就把要说的话咽住，且听她的。

韵宜只为低着头没看见纪二的表情，并无所觉，只顾自说道：“你瞧这张太太，多么霸道，硬留住我不教回来，直打了一夜的牌，到天亮还要续四圈，我可再受不住，只得告饶，方才放了。因为时候太早，怕医院没开门，就在她那打了个盹儿，也没睡好，到这时还腰酸骨麻呢？好在没输钱，还赢了几个。”

随又一伸懒腰坐直了，就在这时，只几秒钟工夫，她没有瞧见一件要紧的事。原来纪二在听她说话时，似乎大出意外，脸面现出惊诧颜色时，随即眼珠一转，便伸手向床头便橱上拿出一个小小的物件，藏在身下被底。原来韵宜梦想不到，她的谎话在方才说出之时，已经被揭破了。

因为她昨夜住在旅馆，写了半夜的信，中间写得臂疼手麻，躺在床上歇息，看见右手上两个手指，都被笔压得成了凹陷，觉得戒指碍手，就给摘下两个来，放在枕头旁边，一会儿又去写，写完了又回床上假寐，无意中移动了枕头，就把戒指压在下面，以后就没再想起。直到早晨出了旅馆，吩咐茶房锁门，茶房进去打扫房门才在枕下寻出两只戒指，立刻交给账房。这旅馆本是纪二和朋友合股所开，所以茶房拾金不昧，账房也特别巴结，当时听说纪太太落下东西，就特派个专人，给送到医院去。因为他们早知纪二和太太住在医院，并且料着纪太太必是回医院了，所派的人赶到医院，不过在韵宜出旅馆二十分钟以后，韵宜若是径直回到医院，还可以遇见这人，迎头弥缝。偏巧她又在西餐馆逗留许久，于是旅馆的人便先到了医院，又恰好赶上探病时间，就被领到纪二房中，向纪二呈上戒指，说是太太在旅馆落下的。纪二因韵宜中夜不归，心中纳闷，听了来人的话，便觉诧异，韵宜怎不回医院，反到旅馆去住，莫非有什么说处？不由搁着疑心，向来人询问。来人回说太太是昨天晚上回旅馆去的，到今天早晨才走。我们还当她已经回了医院呢。

　　纪二想要问她是否带着别人，但又不好开口，就绕弯说道："太太从昨天晚上回旅馆，直到今天早晨才走么？她中间也没出门么？"

　　来人答说没出门，纪二又道："她也不嫌闷得慌？自己干什么？莫非她带着女朋友做伴？"

　　来人摇头说没有，只太太一个人。纪二才不再问，给了几个钱，打发来人回去。把戒指放在便橱上，自己纳闷，韵宜什么意思，自己定回旅馆去睡一夜，这真奇怪，回来得问问她。又等了半晌，才见韵宜回来，她进门便忙着脱换衣履，纪二方要把戒指给她看，询问为何回旅馆去冷清，却不料韵宜先已开口，滔滔地说出一套谎话来。纪二听话茬儿不对，忙把自己所说的话咽下，听她说完，立刻心意一转，知道事情有了蹊跷。她若只于回旅馆住了一夜，并不是什么坏事，很可以实说，却怎的撒出这样大谎？纪二听着不对茬儿，猛觉得这里必有缘故，韵宜独自回旅馆过夜，虽然不在情理，但也许是医院不甚舒服，要却做一夜安适的休息，或是因为夜深不便回医院，就近住在旅馆。那旅馆本来就是临时的家，她既独自回去，问心无愧，很可以实话实说，何必撒谎？既撒谎就必有不可说的秘幕。不过那旅馆来人却说她确是一个人，并且中间未曾出门。若是那样又何必呢？韵宜又必多事弄鬼。于是便想到那旅馆伙计受了韵宜贿嘱，替她隐瞒了什么，但那人若因受贿而隐瞒，怎不隐瞒到底，把戒指也给藏起来，竟送到我跟前呢？想着就决计不对韵宜揭破，因为倘若把旅馆来送回戒指的话说了，便等于点穿韵宜的谎，质问她因何相欺，韵宜必得立时说出所以然，若是不能，便要惹她羞恼成怒，弄成僵局。不如且把这事隐起，日后慢慢对她考察，再做计较。

纪二到底年纪大些，遇事沉得住气，也可说是老奸巨猾。当时就悄不声地把戒指藏在身下，仍掬着笑脸听她说话。韵宜梦想不到房中先有一件证物在着，她进门匆匆，未曾瞧见便橱上有戒指，到换好了鞋再抬起头，戒指已没有了。所以她绝想不到自己的话句句都成为被证明的谎话，仍滔滔地说下去。其实倒不是完全虚构，只于把前些日的事，当作昨夜的说罢了。纪二还不动声色，像听真话似的和她对答。韵宜心中虽然厌恶纪二，但自从认兄妹以来，纪二确是对她情深意厚，想要怨恨都寻不出怨恨的缘由。所以韵宜对他也实没法过于严冷，这时又因昨夜所思所想、所作所写，都对不住纪二，而纪二仍是温颜笑语，毫无不悦之意，心中自然不免感到惭愧，但又不愿和他长谈，就想打起精神，敷衍一会儿，再借口夜间失眠劳乏，给他一觉大睡。哪知说话中间，不免用手比画，忽看见自己手上短了两只戒指，立刻心中乱跳，初还纳闷怎会丢了戒指，随即想起是落在旅馆，必被茶房拾去，恐怕不易追回来。但戒指虽然价值甚贵，丢了可惜，那还不成问题，现在只怕被纪二看见，教纪二知道。因为女人的饰物，是有一种神秘性的，一个妻子失去整箱衣服、整包钞票，都没很大关系，但若失去一只戒指、一方手帕，却可以引起男子疑心。原因在这种东西，照例是男女投赠的私情表记，不过自己若只丢了戒指，也还好说，偏偏昨夜又在外面过夜，过夜的事本来已经掩饰过去了，若再被他发现遗失戒指，必把过夜的事又勾起来，两件合起一想，便不知想到哪里去了。韵宜想到这里，不由现出张皇之态，急忙把手缩回，想藏到襟下，又觉不好，忙又放在膝上，用左手掩住。她虽然做出自然的样儿，但那张皇踟蹰，已发露无遗，全被纪二看见。她把手放好，忙抬头去看纪二，看他是否注意自己的动作，但纪二那里早已看得清清楚楚，明明白白，心里虽然疑云大起，几乎认定韵宜在外做了坏事，但表面也做出一副毫无知觉的面容，在等待她了。韵宜又上了一回当，看着他的神情，以为必未留神自己的动作，才放下了心，又接着说下去，但因心中不安，只潦草数语就说完了，随即打个呵欠，说夜里没睡好，身上酸疼，头也发晕，想睡一会儿。纪二就劝她快睡，韵宜趁坡儿便把自己床上衣服东西都向一边掷去，清出地方，躺倒便睡，却特别小心把右手藏在被下，这次倒很快地睡着了。纪二却望着她直有两点钟工夫，不知在思索什么，只忽而搔头，忽而怒目，忽而现出凶狞颜色，忽而变成茫惑神情，最后才似得了主意，脸上只剩了冷笑。

到午后三点钟，韵宜方才醒了，坐起身按铃叫人送进茶来，随即下榻洗脸，顺手把一切饰物全卸下，洗完脸便问纪二吃过饭没有，纪二说在她睡时已经吃了。韵宜本想到外面去吃饭，但觉终夜未回，回来睡醒便走，未免不好意思，只得叫仆役到厨房叫了饭来，好在这医院的头等病房和旅馆一样待遇，一切全都随便。她等饭送来吃过，又和纪二谈了一会儿，忽听钟鸣六下，才自己寻思，今早寄出的信，这时应该已到了雪门眼里，但不知他如何想法，这时他已然下班，也许正提笔给我写回信呢？也许自己明日便可接到回信了，想到这里，心中忽扑地一跳，想起自己给雪门的信中，并没写明通信处。信里固然曾说现住这家医院，但他若把回信寄到这里，万一赶上自己出门，仆役投到房中，被纪二看见，岂不麻烦？自己应该注明回信寄到旅馆，再嘱咐旅馆柜上，有信代存，自己隔两日去看一次，那才妥当。但怎的竟把这要紧的事忘了？现在还得赶快再给雪门去信，赶快说明，但盼他不要忙写回信，最好稍等一两天，等我第二封信寄到再写，但自己的信必须快写，不能迟误。这医院当然不便，总得赶快出去。

想着就向纪二说道："张太太因为我昨天赢了钱，约着今天原座，还在她家打牌，我若是输家就不去了，其实并没赢多少，不去就不好意思。"

纪二便说："当然得去，你们姐妹场中和我们交朋友一样，赌钱品人，可不能跟别人闲话。你的钱够不够，我这儿还有上回给的医药费剩下的几百块钱，你都拿去。"

韵宜听着心中惭愧，只可说："我袋中还有不少钱呢，这些日彩头挺好，永没动过本儿。"

说着便对镜梳掠一下，从橱中取出新衣换好。至于她早晨脱下的，早已褶皱不堪，照例在她走后，有看护拿出去教洗染店洗熨平帖，再送进来。当时她收拾完毕，对纪二说声我走了，便关门走出。

到了医院门口，看看门房的人，忽然念头一转，暗想我好糊涂，何必还给雪门去信，教他由旅馆中代转，现在向医院门房嘱托一声，教他有我的信存在门房，由我自取，不要送进房去，岂不简便？想着便走进门房搭讪说了两句话，才取出十元钞票，给看门的人，说你常在夜间替我开门，很是辛苦，把这点钱打酒喝吧。等那开门人接钱道谢，她才把存信的话，当时说出来。在看门人唯唯声中，走出门外。但这一来，有事又变成没事。她就在街上闲荡，想真去寻张太太，却因前天舞场的事，怕她见面根究底细，就不愿前去了，只好自己寻个消遣。走到一家影院门前，看影片名字甚为美好，就买张票走进去，看了一场。因为心不在焉，也没看出是什么情节，只模模糊糊记得一对男女主角，都很俊美，本可以成为夫妇，却在中间出了这么一两桩枝节，三两误会，弄得劳燕分飞，但幸而编剧人使用技巧，在最末给以很凑巧的机会，使其破镜重圆，成为美满结局。这本是爱情影片的熟套，十有八九都是如此。韵宜看着毫无印象，只把结局时的结婚礼堂和男女主角在华丽洞房中一幕旖旎风光，印入脑筋，到散场出门，她嘴嚼着余味，寻思自己若和雪门能有此日，幸福也不亚于影片中人，只是能否成就，尚在未定之天，恐怕到头落空，也和影片一样成为虚幻。想着迷迷茫茫，走在街上，又不知该上哪里去好。

这时天还不过十点多钟，街上和白天一样热闹，商店尚在灯火辉煌，路旁浮摊也未收撤，每个摊头都陈列着货物，燃着鬼火似的水电灯。摊贩大声疾呼，喊着快要收摊，减价贱卖，看看便宜不便宜，闹得器声聒耳。韵宜走了一段路，才觉稍为清静，路旁浮摊较少，却见前面一丛人围着灯光，似在瞧看什么，又听语声嘈嘈，似乎有人正在拌嘴。韵宜匆匆走过，本没注意，但是眼角一扫，觉得那灯光照映的墙上，似乎有异，就停步转头看了一眼，只见那墙上挂了许多白纸写黑字的对联中堂，再细看才知并不是墙，而是一家银行的大铁门，因为办公时间已过，白天便关上了，所以有人把对联挂上，借地卖字。在那门前还放了一张桌子，桌上放着笔墨，还有一只小竹笾，里面装着许多小纸卷，桌前搭着红纸条，上写沦落人鬻字拆字，代写书信，借道交友，取价从廉。桌旁虽有几个人围看，但那位穿着灰布长衫，形容猥琐的先生却离了位，背着脸和一个流氓式的大汉说话。那大汉虽在低语，但话意很是激切，似在对他责备。韵宜本想看看就走，所以先看看铁门上所挂的字，随又看桌上和旁边的人，心中忽然一动，觉得对联字体有些熟识，便又抬头仰望，这一下才看明白，原来竟是她父亲邢篌庵独创的那派鸭蹼奇篆。

她不由愕然一怔，心想这是我父亲的字体，他独创奇格，未闻有人模仿，只此一家，并无分处。怎么大街上也发现同样的字？难道我离家这年余时候，他又收了徒弟？可是这徒弟也太高明，居然沿街卖字还外带测字。想着便转脸去瞧那位先生，只见他仍背着身低着头，听那大汉诉谇，并不还言。

韵宜走近一步，只听那大汉说道："我看你是要倒霉，这地方是官的，这门是银行的，就容你随便摆摊儿，其实也没我的事，我只是中间人，替你们说合，你给了钱，我还得给人家管得着的送去，并不是自己下腰，你起头儿许人家每天六毛钱，一天一取，你倒要按数儿给，以后人家嫌麻烦，改作五天一取，你竟玩了轮子，到如今过了六七天，你还往下推。那可不成，我在中间落着包涵哪。你今儿说什么也得给凑齐了，要不然我甩手一走，跟着就有人来赶你。快说，怎样？我没工夫费话。"

那先生才发出低颤声音说道："大爷，不是我推托，实在买卖太坏，连两顿饭都混不出来，哪有钱给你？你看这些对子，我白下了本儿，也没人买，要不你拿几副对子去抵这笔钱？咱们照定价减半。"

那大汉哼了一声道："搁着你的，谁要那破对子？除非剃头棚里才挂这玩意儿，现在改了理发馆，人家都嫌难看。你痛快说，给不给，不给我走。"

那先生咳了一声，似做绝望的叹息，低下了头。韵宜却自从那先生开口说话，已惊得呆了，觉得很像父亲的口吻，但声音却又不像。父亲平日说话虽带些酸味，却不是这样冤声赖气，而且哑得吞了炭一样。再说父亲也不是这样形容猥琐，可是举止又很

269

仿佛。不由心中大疑，就徐徐挨过去，向那先生仔细瞧看，只一眼便认出来了，虽然人已失形，但总瞒不过至亲骨肉的眼。韵宜认出确是自己父亲，看他面目枯瘦，好似老了十年，皱纹满脸，身上一件破灰布大褂，肩上先补了方形补丁，又加上了圆补丁，看样儿是太落魄了，而且在那大汉斥责之下，好像个被笞的狗一样。不由动了天伦至性，眼泪涌出，伸手抓住他的手腕叫道："爹爹，您怎在这里？"

邢簶庵突然一惊，抬头看她，眼光初还迷茫若不相识，但随即呀地叫了声："你……"就瞪目张口地眼泪狂涌，嘴唇颤动不已。

韵宜也心中如捣，看着父亲的凄惨模样，立刻把怨恨都忘记了，悲声说道："爹爹您怎……"

说着忽然看见那个大汉，就把话咽住，强忍着酸说道："您欠这位多少钱，我给他。"

邢簶庵颤声道："四……四块二角……"

韵宜就取出皮夹，拿了五元钞票，递给那大汉道："多的也送给你。"

那大汉这时已看得怔了，接过钱吃吃地说："谢谢小姐。"

韵宜就拉着邢簶庵道："咱们走吧。"

邢簶庵指着那桌子道："等等，我得收拾收拾。"

韵宜知道他还珍惜那点生财之物，就道："您不用管这破烂东西，先跟我走。"

邢簶庵看着她，便无言随行。韵宜走开数步，才道："您还想做这种受罪生意啊？得了，就抛下吧，等会儿自然有人替收拾。现在您住在哪里？怎么会落到这样儿？"

邢簶庵流泪不答，忽然唏嘘起来，韵宜忙道："您别难过，随我到个地方，慢慢地说。"

说着自己寻思，只可还到旅馆，看样父亲必已落魄至极，到那里还可以给他弄些吃喝，但离旅馆还有一段路，怕他走不动，就叫了两辆车，坐上直奔旅馆。到了地方，就领着邢簏庵由前门进去，径直上楼。不料有个柜房先生在后面叫道："纪太太，给您送的东西可见着了？"

韵宜闻言愕然回头，便问："你说什么东西？"

那先生道："就是那两个戒指。您今儿早晨落下的，茶房打扫房间，给寻出来，我们赶紧就派人送到医院去了。"

韵宜听了，只觉头上轰的一声，急忙握住楼栏，喘着说道："你们给送回去了？几时送去的？"

先生道："您方才走不大会儿，我们就教人去了，那时不过九点钟，去的人说交给纪二爷。难道您没见着么？"

韵宜听了心里更打了鼓，知道九点自己尚未回医院去，这里的人既把戒指交给纪二，当然也把我住在这里的话说了。我回去竟对纪二造了那样的谎，纪二心里当然像明镜似的，可是他并不揭破我的谎话，也没把戒指给我，由此可见他跟我动了心眼，不知疑惑到什么程度？

韵宜想着心里慌乱，急忙凝住神点头道："不错，纪二爷和我说过，我才想起来。谢谢你费心。"

说着就和邢簏庵上楼，转到后楼，开了房门，二人进去，韵宜咬着牙，决定且不想纪二的事，先和父亲说话。就叫茶房沏茶，又问邢簏庵可吃过晚饭，邢簏庵凄然摇头，韵宜便教茶房去叫酒菜，这才坐定了。韵宜便问父亲因何落魄至此，邢簏庵开言眼泪汪汪，才慢慢地说起败家情由。

原来自从韵宜离家之后，那后老婆便渐渐放纵起来，起初邢簏庵尚不知道，直到事后，才明白是对门水晶肘勾引的。水晶肘所以勾引那后老婆，也许因为对韵宜的怨毒。最先只于要好来往，渐渐水晶肘家就变成王婆茶馆，给后老婆介绍了个流氓，两个密约幽期，如胶似漆。本来女人好像河流似的，必为提防约

271

束，一坏堤防，便要泛滥。那后老婆最初是乡下人，到都市来得遇邢簝庵，觉得一切都比她老赶丈夫胜强百倍，所以变心改嫁。这次又遇见流氓，流氓虽比邢簝庵身份低微，但在妇人眼中，却觉他有种种长处，为一种事邢簝庵所万不能及的，就死心塌地地要和他做长久之计。但这次却不止于改嫁问题，后老婆便想空身下嫁那流氓也不肯要，因为他接近后老婆只为钱财问题。中间又有水晶肘挑弄，于是邢簝庵的家私渐渐都暗地移到那流氓手里，连身下住房的房契也运了出去，邢簝庵连影儿也不知道。就在一天晚间，那流氓忽然领了一伙人，跑到邢宅，推门便入，抓着后老婆硬说是他的逃妻，指着邢簝庵说是拐带。那流氓还拿着一份真实无伪的毁婚书，原来是那后老婆第一个丈夫退婚时交还她的，她当时并没烧毁，随手放在箱里，这时竟交给流氓，前来讹诈。

其实这本不足为据，漏洞甚多，邢簝庵若坚决抗拒，立时鸣官，也可把他们吓退，无奈邢簝庵遇事迷乱，见他们来势汹汹，吓得张皇无策。又加当时后老婆完全顺着那流氓说话，自认是他的发妻，被邢簝庵引诱藏匿，邢簝庵见她变了心，知道打官司也占不了上风，只得甘心服输，任他们讹诈。那流氓们直像强盗行为，蛮横非常，便不借后老婆的缘由，也足可把邢簝庵制得服帖听命。当时就逼他写了一张伏辩，上面说立伏人某某，不该引诱某人发妻，奸占隐匿，兹经本夫寻护，自知罪重，幸蒙本夫宽厚不究，感激之余，谨立伏谨。保证此后永与某人发妻断绝，不敢再行搅扰，倘有反复，二罪俱发，任从处置等语。接着又写了一张借据，说邢簝庵因赌钱大输，被债主逼迫，幸蒙某人垂念友谊，借发大洋八千元，俾还赌债。言明此款按月二分行息，至迟三月还清，若再延迟到三月以后，每迟一月认罚千元。无论被罚若干，本金利息仍须照数归还，分文不得短少。这借据的抬头，自然写了那流氓的名字，他起初因为习惯关系，写伏辩也用鸭蹼篆，那流氓不认识，令改用工楷。可怜邢簃庵自始未在写字上用过功夫，从在书房描过红模写仿红，即便胡乱涂抹起来，并没练过楷书，临过碑帖，只仗胆大，硬抹出一笔鸭蹼篆，便成为名家。这时那流氓强叫他写楷书，他可受了罪，费了很大力气，还离不开他那本体，横直撇捺，全没有分别。然而笔迹尚还清楚，不像他大笔挥洒时那样从心所欲，混充高古，那流氓居然认识，也就不加深究。他写完了，又教盖图章签字。他从图章盒里拿起一块，就要向纸上按。流氓看见上面有很多字，就喝问道这是什么章，原来是他给后老婆刻的，上面刻着"嫁给诗人福不悭室主兼双宿双飞庵主之章"，看着一阵难过，忙放下换了自己名单印上。那流氓就带着伏辩借据，和那后老婆一同告辞。那后老婆又带了许多箱笼包裹，据她说凡是她穿过用过的衣服东西，那该归她所有，至于邢簃庵的长裙马褂，便送给她她也不要。邢簃庵眼看着也不敢阻拦，只得任她装了一汽车东西，在流氓拥卫之下，开车走了。邢簃庵在贼走后关上大门，见人财两失，知道是后老婆和人勾结，坑害自己，所用手段，直同抢夺。自己若报官根究，也不是没有昭雪希望，但是后老婆已和自己立在对敌的地位，这官司便不好打，即使能揭破他们诡计，得到胜利，自己奸占女仆的秘密，也必随而泄露。何况那后老婆还把着自己家庭中许多秘密呢？

　　邢簃庵这人因为爱好虚荣，也懂得保持颜面，所以想了半天，终于忍了这口气，决定不加声张，虽然想着自己一名人竟被流氓女仆用极笨拙的手段给害得大吃其亏，心中实觉不甘，但也没勇气对抗。又加那流氓临行时曾将一柄锋利的小刀，在他面前耍了个刀花，向他说："以后若不老实还钱，或者告官追究，我便下到狱里也有同党结果你的小命。"说完还在书桌上砍了道口子，才自走了。邢簃庵想到那小刀，又多一层害怕，自来刀笔二字虽常连用，但两物却是互相敌对的，自古使刀的人和弄笔的人

273

不能融洽，在先是使刀的屈伏弄笔的势力之下，以后弄笔的失去威风，常受使刀的克制。所谓他人怀宝剑我有笔如刀，虽然形容笔的厉害，但语意中还是说笔不如刀。这就等于小贩吆喝葡萄赛梨，实际还是不及梨的甜脆。若真赛梨，便不必借梨标榜了。何况邢簏庵这弄笔的又只会写鸭蹼篆，所以一见小刀也就屈服了，为性命脸面打算，只得牺牲金钱还那没来由的冤债。

无奈他并没有钱，只有一张南郊的地契和一张房契，想要变产还债，哪知一寻契纸竟不见了。他当时几乎急死，知道必被后老婆带走，既无处寻她，便能寻着她也未必肯还。但那流氓却要尽力逼索，绝不留情。自己若重新补税契纸，又非仓促能办的事，便能办成，那时一要出场，必有人用旧契约出头捣乱。他百思无计，正在走投无路，忽然有个不相识的人，前来拜访，向他说是代表一位朋友而来，那朋友曾在某处拾得两张契纸，上面有邢簏庵名字，本当送回，不过这朋友现时正在失业，穷得不得了，打算跟失主讨些报酬，所以托我来说。邢簏庵听了，知道这人必是那流氓和后老婆使出来的。因为她虽把契纸带走，可是若想用以出卖产业，还有种种阻碍，难于办到，又知道自己没有现款，非变卖产业不能还清冤债，变产又非契纸不可，所以托个生人出头前来，想先得些报酬随后再收债款。他们真会打如意算盘，自己这时若捉着这人，交官追究，一定可以把那流氓和后老婆都牵扯出来，并且由此辩明真相，可以得到胜利的转机。但邢簏庵虽想到这里，终因那流氓的恫吓，不敢实行。当时只得向那人询问数目，那人开口便要三千。邢簏庵尽力磋磨，结果说好一千四定局。但要两相交换，得悉索敝赋，把家中所有什物，全送给拍卖行，才凑齐数目，把契纸换回。这时他连吃饭都成为问题，又加那流氓催逼，于是产业便成为减价急售之局，他又没有朋友可托，竟交给跑房纤的市井奸徒代办。经过中间的欺骗剥削侵油中饱，结果所得不及所值的半数。他只得到万元，除了偿还冤债所余无几。跟着新业主收产，他便移出住了小店。

　　有个他卖产业说合人，原业医生，因为考试被黜，停止营业，成为无业流民。他见邢簶庵手中还剩有几千元，就对他游说，现在市上以卖成药利息最大，老虎油造成南洋首富，避瘟散造成北京财阀，至不济连卖春药的也在租界盖了洋楼。若能创出一种好药，再借广告吹嘘，只下几千元本钱，便能一本万利，大发财源。又夸说自己曾研究出许多成方，却是最验非常。邢簶庵被说动了心，便拿出钱和他合作。那医生想是因为普通成药，都已被人占先创卖，只可别辟路径，发明几种新药。例如鲨鱼皮歪嘴散，专治中风受急的歪嘴，桐露上颌骨，专治人笑掉下巴的，珍珠二气丸，专为出嫁的新娘预备，担保三天内不致放屁打嗝，肉桂十香粉，专为舞女预备在夏日衣单之时，局部擦上此粉，可以不致摩擦生热。但是这些药性质过于专门，需要太不普遍，制成售卖，生意非常清淡。邢簶庵很不满意，就不肯继续出资。那医生为哄他拿钱，只可另制两种对销路有保险性的药，一种是春药，一种是堕胎药。这一来果然转败为胜，生意兴隆，主顾几乎踏破了门，大有指顾发财之势。却不料金钱前脚苫临，法律随后跟来。邢簶庵和那医生一同被捉入官，才知犯了伤害风化残杀人命的罪名。幸而问官明白，把那医生定了主谋，邢簶庵按从犯判罪，但也受了几月徒刑，把所有老本和赚得的金钱罚得干干净净。出狱以后，手无分文，只得勉强凑合，买了点纸，写些对联仍仗自己特长赚钱糊口，又加上测字和代写书信。初以为是可苟且图活，不料他没有通俗的常识，对前来托写家信的人不能应付得当，因而领教无人，又苦知音太少，对联没人肯买。但街面流氓却不肯饶他，尽力剥削。

　　邢簶庵正被逼得走投无路，忽然和女儿相遇，虽然想着旧事，不免亏心，但在穷途之中，不得不随她同来。当时一面诉说，一面老泪纵横，韵宜只得对他劝慰，说有女儿在着，总不叫爹爹受苦。邢簚庵听着，更觉抱愧，就向女儿说了许多忏悔的话，又问她现在和纪二过得可好，怎还住在医院？

韵宜听了，又勾起心事，看着父亲，只有叹息，说："你老人家可害我不浅，还问我和纪二过得可好？你想我和纪二怎能过得可好呢？现在我受着极大的苦楚，不知怎样……咳……"说着垂头不语。

邢簚庵自怨自艾，直要自打嘴巴，说："我对不着你了，本来世上骨肉，只剩你一个人，我偏发昏，听人蛊惑把你害了。我真不是人类，现在后悔也说不来，不过我已历尽种种患难，心中完全觉悟。过去的满盘皆空，只留下疚心的罪过，活在世上毫无意味，可是死了也没脸见你的母亲。现在你有什么为难都跟我说，我拼出这条性命，要替你办理清楚，补一补过去的亏心。你快说，倒是什么事？"

韵宜初不愿说，以后被问急了，才说自己早就和纪二性情不投，精神久感痛苦，现在又因遇见雪门大受刺激，已有可疑的把柄落到纪二眼里，恐怕再难相处下去了。邢簚庵听了雪门的名字，怔了一下，才问："雪门可是在咱们家做过一天书记的程雪门？他是怎么回事？"

韵宜又把曾和雪门定过口头婚约，随即别离，如今意外相逢，不料又生阻碍的话说了。邢簚庵听了掩面不语，但由女儿口吻中已经明了她的意思，是对纪二毫无情爱，而对雪门久久不忘，如今去留都成难题，推原祸首，全由自己当初不该坏了良心，把她卖给纪二，毁掉她的终身幸福。现在我即自悟前非，对着这被我辜负，伤心绝望的女儿，怎么安置她呢？想着万分惭沮，就见茶房已把饭送进来，韵宜张罗摆好，请他就座吃饭。邢簚庵勉强把饭吃完，父女又稍谈一会儿，韵宜因不愿再刺激纪二，就教父亲暂在旅馆安歇，自己回了医院。

见着纪二，就把遇见父亲和父亲所遭遇的事全都说了。纪二听着叹息不已，向韵宜说："不要发愁，我可以替你供养。"

韵宜只可称谢，但心中却寻思纪二既已发现我对他不忠，却还对我如此宽厚，实在令人可感，但又令人可疑。他也许故意挖苦我呢，想着便也不露声色，和他说一会儿，便各自安睡。

到了次日，她因夜眠不适，起得很晚，张眼已到了正午十二点，看纪二仍面向里睡着。她惺忪坐起，忽然看见榻旁桌上放着一封信，信上压着两只戒指，正是自己昨日遗落在旅馆的，不由大惊失色。韵宜才知道纪二是成心装睡，给我留下这种阵势，教我自己猜办自己。一想前者程雪门鄙视自己，后看纪二这精神的痛苦，他也不为这无为的义妹打算，今天人家做兄长为什么只将赃证物给摆在了桌上，这还是守着兄妹的关系，才如此地表示，无奈自己隐私被知晓，只可放弃一切自寻归宿去吧。她负气走出了医院，到河沿寻自尽去了。

这才引出宫步蟾投河自杀，韵宜将钱周济了他，自己购来鸦片在河畔吞食，后被宫步蟾相救，遇小桃才述明一切。前六集至此住笔，后六集中程雪门与小桃结婚，包蝶衣纪二现身说法，程雪门为媒，韵宜嫁宫步蟾，邢篓庵巧遇后老婆种种奇缘结合，苦离悲欢，可歌可泣的事。

作者谨识：云若选此说部，已一年有半矣。本报定章，小说需于适宜之时期更换，以新耳目。法至美善，唯愧作者笔端拖沓，未能如期结束，只得于此暂告段落。自觉有负报社诸公盛意，对读者抱歉尤深。倘他日有缘，得于本报与读者重遇，定当改变做法，以结构紧严、章幅短峭之作品相见，俾补今日之愆。临颖神驰，敬希亮察。